U0906211

猫眼

本作品系宁波市文联文艺创作重点项目

岑燮钧 著

宁波出版社
NINGBO PUBLISHING HOUSE

图书在版编目（CIP）数据

猫眼 / 岑燮钧著 . -- 宁波 : 宁波出版社，2024. 12.
ISBN 978-7-5526-5514-8

Ⅰ. I247.82

中国国家版本馆 CIP 数据核字第 2024YT9262 号

猫 眼

MAOYAN

岑燮钧 著

出版发行	宁波出版社 （宁波市甬江大道 1 号宁波书城 8 号楼 315040）
责任编辑	罗樱波
责任校对	谢路漫
装帧设计	金字斋
印　　刷	宁波白云印刷有限公司
开　　本	889 毫米 ×1194 毫米　1/32
印　　张	10.625
字　　数	187 千
版　　次	2024 年 12 月第 1 版
印　　次	2024 年 12 月第 1 次印刷
标准书号	ISBN 978-7-5526-5514-8
定　　价	56.00 元

如发现缺页或倒装，影响阅读，请与出版社或印刷厂联系调换

电话：0574-87248279（出版社）

0574-87328764（印刷厂）

目录

上编 老城

下编 旧族

上编

老城

绍兴师爷

舜江府知府虞大康到舜江来上任的时候，有点灰头土脸。要不是朝中有人，说不定就要翻船了。

一天，他与绍兴师爷丁德利在舜江楼上对饮，楼下府前路上熙熙攘攘，人来人往。正是舜江涨潮时分，做生意的船只都浮了起来，以至于让人觉得对面的南城也仿佛浮在水面上。虞大康喝了一口闷酒，长叹一声。

丁德利看在眼里，眼珠子转了一下。这么多年跟下来，老爷的脾性他早已摸得一清二楚。他站了起来，踱到栏杆前，略一思索，就有了主意。但他先不说，他要等一等。他转过身来，装出一副很歉疚的样子，道：

“老爷这次到舜江来，都赖小人思虑不周。”

“丁师爷说哪里话，要不是你的主意好，我虞某人可能就不会仅仅是平调舜江府了。”

虞大康原先是松江府知府。松江是富庶之地，迎来送往，很是热闹。但凡朝廷上的要人经过松江府，虞大康必亲自迎送，好酒好菜伺候，然后大礼相送。如此花费虽巨，但毕竟是公帑，他也不心疼。他原以为，如此一来，可保仕途无虞；岂料任期未满，朝廷却派人前来审核松江府的账本，让他一时不知所措。他饮酒无味，茶饭不思。丁师爷捻着山羊须，背身沉吟，半晌，缓缓言道：

“以小人之见，只有一不做二不休，如此一番，方可保太平。”

他转过身来说：“就怕大人顾虑太多，一时下不了决心。”

虞大康直直地看着丁德利，丁德利走近他身边，眼珠子一转，然后盯着虞大康，一字一顿道：“烧账本！”

“使得？”

“使得！”丁德利抚了一下胡须，“朝廷审核未至，老爷先得消息，岂非有要司护着老爷，此其一；其二，若是朝廷真的查起来，一来二去，大家脸面都不好看；三来，即使朝廷怪罪下来，也是查无实据，老爷暂时受点委屈，不至于伤了根本。老爷，你看呢？”

“那这账本如何烧法呢？”

“这个不劳大人费心，小人自会安排。”然后，丁德利凑近老爷身边，如此这般一说，虞大康哈哈大笑，丁德利也嘿嘿笑了起来。虞大康拿起酒杯，满满地喝了下去。丁德利举起酒杯，在嘴边抿了一下。

后来的事情是，账房失火，只救得一二账本。核查之人亦无可奈何。朝廷就把他调到舜江府来了。

但是，还是罚了他半年的俸禄。

此时，丁德利重又坐到虞大康对面，正欲拿起酒杯劝酒，忽听得楼下一阵喧哗，于是，两人走到窗前，往下看去，只见岸上站了许多人，渡船上有人伸出竹竿——原来有人落水了。“怎么回事？”虞大康问道。一会儿，有下人前来禀报，说是渡船太小，争着去南城的人太多，有人被挤下船了。

“大人正欲振作，小人倒有一计，可让老爷扭转官声，累积功德。”

“你且说来，让我听听——”

“在这舜江上建一座桥，把南城北城连接起来，岂非大大功德？”

“主意虽好，无有钱粮，巧妇难为无米之炊啊！”

丁德利往前一倾，嘿嘿一笑：“老爷，我们可以烧账本，也可以救账本啊！”

虞大康来了兴趣，给师爷斟满了酒，呵呵一笑，说道：“师爷，可说来听听——”

可是，丁德利并不着急，他抿了一口，酒从喉咙直到鼻子，慢慢地透出气来，然后悠悠言道：

“小人为老爷烧了两次账本，为大人累积了人脉。现在，小人为老爷再设一计，可保大人一世英名！”

丁德利说的另一次烧账本的事，缘于一次犒劳。那时，虞大康任一滨海小县的知县，正好大军打退了犯境之倭寇，于是，他准备了酒肉，去卫所犒劳将士，以尽地主之谊。酒宴所请，本是小事；私下厚礼，却被人揭发。上峰来查，丁师爷就让他把送礼的账目单烧了，免得让更多人受牵连。结果，他自己没事，将士们更没事，风头就过去了。而当年抗倭的副将，如今已是刑部侍郎——两人交好多年了。

“师爷，你说救账本，此话怎讲？”

“大人，依你看来，这民间死账可多？买卖之间，借欠之间，可曾两清？”

“这样的死账烂账，千年不翻，万年不还，民间多着呢——我这里就有好几笔，只为是远亲近邻所借，不好翻脸，就成了死账了。”

“这就对了。若是官府撑腰，为民间来清理这些死账，岂非德政？”丁德利端起酒杯，遥敬虞大康，然后自己又呷了一口酒，说道，“这死账，债主本已没多大指望，能收一成是一成。如果官府替他们讨还了，五五分成，自不在话下，就是拿它个七成八成，又有何妨？有了这钱，还愁舜江桥造不起来？”

虞大康一听，不由得激动起来。他举起酒杯，敬了丁德利满满一杯酒：“师爷自便，我喝下了。”虞大康一饮而尽。

当此之时，丁德利可以稍稍得意一下。他跷着二郎腿，目光转向南城，仿佛舜江桥就在眼前了。

“到时，请文士作一篇碑序，立于桥头，不正是大人的千秋功德吗？”

“师爷所言极是，为官一任，造福一方，也是读书人的夙愿！”

第二天，舜江楼下就贴了一纸榜文，说要为民间清理死账。老百姓得此消息，奔走相告，纷纷献出借据。要知道，舜江府乃商旅要津，工商兴旺，生意场上的死账甚多。至于具体账目，除了丁师爷，估计也只有知府虞大康知道了。

舜江桥造了三年。桥成之日，南北欢庆。一城文人纷纷称颂，他们写诗作文，以记其事。虞大康声名日隆，上峰闻之，予以嘉奖。不久，他就升官去了。

这一次，绍兴师爷丁德利没有随行，他回乡买了一个小花园，安度晚年。死后，他留下一本笔记，很多做幕僚的人都读过。

这舜江桥的来历，就记在这本笔记里。

县令郭小丁

舜江县是附郭县，与舜江府同城而治，县衙在南城，与府衙隔江相对，只是规模小得多，就像县令郭小丁。

郭小丁是个绰号，他的大名叫作郭献臣。他也知道有人背后这么叫他，但他不在乎。

郭小丁又黑又瘦，不像个读书人。他身材短小，只到知府虞大康的腋下。到府里去议事，人家走三步，他得走五步，让人感觉他蹦蹦跳跳的，像只猴子。这也怪他自己，就是在书房，他也是站没站相，坐没坐相：站着看书，书拿手上，摇头晃脑，念念有词，像台上做戏文；坐着看书，下巴几乎要磕着书桌，他就索性蹲在椅子上——这不就像只猴子了吗？他看的书，也都是奇奇怪怪的，就是书名，都鲜有人知道。可是他却以书佐酒，读得津津有味，脸上像在审案，一会儿若有所思，一会儿拍案惊奇。

郭小丁除了喜欢读书、喝酒之外，还喜欢在后院种点瓜茄什么的。另又养了几只小鸡，在丛中蹿来蹿去，唧唧地叫着。有一回，正在前厅议事，忽地，他撇下众人往后院跑去。众人煞是奇怪，等了一小会儿，见他把衣服前摆塞在腰间，捧着什么，小跑回来，说是忘了浇水，鸡在笼子里急疯了。他从前摆里倒出几个小歪瓜，众人面面相觑，突然哈哈大笑。他也跟着嘿嘿笑，一副猥琐的样子。

独有一件事让众人服他，那就是审案。

有一年年末，大家都准备过年了，县衙里突然涌进来一群人，县尉以为出了什么大事，赶紧喝止。众人叽叽喳喳，说了半天，还是一头雾水。于是，吵闹声更甚，众人吆喝着让县太爷出来审案。郭小丁坐上大堂，一拍惊堂木，问谁是事主，让其他人“闭上鸟嘴”。当事的一方是个后生，说母亲让他去集市卖鸡蛋换钱以备过年，他在路上拾得十五锭钱，本欲占为己有，回家与母亲一说，母亲说啥都不要，让他还给失主，如果他不还给失主，她就要报官，他只得在路边等候。然后，他一指中年人，说钱已全部还给他。郭小丁盯着两人，然后喝道：“你俩的事，干众人何事？”一个好事者站出来，说应该让失主拿出点钱意思意思，没想到，这个黑心人反咬一口，不但不感谢后生，还说少了十五锭，他们替后生打抱不平。郭小丁反问道：“谁见来？”众人讷讷，却又喧哗不停。郭小丁又一拍惊堂木，让传后生之母。后生之母一五一十，和盘托出。郭小丁眨了半天小眼睛，突然对着中年人宣判：“此十五锭钱乃上天赐予这对母子的，你丢的是三十锭，不是这十五锭，请到别处去找吧!”众人一听,纷纷喝彩。于是,这事就传扬开来了。

但是,近来有个案子,却让郭小丁颇为踌躇。原来,治下有一小民,状告嫂嫂与人私通,合伙谋杀了他哥哥。验尸官已勘查过,他也亲自看了,尸体完好,七窍并无血迹,愣是没有看出他杀的迹象。堂上凭证据说话,这案就没法审了。他在后院的瓜茄间走来走去,一只鸡绕在他身边,他没好气地踢了一脚,鸡斜着眼退后,半天才尖声叫起来。

下人来叫吃饭,他拿起筷子,半天才夹菜,菜到了嘴里,也不咀嚼,只拿着筷子在桌上比画。韩氏看在眼里,敲了一下他的筷子说:“老爷,是菜不合口味?”

郭小丁猛醒过来,说“非也,非也”,头摇得像拨浪鼓,说:“不干夫人事。”

“那你说来听听,说不定我能替你出个主意。”

于是,郭小丁说了这个奇怪的案子:“凭老爷我多年勘案的经验,怎么逃得过我的眼睛?”

韩氏沉思了好一会儿,面无表情地说道:“你查过脑袋吗?说不定被头发盖住了。你想,一枚钉子钉进去,用什么抹一下,你就看不出来了……”

郭小丁猛地一拍脑袋,蹲到椅子上说:“夫人,你这一提醒,真是醍醐灌顶啊!”

第二天一查,果然,案子就破了。

他去府衙议事,说起这一案子,知府虞大康很是佩服。

郭小丁一时得意，说能破这案子，端的是依仗拙荆，于是，把这来去机关如实说了。虞大康和师爷对视了一下，又看看郭小丁，不无意味地说道：

“嫂夫人真是心细如发啊。”

“郭大人，夫人与你是结发夫妻吗？”师爷微微笑了一下。

“下官命运多舛，乃是半路夫妻……”

出了府衙，郭小丁猛一激灵，不由得后背抽筋。回到县衙，他特地走到内厅去看韩氏。“老爷回来了？”韩氏正在做针黹，并无什么异样。他回到书房，坐也不是，站也不是，就蹲在椅子上翻书，书上的字像蚂蚁一样爬来爬去，怎么也看不清。这韩氏怎么就知道头上钉钉呢？这女人家……当时，他在落魄中，听媒婆说，她的前夫是病死的。有了这一念头，郭小丁就像着魔了一样，三天三夜没合眼。他一个人蹲在书房里，一粒花生米，一口老白酒，然后托着他的尖嘴猴腮，脑子里全是虞大康和师爷扫视他的眼神。

“老爷，你这是咋了，是不是又遇到麻烦了？”

他一直看着韩氏，韩氏被他看得心里发毛。“夫人，你自去休息，下官尚有公事未了……”韩氏转身的一刹那，他似有了火眼金睛，仿佛忽地看到《庄周试妻》里“大劈棺”的情景。他头皮发痒，就狠狠搔脑袋，一捋头发，捏住一只虱子。他把虱子放在桌上，然后一口一口地用唾沫把它围了起来……

打定了主意，他就开始行事。验尸那天，他亲自去看了。

韩氏的前夫早已只剩下一堆骷髅，但是，那枚钉子确实是在的，就在头颅里面……他没有回县衙，直接去了府衙，对着虞大康，把官帽摘了下来：

“小人回避，静候朝廷治罪，请虞大人亲自审案吧！”

舜江山水图

大学士高则臣从泰山回来的第二天，在整理从各处收集来的书画卷轴时，发现了一幅失传已久的《舜江山水图》。他心里一惊，赶紧拿出放大镜来细看，从皴法，到题跋，再到后人钤盖，不放过每一个细节，直看得他细汗欲出、口舌生烟。

他抿了一口茶，坐了下来，一时有些神思恍惚。

“高爱卿，你在想什么？”

“啊哟，皇上驾到，老臣耳昏眼花，罪该万死！”高则臣立时起身，正欲行礼，皇上扶住了他。

“泰山一行，有劳爱卿了！”

高则臣是皇上的书画老师。这次皇上到泰山封禅，也是意气风发。圣人有云：“登东山而小鲁，登泰山而小天下。”皇上刚吟过这句话，底下的人就让皇上题字。皇上说：“那朕就题这四个字吧。”高则臣看皇上的架势，好像是要题“而小天下”四字，可是皇上起笔落低，“而”字不好布局了。正踌躇间，高则臣上前一步说：“皇上是题‘一览皆小’吗？这‘一’字起笔就不同凡响!”众人围上来，都说这“一”字用笔浑厚，力透纸背，非文人墨客所能写就，一如皇上的文治武功，才有这一统天下。

这会儿，皇上见案几上摊着一幅画，不由走近欣赏起来。

“皇上，此画题曰《舜江山水图》，微臣就是从此间来到皇上身边的。这一别，已有三十年了。”

“此画画得怎样?”

“微臣鉴别再三，深为此画遗憾，从钤盖细看，似为赝品。”

“若是爱卿不嫌弃，就赐给爱卿吧，以慰思乡之情。”

高则臣大喜过望，立马叩头谢恩。这样的赏赐，这些年来，次数倒也不少。每回到家，他就加盖御赐的篆章。独有这幅《舜江山水图》，他舍不得加盖御赐，却于边缘盖了自己的一枚闲章“舜江野老”。

皇上走后，高公公又过来了一下。“啊呀，高公公，皇上驾到，你也不喊一声，害得老朽仓促应对，冷汗涔涔……”“高大人，皇上让我别喊，我也没办法呀，您说是不是?”“那还不得高公公照应着嘛!”高则臣的一只手抓住了高公公，一颗金豆已转移到高公公的手中，高公公顿时眉开眼笑。平时，皇上读些什么书，说些什么话，高公公有意无意地透露一点，高则臣应对起来，就更称皇上的心了。

这天，高公公传旨让高则臣在御书房伴驾。“皇上心情可好?”“皇上闲来无事，正想与高大人谈谈书画呢!”到得御书房，皇上的书案上，果然放着好些卷轴，其中一幅已摊在上面，高则臣走近一看，是《富春山居图》。

“富春山水，果然是颐养身心的好去处，与卿家的舜江山水相比，若何？”

“江南山水好，多谢皇上恩赐，慰我乡思。”

“此画真假若何？”

高则臣细看了好一会儿，答曰：“以臣看来，当是真迹。”

过了一会儿，高公公端上茶来。皇上赐座，闲聊文学书画，以至于家居日常。高则臣见皇上问话无关大雅，不由得轻松了三分。

“高爱卿居家闲来，所为何事？”

“莳花弄草，游戏笔墨，闲读诗书。”

“昨晚中秋，赏月之余，与侍妾们玩些什么？”

高则臣心里一紧，心想，皇上也问得太细了点吧。他略一犹豫，不好意思地说玩骨牌。

“输赢如何？”

“没有输赢，玩到一半，一只骨牌不见了，就半途而废。”说罢，自笑了几声。

“哈哈，爱卿果然说的是老实话。你看，丢的是不是这张骨牌？”

高则臣站了起来，接过骨牌，一时冷汗涔涔：“老臣糊涂，不知丢的是哪张牌。”下来的时候，他战战兢兢，如临深渊，如履薄冰。他不敢想日常在家中的情形，这一言一行不知有无违碍？皇上恩赐的那些书画中，真真假假，本来只有他自己知道，现在看来，这都是皇上布的局啊！

过了几天，高公公告诉他，那天正好李学士候值，皇上也曾看到过这幅《舜江山水图》，李学士判为真迹，皇上倒是说了一句："高爱卿是舜江人，且让他鉴赏一番。"高则臣一听这话，就知道坏事的缘由了。

高则臣开始生起病来。起初，他有点装病，终至于真的一病不起。皇上派高公公来探望了一次，高则臣谢主隆恩，却反而病势加重，因为说不定又会丢一张骨牌呢！高则臣思来想去，只有告老还乡。皇上倒是很客气，挽留了一番，又顺水推舟，准许他回乡去，并且赐他一处"舜江别业"，以作养老之用。高则臣很是欣慰，虽是君臣之别，到底还有师生之谊，皇上也算是手下留情了。

舜江别业位于舜城东门外凤凰山脚的凤凰溪边，前眺舜江潮，背倚凤凰寺，倒也甚是相宜，有一桥、一亭、一台、一楼，古树掩映，百鸟啁啾，端的是养老的好去处。高则臣想起古人祸福相依的话，不由感慨万千。当年布衣离乡，回来已是白头。此处别业，原是私家花园，后因主人犯事，为官府所征，如今又恩赐自己，不知他年又将归于何人。高则臣坐在溪边的钓台上，有鱼啄食，竟没有发现，一任钓线被鱼扯来扯去。

一年后，他收到皇上一封信：

先生还乡之后，朕甚是思念。今秋拟作南巡，届时着先生再来伴驾。《舜江山水图》鉴为赝品，朕实欲一睹真容。想先生垂钓江边，舜江山水时入眸中，正宜作画，可与赝品一比高下，岂不妙哉？随附山参一斤，好自调养，勿多虑也。

高则臣三天三夜没合眼，他猜不透皇上的心思。

这年秋天，苦雨相逼，高则臣呆坐在别业里，极目山水，只画了半幅画，就掉下了笔，伏在案上，再也没有醒来。

驴　叫

大将军骑高头大马，却喜欢听驴叫。他觉得那叫声好听，这真是无可奈何之事。程士成从来没觉得这驴叫有啥好听的，可是偏有人说他的嗓音最像驴叫。

有一次，大将军得了一匹上好的叫驴，叫门客们一起到后院去。众人簇拥着大将军，一路上赞美着还没见面的叫驴。更有人引经据典，说大将军这雅好直追魏晋，真是难得的性情中人。到了驴圈边，大家发现那驴果然长得“一表驴才”。大将军让驴叫起来，可是驴就是不叫，只管踢蹄子。马夫很着急，正想打下去时，大将军阻止了他，说孤家的爱物，岂可以畜生论。他的小眼睛滴溜溜转，目光在人群中搜寻。忽地，他对着一个“长人”停住了，众人都以为是针对这个人，而大将军却招了招这人身后的程士成。程士成生得矮小，这是他的便利之处，他可以躲在“长人”后，但这一回他却失算了。

“程主簿，听说你有一声好驴叫，能否做个引子先叫一声，也好让孤家的驴跟着叫起来？”

程士成微微向大将军躬了躬身说："小人不才，从未学得驴叫。"

大将军感到有些不爽，他指着门客们，愠色道："不是你们说程主簿的声音最像驴叫吗?"大家纷纷表示赞同。程士成的脸色不由青了又白，白了又红，他瞥到了大将军收紧的眉心，那斜刺的眉毛仿佛是将要射出的利箭。

"程主簿，你看，大家都等着呢!"

箭在弦上，不得不发。程士成低着头，迟疑地说道："那小人试试。"他先对驴轻声叫了一下，大家面面相觑。然后，他转向大将军，大将军无所表示，显然是不满足的意思。程士成又叫了一声，比原来响亮了，但与驴的音色相比似乎尚有距离。大将军瞪着程士成，程士成只得一不做二不休，豁出去了。他咳了一下，然后引吭长啸。这一声叫，端的是与众不同，声如裂帛，响遏行云，果然是十成的"驴色"。还没等众人回过神来，又是一声驴叫，竟真的是从那头"一表驴才"的大驴口中传出。这引得大将军哈哈大笑，所有的人都跟着爆发出了欢快的笑声，谁也没有在意程士成，因为大家都看向了那头叫驴。

那年年末，叫驴死了。

大将军很伤心，他带着门客们去吊唁，对着空空的驴圈，他自言自语道："别人都不死，老天为何让你死呢?!"然后他回过头来，对门客们说："大家都叫一声吧!"门客们也不含糊，一个个叫得很卖力，不过，都没程士成叫得有“驴色”。突然，大将军像记起了什么，问道：“程主簿呢？”

在大将军追问的当口，程士成已经挂冠而去，回到了老家舜江的乡下。

母亲对于程士成的归来，并不感到意外，因为已到年末。可是，直到第二年春暖花开，程士成也没有动身的样子，母亲不由得问起他来。程士成说，他不打算再出去做幕僚了，他要著书立说。

一日，母亲牵驴出去，回来却背着半袋糙米。程士成很是诧异，一问，才知母亲把家里唯一的一头驴子卖了。家里没了驴子，什么活都得自己干，程士成很是苦恼。幸好有昔日贵人到任舜江，得知他时日艰难，送了一点银子，助他名山事业，他才得以勉强度日。不久，有人牵着一头驴子来到他家，驴子身上对接着两只口袋，垂在两边。程士成一见驴子，便觉得好生眼熟，一问，才知那人是来送还驴子的，还带来了两袋麦子。原来，母亲之前把驴子卖给了这人，他是镇上的财主。财主启口，颇为斯文：

“得知先生回归故里，未得拜访，实是遗憾，听闻先生记述乡里，兹事体大，可谓不朽也矣。”

“鄙人学识浅陋，还请多多赐教！”

“先生乃当世名士，褒之则流芳百世，贬之则遗臭万年，若能录入先生笔下，此生足矣！”

程士成听明白了，原来财主想让他把自己记到书中去。财主自夸，曾修桥铺路，泽被乡里。但即便如此，他亲自上门前来，要求为自己作传，亦实是可笑。程士成没有收下他还回来的驴子。他把两袋麦子重又搁到驴子身上，一拍驴子的屁股，驴子长鸣一声，嗒嗒嗒地走了。财主很是尴尬，狼狈地跟了出去。程士成站在院门口，看着驴子远去，不由长啸一声，发出了长长的一声驴叫。远处的驴子也是一阵嘶鸣，似与他遥相呼应，却把两袋麦子给掀翻了。

这时，母亲走了出来，说："我以为驴子还在呢！"她叹息了一声。

夜里，母亲做着针黹陪他。她有话没话地说："你这驴叫是怎么学来的，像是真的一样？"程士成见母亲颇有兴致，就又学着叫了一声，直笑得母亲流出泪来。

这一年秋天，风过万里，送来了他的老朋友"长人"。当日，他们同在大将军处谋食，相谈甚欢，是难得的可以秉烛夜游的同道。程士成常躲人后，而"长人"常作掩护。虽然，那一回还是当众学了驴叫，但事后，"长人"邀其共饮，虽未明言，宽慰之意尽在其中。原以为一别经年，再见无期，没想到，今日还能重聚山村，唯有痛饮，方解故人思慕之渴。酒过三巡，"长人"怒曰：

"一个粗人，把持权柄，以驴叫为乐，可笑也欤？"

"名曰将军，却又称寡道孤，是可忍，孰不可忍！"程士成举起酒杯，与“长人”干杯，一饮而尽。

“方今乱世，你方唱罢我登场，大将军气焰方炽，岂不知螳螂捕蝉黄雀在后？别人不知，你我洞若观火啊！”

两人把当日羞愤喷作了今日谈资，一时兴起，开窗长啸。夜色如漆，山影如兽。程士成一声驴叫，劈开群山，久久回荡。“长人”也作驴叫，仿佛是程士成的回声。两人大笑，随即大哭，然后相扶大笑，不知东方之将白。

两人醉了。

天亮，母亲出门去，一头驴在院门外徘徊。

表本楼

朱夫子回舜江府，为老母送终。老母高寿仙逝，倒也说不上有多悲伤。他每日诗书自娱，深研圣人之学，似乎颇有心得。一年后，他受邀到文蔚书院讲学，与朋辈坐而论道，学生们纷纷慕名而来，一时斯文蔚然，成了佳话。

一日，表弟李公廷因公自京师而来，顺便往访。两人花厅用酒，闲话家常。其时，院中化雪，檐前滴水，窗外蜡梅盛开，幽香如缕。表弟问朱夫子丁忧期满之后有何打算，朱夫子倒也坦然：

“权在吏部，按部就班，先行报到，但等任命，如此这般吧！”

表弟捋了一下胡子，小酌一口，缓缓言道：“朝中之事，表兄难道不知？不去打点一番，怕是等到头白，也未必轮得到你啊！”

朱夫子沉吟道：“话虽是这么说，毕竟有违本性……”他向表弟敬了一杯说：“你在京城，先帮我打探一番，看有什么方便的……”

果然，如表弟所料，朱夫子到了京城之后，一直等不到任命。长安居，大不易。他手头日紧，却苦无门道。于是，他来到表弟寓所，喝酒解闷。闲聊之际，朱夫子问表弟当年是如何重新入职的。表弟嘿嘿一笑，先替朱夫子斟满了酒，然后起身看了看窗外，重新坐定之后，终于说出了他的门道：他向上峰送了一张上好的地毯。这地毯是定做的，他通过上峰的家丁探知了书房的尺寸，又得知上峰虽出身儒学，却深得禅理，就在地毯上绣了莲花，寓意步步莲花。果然，上峰收礼后甚是喜欢，赞他心细如发，会办事。表弟说完，拿起酒杯，与朱夫子碰杯饮下，劝他道："世事如此，哪里能独善其身哟！"表弟向他透露了一条消息，据内部暗传，朱夫子的上峰夏大人很快就要入阁为相呢！以朱夫子的清誉，若肯依傍，岂有不成全之理？

朱夫子倒也心动。正好，他打听到夏大人新造了一座书楼，名曰表本楼。他虽想不出什么好招，但依葫芦画瓢的招式，还能将就吧！于是，他打探了尺寸，给夏大人也送了一张上好的地毯，为自己铺路。而地毯其表，银子其本，双管齐下，就看夏大人喜欢不喜欢了。

朱夫子一直等着上峰的消息。闲来无事，他还特地到夏府四周走了走。在一条深巷中，隔着粉墙，他果然见到了一座新起的楼阁，里面花柳掩映，端的是读书的好地方。他疑心那就是表本楼，也不知那地毯合不合尺寸，在墙外徘徊了很久。一日去部中候命，他下了很大的决心，去拜见了夏大人。但是，夏大人面无表情，一副公事公办的样子。出来之时，夏大人看了他一眼，是喜是愠，让他颇费思量，却还是猜不透上峰的心思。

朱夫子度日如年，终于等来了消息，竟是政绩不彰，铨选不过，发回原籍。他顿时全身酥软，一点力气都没有了。表弟劝慰道："恐怕是你运气不好。"也是的，同样送的地毯，一个上天，一个入地，真是岂有此理！

朱夫子回到舜江府重操旧业，到文蔚书院去讲学，唯有"心学"堪慰身心。经历了这番波折之后，他才觉得，"我心光明"的确是安身立命的根本。这样过了几年，忽地传来夏大人倒台的消息。说出来让人心惊肉跳，夏大人竟然勾结外敌，里通内宫，这罪可大了。据说，受牵连的还不止一两人。朱夫子隐隐有点不安，毕竟他也曾向夏大人送过礼。于是，他修书一封，向表弟打听消息。可是，迟迟未有回音。直到半年之后，才收到表弟的回信，说让他放心，却语焉不详。信中有云："盼来京细谈。"朱夫子本无意上京，但既然表弟信中有此一说，恐怕有不方便之处。于是，他即日打点行装，匆匆上京去了。

出乎他意料的是，表弟已搬进了"夏府"，这里已经没有了夏大人，只有表弟李大人。表弟的上司入了阁，提拔他做了侍郎，查抄"夏府"，是他一手操办的。此番一见，表弟志满意得，果然与往日大不一样。这是朱夫子第一次进"夏府”，当初送礼他并没有亲自上门。表弟引带着他来到后花园，但见草木扶疏，烟柳拂地，一座楼阁，临水而起。朱夫子觉得好生眼熟，及至走到跟前，抬头一看，上题“表本楼”，才恍然大悟，此即为当日墙外所见者也，不觉百感交集。如今，这里已是表弟的书房。两人上得楼去，朱夫子一看脚下，不由心惊，此地毯正是自己当日所送。他记得当时还曾附有书信，拜上大人亲启——不知查抄“夏府”，可曾查得？如此一想，他不觉后怕。表弟示意他坐下，下人端上茶来，表弟用碗盖轻轻拂拭着茶叶，自己先喝了一口，说这是上好的毛尖，示意朱夫子用茶。

“表兄，说来话长。书信倒是没有留下，可是这老贼的日记里，却记了一笔，幸亏没有提你名姓。否则，事情就多了。”

“老贼所记何事？”

“日有下属，送地毯一张，尺寸合乎书楼，竟分毫不差。其钻营如此，实可恨也。里外相通，他日楼中秘事，岂非为外人知也！”表弟一字一顿，把当日查抄所见说与朱夫子。朱夫子不由冷汗直冒，没想到，这老贼竟是这般心思——内心不轨，才如此晦暗也。他下意识地又用脚踩了踩地毯，花样依旧，毛发未损，却已换了主人。他真想提出毁了这地毯的想法，但又觉不相宜，只得罢了。

此番来京，表弟留他多住几日，以便他上下行走，好让他官复原职。朱夫子谢了表弟的好意，说他已无意仕途。宦海险恶,“表”“本”难识,人心叵测,不是他一个读书人能预料的——他还是回去讲“心学”的好。

辞行的时候,他说了一句话:“表本楼上,平生之羞啊!”

凤凰寺

凤凰寺在舜江府东门外的凤凰山上，离城里不远，是读书人冶游谈禅的好去处。

凤凰寺的方丈明慧大师是位得道的高僧，不理世事。幸得手下有一监院，名曰惠通，总领众僧，倒也能镇得住山门。寺里诸般杂事，都由他调理；迎来送往，也由他挡着。方丈大师不是在内院闭关清修，就是云游他处，难得一见。

一日，惠通在寺院各处巡视。在一偏院，见一沙弥在地上忙碌，走近一看，原来他是要将一株大花移植于盆内。沙弥见监院到此，忙合十肃立，不敢抬头。只见那花，甚是奇特，颜色艳丽，鲜红而有星点，外形有莲花之相，却生于沙泥中，肉质肥厚，近乎菌类。惠通问沙弥何处所得，答曰后山。惠通心想，莫非此乃灵芝仙草？他看了好一会儿，心生欢喜，就让沙弥搬到了自己会客的内室，放在茶几上，顿觉蓬荜生辉、耀人眼目。一日过后，生长一分，数日之后，竟大了一轮，不由令人啧啧称奇。惠通不敢私藏，于是搬到了方丈室。

“师父,你看此花奇也不奇?”

“心中有莲花,诸般皆失色。”明慧大师只看了一眼,便再不理会。

惠通讨了个没趣,正想出门,师父道:“自何处来,到何处去。”让他搬走。惠通只得又把花搬到自己处,心想,莫非自己有事做错?他揣摩了很久,总觉得师父对自己日渐冷淡,似乎有什么事情要发生。

一日,听得知府大人驾到,惠通赶紧迎出山门去。知府大人倒不是稀客,时常携本府读书人来此谈诗论文。惠通见机谈性,以佛理参悟之,引得知府大人击节赞叹,称之曰“得道”,惠通合十谦抑道:

“贫僧协理杂务,本一俗人,岂敢岂敢!”

“能进能出,内外皆通,方外奇才啊!”知府大人一言九鼎,跟随的一群读书人都连声称是,让惠通觉得脸上有光。

惠通把知府大人引到内室,众人坐定,惠通吩咐上茶。茶几上正放着那盆奇花,知府大人凑近了,看了又看,问惠通此是何物。惠通答曰:

“后山之物,一日一长,似花非花,不知何物也。”

知府大人看向众人,众人都纷纷称奇,却无一人说得出门道。忽有一老书生答曰:

“世所罕见,比必祥瑞之物也。”

“祥瑞之物,非小寺敢私藏,献诸大人,必能鸿运当头,更上青云。”惠通立马接口道。知府大人不由哈哈大笑。临走之时，惠通就让门下弟子将它送到了知府府上。

过了几日，知府大人派人传话，让他在附近打听打听，看看有什么奇谈异闻、呼应祥瑞。因为西北出白鹿，西南出灵猴，东北出太岁，舜江乃东南名邑，说不定上天眷顾，也要天降祥瑞，那就得送往京城了。惠通不敢怠慢，立马来到偏院，让小沙弥带着自己去原地查看。原地在凤凰山北麓一断崖处，那里青苔漫布，有水渗出，但也看不出有什么奇异的地方。惠通就让小沙弥去附近村里打听一番，看有什么奇异的人事。隔了一日，小沙弥来报：在凤凰村一九十老妪的床顶上，盘着一条大蛇，村民放归山里去了；村里一个老光棍，强奸了一个五十多岁的寡妇；一个五岁的小孩，说话含糊，游方郎中在他舌下剪了一刀，竟能巧舌如簧了……惠通皱着眉头，挥了一下袖子说：“什么乱七八糟的事！”把小沙弥喝退了。

第二天，惠通来到知府官衙。知府大人一见惠通，立马把他带到后花园。原来，知府大人把那奇花放在了百花丛中，以承天露。那花又大了一轮，已经铺满花盆，仿佛菩萨端坐的莲花台，色如美人起红晕，肉质如脂半晶莹，底下有透明的汁液渗出来。惠通合十礼赞，知府大人急问可打听到什么，惠通演义其事，答曰：

“灵蛇入室，化龙而去。”

“人生七十古来稀，这老人家有龙护持，果是祥瑞。”老书生帮腔道。

“痴男怨女，终得和鸣。”

老书生摇扇晃头曰：“关关雎鸠，在河之洲，男有分，女有归，大道之始也。”

惠通见知府大人脸露喜色，不断点头，又补之曰：“不鸣则已，一鸣冲天，哑巴开口，此又一奇也！”

老书生连连称奇，大家都说是个吉兆。于是计议该如何上本，以献之阙下。兹事体大，知府大人一时也不敢妄做主张。这时，老书生提议道：“若能得到明慧大师加持，那就更是吉祥了。”“只怕大师云游去了——”知府大人看向惠通，惠通答道：“师父正在寺内清修……”知府大人不由喜上眉梢，连说“有请大师劳驾”，让惠通明日与大师一同前来，共襄盛举。惠通含糊答应了，但他并没有十分的把握——他怕师父会说出什么煞风景的话来。

惠通回到凤凰寺，小心翼翼地向师父说了此事，请师父明天走一遭。师父倒也没有责备他，只说了一句话：“色即是空，空即是色，诸般忙碌，万般皆空。”惠通见师父重又入定，就悄悄退了出来。但见月色清空，树影幢幢，殿宇森森，四下无声，突然一声鸦叫，划破长空，不由有些心神不定，他拿捏不透师父的意思。

第二天，惠通来到方丈室，恭请师父。师父依然慢条斯理，打坐念经。他没有拒绝，也没有马上起身，只说不急。惠通只得在门外静候。不多时，弟子前来通报，说知府大人派人前来送还“祥瑞”。惠通好生奇怪，让人把花搬到此处来。只见那花还是昨天之色，并未枯萎，也没有缺角，依然饱满鲜艳，肉汁通透。他问来人却是为何，来人怒道：“什么祥瑞，差点让知府大人上当了！”原来，大人家的狗看着花也欢喜得不得了，甩着尾巴，围着花转，一不小心，没有管住，还上前舔了一下汁液，谁知只一顿饭工夫，它浑身抽搐，狂叫了几声，立马毙命了。

惠通顿时目瞪口呆。这时，明慧大师走出方丈室，念了一声：“阿弥陀佛！”

仙人观

那时候，兵荒马乱的，真是百业凋零。玄真观山下过河的木桥被大水冲垮了，一直没钱修，全靠一只采菱的木桶渡人。

一天，二徒弟张无为被师父叫到了榻前，师父让他到仙人观去，因为仙人观的师叔飞升了，缺少一个当家的。

仙人观是一个小道观，在舜江府南门外二十里的一个山坳里。

临走时，师父送给他一只大狼狗、两只土狗，用来看家护院。这让他犯了难，大狼狗总是撕咬土狗，要不是他镇着，两只土狗早死无葬身之地了。现在，让他一路带着这三个冤家对头，如何是好？师父拂了一下拂尘，笑了笑，就自管打坐了。

张无为下得山来，寻找木桶。木桶藏在芦苇丛中，两岸都有绳牵着。桶很小，装不下这三个冤家对头；水冷了，又不好让它们游过去。看来只能每次随带一只，一趟一趟过。对着这三只狗，张无为在心中兵棋推演了一遍，有了主意。他抱着大狼狗下了桶，小心翼翼地拉着麻绳到对岸。两只土狗吠了几声，以为主人抛下它们不管了。张无为在对岸放下大狼狗，坐桶回到原处，抱起一只土狗，再次渡到对岸。土狗一见大狼狗，露出胆怯的神色。张无为抚了抚土狗的头，又牵着大狼狗下桶回到了起始点。剩下的一只土狗看见大狼狗又来了，赶紧蹿到主人身边。张无为抱起土狗过河，任凭大狼狗在岸边吼了又吼。将两只土狗送到对岸后，他总算松了一口气。最后，又一趟，把大狼狗带了过去。

仙人观已很破败，全仗仙人洞的一点仙气。当年，是洞中的一尊神像引来了四方香客。鼎盛的时候，曾有三进院落；如今，只守得一进，四周也已荒芜。世道太乱了。

张无为做了仙人观的住持，但也无能为力。这观里，连带他，只有三个人。一个老的，已经耳聋目昏；一个小的，只能担水扫地。若没有土狗警惕，大狼狗凶猛，估计周边强横的人都要欺凌进来。一日，他来到舜江府城里，摆了个测字摊，招子上写着——仙人观张真人测字算命，陆陆续续有些生意。午后，有个络腮胡坐到了他面前，张无为让他抽签测字，签上最后一句话是："黄金暂向土里埋。"络腮胡问他这签是好是坏，张无为说："签无所谓好坏，全靠自己的命去凑：若是生辰八字里五行缺金，那就落空了；若是有金，那金子埋土，总有发光的一天。"于是，张无为让他报上生辰八字。一算，这人却是土命。那络腮胡脸上就有点不好看，随即起身要走。张无为道："客官还没给钱呢！"络腮胡一脚踢翻他的摊子,骂了句“什么鸟道士”,扬长而去。

张无为无可奈何。这乱糟糟的世道,谁也招惹不起。回去时,他看见南城城门洞前贴着告示,上曰:“近来南山土寇横行,滋扰乡里,请过往行人,小心为是,切莫早出晚归,徒留祸患。”张无为看看太阳已昏黄,不由加快了脚步。

仙人观的香火,并不见有起色。

这一年春夏之交,连续下了一个月的大雨,舜江发大水了。张无为没法去城里摆摊,看着阴云满天,只得早早关了院门。近来,仙人洞里一直滴水,据老道士讲,这是极少见的。半夜时分,又是雷电交加,风雨大作,风吹得屋上瓦片乱飞。张无为忙带着一老一小躲进仙人洞里。

突然,人声沸腾,一伙人闯进了仙人观。土狗乱吠,大狼狗冲出来,直扑人群,吓得头里擎着火把的两个人大声叫了起来。这时,闪出一大汉,他眼疾手快,手起刀落,正好砍在大狼狗头上。大狼狗扑腾了几下,倒在了地上。小道士正想冲出来,张无为拉住了他,并捂住了他的嘴巴。这伙人估计有百把人,被风雨吹得东倒西歪。他们在房子里乱蹿了一会儿,也发现了仙人洞,于是都涌了进来。张无为发现那个大汉有点眼熟,那个大汉环视了一圈,似乎也发现了他。张无为猛地一惊,大汉好像就是那日来算命的络腮胡,不由暗暗叫苦。这时,头上的惊雷如爆炸一般,不断炸响在仙人观周围,仿佛要把仙人洞劈开一般。张无为忙低头念道经,以避开大汉的眼神。

一声声惊雷，一声声惊叫。一个小喽啰无心说道："谁得罪了老天爷呀！""奶奶的，什么得罪了老天爷！"那大汉猛地踹了小喽啰一脚。他似乎还不解恨，死死地盯着张无为，一个暴雷后，他突然喝道：

"来人啊，把这几个鸟道士给我推出去，让他们到外面去作法吧。"

张无为只得站在风雨中，念念有词，不断求告无量天尊。他被风雨吹打得睁不开眼，风雨实在太大了。两只土狗不知就里，远远地哀鸣着。黑夜像一只巨兽，似乎随时都会吞没你；一道道闪电，让你分不清是真是幻。这时，隐隐听到沉闷的响声，似乎有什么东西在移动，他抬头往山上望去，一道闪电照亮了夜空，有那么一刹那，仿佛山上的树木都活了起来。还没等他弄清是怎么一回事，轰隆一声，仙人洞塌了，那一伙人全埋在了里面！

第二天一早，雨过天晴，只见仙人观的半壁山都倒了下来，填满了仙人洞。张无为匆匆往舜江府去报信。经官府确认，那拨人竟是南山土寇。知府大人立即上报朝廷，说经过官兵连夜征战，已经剿灭顽寇，府县平安。

仙人观很快贴出了满山的符，老百姓口口相传，说张真人作法调动风雨，镇住了南山土寇。

仙人观的香火一日旺似一日。

张无为执意要造二郎殿，二郎神的哮天犬分飨了香客的供奉。张无为为大狼狗念了经，把它的魂儿附体在哮天犬身上。

到张无为晚年时，仙人观已经远远超过了它的祖庭——玄真观，成了舜江府最有名的道观。

张无为也被传得越来越神乎。

铁石饮

舜江府有个老中医叫张天桥，擅长内科、妇科。诊所在城西的金黄道地，出口就是西大街，倒是个闹中取静的地方。

张天桥面色清癯，戴一副圆架细脚的老花镜，镜脚系一根细绳。他只在翻书、写方子时才戴，平时挂在胸前，望闻问切时，目光温和，神情蔼然，不起高声，总是一手搭脉，一手拈着三寸长的胡须，若有所思。他虽行医多年，但开方子总是沉吟再三，并非只是用陈陈相因的老方子。

这一日，诊所里来了一位身条修长的半老娘子，她四十开外，面容憔悴，自言心悸多梦，睡后不稳，半夜长醒，两眼䁖䁖，直到天明，头昏昏，眼沉沉，两脚酸软，如踏棉花。张天桥搭脉良久，开出一方子，中有酸枣仁、夜交藤等十数味中药，让她先服七帖，过后再来。

候诊的人中，有人认得这位娘子，说她就住在鸡鹅巷后巷口，人称“秀才娘子”。其实，她男人并非秀才，倒是一脸横肉，胸口长毛，是管后巷口菜市的，什么人那里都要占点便宜，发起脾气来，是六亲不认的。

七天之后，秀才娘子来复诊。张天桥问她服后可有好转，娘子言辞讷讷，似是而非，只说仿佛有效。张天桥细按脉象，再观气色，又让她吐出舌头，观其舌苔，问她做怎样的乱梦。娘子说，梦中常有莽汉追打，直打得她皮开肉绽，无处藏身，于是惊坐而起，一身冷汗。张天桥揣度她是心机乱梦，必是日有遭遇，夜有噩梦，便委婉问道："家中是否安宁？"娘子欲言又止。张天桥也不急，温声细语，微微一笑，说："你但说无妨，决不外传．先知根由，方可下药。"娘子见旁无他人，门外亦无人前来就诊，垂睑欲语，先已泪流。张天桥没有催问，只说："莫急莫急，慢慢来。"原来她男人好饮，每饮必至大醉，她劝止，反而惹他大怒，不是摔碗，就是手起掌落，一顿巴掌。有时他在外面吆五喝六，半夜回来，脚步踉跄，满嘴酒气，意欲非礼，如若不从，一顿拳脚，致使她下身淋漓，上身乌青，不敢示人。她拿出手帕，擦了擦眼泪，幽幽言道：

"张医师，我是怕了他了，吵吵闹闹，又让人笑话。"

"是啊是啊．"张天桥拈了拈胡须，"家中吵闹，乱人情志啊。"他看看娘子的眼神，不由心有戚戚，于是自言自语道："我总须先替你想想办法，让你下身收了，乌青散了，心绪平了，胆量大了，夜梦少了，如此才好……"

娘子忙不迭地点头。张天桥站起身来，踱了两步，顺手翻了翻柜子里的几本老医书，似看非看，拈须数下，又回身缓缓坐定，然后言道：

“我在上次的方子上，加减几味，当有效果。只是有一味药引，不知药店有否，你且去配配看……”

送走娘子后，他徘徊良久，若有所待。果然，不久，娘子回来，说这药店没有，别家也没有，一个药店倌言道，从不曾见过这味药。

张天桥笑笑：“他哪里知道，这是医案上的药引哟！”

娘子急道：“这便如何是好？”

张天桥道：“不急不急，这药引，说难不难，只是麻烦。须得半夜的露水，湿润了刀锋，然后在磨刀石上，磨它半个时辰，下面用盆兜住，澄清之后，便是铁石散。铁补血，石壮胆，煎水服之，是为铁石饮。”

娘子道：“照张医师说来，倒是办得到的。”

张天桥一笑：“只是要你亲自磨刀才好。”

娘子出门去，虽然将信将疑，但是脸上多少有了一点笑意。

张天桥送出门去，又补了句：“若是你丈夫问起，不要对他明说。要知道，天机不可泄露。否则，药引就失了效果了。”

如此过了数日，娘子再次前来，似急欲相告。张天桥笑笑，以手示之，让她少安勿躁，等他给两个病人开好了方子，才接诊问道：“可有效果？”

娘子道：“有效果。半夜磨刀，磨着磨着，人都打瞌睡了。”

“打瞌睡了，好啊！梦还多吗？”

“梦还是有,但少了,也平和了。张医生,再开几帖吧!”

张天桥望闻问切了之后,笑笑说:“你身上没毛病了,其他药不配也罢。只是这药引,乱梦凶时,须煎水服之,外加六个红枣。”

“光这药引行吗?”娘子看着张天桥,似不放心。

“药引也是药。我上次说过了,铁补血,石壮胆,红枣和之,补气血的。上次是两个方子加一处了,这个才是真正的铁石饮,医书上有的,你放心好了。”

此后,未见娘子再来。张天桥起初还记得,后渐渐也忘了。半年后,有个五十开外的女人来到诊所,也说是鸡鹅巷后巷口横街的,开着个小酒店,每天忙得脚不沾地,却是越来越睡不着了。

“我是从秀才娘子那里打听来的。秀才娘子说,你的方子很有效果,我也想请你开几帖。”这是一个大大咧咧的女人,嗓门脆响,“他男人常到我酒店里喝酒,说她女人半夜磨刀,怪瘆人的。这最毒妇人心,怕不是要趁他半夜睡熟,白刀子进红刀子出吧……我还劝他呢,让他别再偷鸡摸狗,打自家女人了,老话讲,这女人心,海底针……”这女人叨叨个没完。张天桥只是笑笑,给她搭脉,并不接话。

开了方子,女人出门,忽然转身问道:“我的药方里有没有那个药引子啊?”

张天桥道:“你的病跟她不一样,不需要那个药引。”这女人,只是更年期到了罢了。

张天桥看她走远，想头却在秀才娘子身上。想她埋首磨刀，不言不语，石头磨粉，刀闪寒光，夜深人静，风声飒飒，那酒鬼一脚踢开院门，进来一见……或者一觉醒来，四下寂寂，一声一声，不慢不紧，刀磨石上，月照人影……那场景，呵呵！张天桥想着,不由得自己都笑了。

西门客栈

若是站在城墙上看，舜江城全是乌压压的瓦片，座座房屋鳞次栉比，几乎没个歇脚处。在西大街，有一家李阿大千层饼店，店不大，只一间屋面，生意倒不错。底下住着李阿大夫妇，楼上让给了儿子和媳妇。儿子本来是有大名的，但人家都叫他李小大，他的大名就没人知道了。跟他爹一样，他也是个木讷的人，一棍子打不出个屁儿来。但是媳妇阿巧却灵活得很，看见客人就开口笑，看见有人带着小孩来就先让小孩尝尝饼，还没等人家说买多少，她已经放了一纸袋在称分量，让人不买都觉得怪不好意思了。

这么客客气气做生意的时候，阿巧的脸上总是堆着笑。可是一转身，看见婆婆，她的脸就拉下来了。一家人挤在一起住，她老早就有怨言。李家背后有一块长溜溜的地，是祖上传下来的，原来是老房子，不知在哪个年间倒掉了，现在成了荒地。西边人家老早想买下这块地，几次托人来说项，都被李阿大客气地回掉了。东边人家也想买他们这块地，那家的儿子是府里的捕快，很凶。当初，李阿大怕地被占去，砌起了围墙，结果捕快说是遮住了他家的窗口，把围墙推倒了。看来，这里要再造房子也难了。

这天晚上，阿巧上楼来，对李小大说：“我看见你娘就来气。今天我回了趟娘家，拿了一袋千层饼，你娘的眼睛一直盯着！”李小大说：“你不用管她。”阿巧说：“我们惹不起，还躲不起吗？那块地反正也没啥用，索性卖掉算了。我们另外买一块地，住到别的地方去，免得看见你娘那张脸！”李小大说：“城里哪买得起哟？”阿巧说：“不一定要住在城里啊，我看西门外也很热闹的。今天回娘家去，我听到一个消息，素女庵前有一块低洼地，很便宜的，起码三间屋面呢！”两人计议了半夜。李小大问媳妇：“那一溜地卖给哪家？”阿巧说：“当然是西边的了，人家是京城里致仕的，有钱有势，你把地卖给他们，东边人家也不敢找碴啊！”李小大把这事说与父母，一家人又商量了几天，婆婆让父子俩跟西边人家说去，阿巧说：“他们这嘴，哪会说啊！”然后，她转头对李小大说：“反正我们是小户人家，管什么抛头露面的，明天我跟你去！”

第二天，进了西边人家，李小大怪不自在的，倒是阿巧像个府里的小丫鬟一样，很快就摸清了门道：“啊呀，老爷，我们这块地，就这么一点大，送给你们算了……”李小大瞧了瞧阿巧，阿巧白了他一眼，“我们没地方住了，就是托老爷一件事……”阿巧把想买西门外那块低洼地的事跟老爷说了，老爷很爽快地答应帮忙，让她开个地价，阿巧说："都是邻居，太不好意思了，老爷就看着给吧！"结果，这一溜地卖了个好价钱，比他们预想的还多。两口子高高兴兴地回去了，李阿大夫妇也很高兴。

老爷很快就把这事办妥了。

自从有了那块低洼地，阿巧就和李小大一起到西门外去摆摊卖千层饼。一家人有了两摊生意，来钱快多了。李小大看着那块低洼地，有点犯愁，想着光是填满那些个大大小小的坑，就要费不少劲。正好有几个小孩在扔石头玩，李小大气不打一处来，把小孩喝退了。阿巧埋怨李小大道："你干吗？小孩扔石头，干你什么事！"李小大说："那是我们的地！"阿巧说："你不是要填坑吗？就让他们扔好了。"这样说着的时候，阿巧有了个主意。第二天，她在坑里插了一根竿子，说谁能砸倒这根竿子，就奖给谁一袋千层饼。起先有人将信将疑，阿巧就分了一袋饼给他们吃。小孩高兴起来了，就搬石头来砸。一传十，十传百，来扔石头的小孩越来越多。小石头砸不倒竿子，有个大男孩就从溪边搬了几块大石头来，砸到最后一块的时候，终于把竿子砸翻了。他马上跑到阿巧的摊位边，让阿巧兑现承诺。阿巧一看，还真砸倒了。她也不恼，很干脆地奖给了那个大男孩一袋饼。小孩们围着大男孩，跑啊追啊，闹得像一窝蜂似的。阿巧一笑，让李小大去看，只见砸到坑里的石头，都高出坑面了——一袋饼才多少钱呢？李小大看着阿巧，嘿嘿地笑了。这样，明天换一个地方，再插一根竿子，那些小孩又有劲了。

过了大半年，西门外的这块低洼地一点都不低洼了。然后，他们雇人把这块地整平了。阿巧想借钱造三间楼房，下面开店，上面做客栈。李小大有点担心，怕生意不好，到时还不上钱，日子难过。阿巧道："西门外哪会没生意呢！这是官道，连着省城，来来往往的客人总有赶不及关在城门外的，那他总得住宿吧！起早来赶集的，早饭都没吃呢！我们开个早吃店，会没生意？又不耽误你做千层饼，反正城里的老店仍开着，怕啥！"李小大听听也有道理，就去借钱了。楼房建成，阿巧马上让一个秀才写了一块匾额，上书：西门客栈。素女庵的师太正好经过这里，问李小大开的什么店，阿巧跑出来，满脸堆笑，说有什么香客需要住宿，麻烦师太介绍到这边来，然后靠近她的耳边，向她伸出两根手指，意思是二八分成。"当真？""我敢欺骗师太吗？这菩萨都是你家的人呢！"师太哈哈大笑，指着阿巧，说："你这张巧嘴！"

果然，西门客栈很快就红火了起来。阿巧雇了人，自己也没闲着，里里外外招待客人，很是麻利。人说"生意做不好一时，老婆讨不好一世"，这李小大，讨了个发财老婆！她婆婆见了她，再也不敢给脸色看了。

到现在，不知换了几世人，这西门客栈成了舜江有名的老字号。

夹竹桃

叶仁轩出门的时候，哑巴女佣跑出来，"啊啊"地叫着，手指指天空，递给他一把油纸伞。

这个女佣是三年前他请求母亲留下的。

当时，刚下过一场雪，天寒地冻。他与几个练武的朋友从西门龙头山上跑步归来，看见一群孩子在戏弄一个讨饭的女孩子，就走了过去。这个女孩子长着一双楚楚可怜的大眼睛，看了他一眼，像是在恳求他似的。他就喝退了这些野孩子，其中一个大一点的不服气，说他是不是看上这个女的了，叶仁轩三下五除二就把这孩子的手臂反背了。

当叶仁轩再次从家里出来时，发现这个女孩子竟站在他家门前，在雪地里跺脚。他回屋拿出几个馒头给她，女孩子还是不走。她"啊啊"两声，手指指他家，他才发现她是哑巴。几个回合下来，他明白了女孩子的意思：能否收留她做个用人？叶仁轩虽是个练金刚拳的男人，却是个软心肠，就禀告母亲，留下了她。

俗话讲，积善之家必有余庆。叶仁轩二十二岁就中了武举，在舜江府城北的三山所当差。这个三山所明朝时就有了，是用来抗倭寇的；到了清朝，就用来防洋人。近来海事紧急，据说洋人已经到了外洋；还有风闻说，钦差大臣都到省里了，说不定会来舜江府督查。

刚到所城，就有快马来报，一艘叫作“风鸢”号的英舰，已突破多道防线，深入后海湾，到了悬泥山脚下，要求三山所给予驰援。叶仁轩带着百把人，飞速前往。后海湾的南岸都是滩涂，洋人不明就里，陷在那里动弹不得。有十来个洋人划着两只舢板船上岸侦察，正好被埋伏在悬泥山上的水兵击败，被抓住了七八人。叶仁轩远远就看见了这艘白色五桅舰船，他们押着抓住的洋人做人质逼近“风鸢”号。上了船，叶仁轩踢开一扇门，突然发现了两个女眷，其中一个是少女，灰蓝色的瞳仁里露出惊恐的神色。叶仁轩不由一怔，这是他第一次见洋人小姑娘。那金黄的头发，白皙的皮肤，勒紧的上身，像伞一样张开的蓬蓬裙，完全不同于他所见过的任何女人……

在押解俘虏去三山所的路上，叶仁轩一次次回头查看，最后目光都会落在那个少女身上。她垂着头，散乱的长发掩盖了半边脸，时不时偷窥一下这个陌生的地方。当进入三山所城时，她似乎明白了自己的归宿是什么，瞥了一眼骑在马上的叶仁轩。两个人的眼神瞬息交会，叶仁轩却很快地避开了。叶仁轩是看着她被狱卒押往牢里去的，里面暗沉沉的。出来时，阳光正照得猛，他恍惚了一下，仿佛突然不认识这个地方了似的。

这桩公务结束之后，他几乎再也没有见过这两个女眷。但是，那个少女的模样，总浮现在他眼前，让他想起古诗里的胡姬。那天，回到家里，他在书房里找到了李白的那首《少年行》：

五陵年少金市东，银鞍白马度春风。
落花踏尽游何处，笑入胡姬酒肆中。

他想，如果瘗江府的秦楼楚馆里有这样的胡姬，就好了。

十天后，上头命他押解这两个女眷到省城，这是他做梦都没想到的。他又一次见到了这个“胡姬”，她似乎瘦了。她也认出了他，一连看了他好几眼。她已不再是那个穿着蓬蓬裙的洋女子，而是穿上了号衣，显得有点不伦不类。囚车吱嘎吱嘎地上路了，这个小胡姬已没了当初刚被抓时的惊恐不安，她脸色平静，一双灰眼睛溜来溜去，似乎江南的一草一木都让她感到新鲜。他们沿着官道一路向西，奔省城而去。

最后一晚，他们住在驿馆里，兄弟们在外面把守着。他略事休息，走出内室，看到夕阳穿过重重树木，闪闪烁烁地落在院中，鸟雀叽叽喳喳，像家里的女人不知在谈论些什么。两辆囚车停在东墙下，一丛夹竹桃扑出来，繁花满枝，几乎触到了囚车。那个小胡姬正转头看夹竹桃，仿佛在无聊地数数。叶仁轩走近了，她转过头来，向他笑了笑。叶仁轩故意装出一副严肃的神情，瞥了她一眼。她一点都不害怕，仿佛和他是多年的熟人似的。她俏皮地盯着他看了一会儿，叶仁轩紧绷的脸皮终于忍不住了，他转向一边，微微放松了一下，又马上绷住。他发现小胡姬想攀折那丛夹竹桃，可是手被囚车困住了，就差那么一点点。她似乎有点生自己的气，挣扎了一下。叶仁轩忍不住走近了，折下一枝夹竹桃，放到囚车上。这时，他听见她说了一声“谢谢”，他吓了一跳。“你会说汉话？”她摇摇头，又点点头，不知道是什么意思。半晌，她生硬地说道：“你能 —— 放了 —— 我们吗？”一字一顿，说得很吃力。但是，叶仁轩还是听明白了，他摇了摇头，走开了。小胡姬露出失望的样子。叶仁轩想回头看她一眼，但还是忍住了。

他让兄弟们把这两辆囚车推到檐下。

半夜，明月照进来。他醒了，起来巡视，定定地看了她们一会儿。她们耷拉着脑袋，像死过去了一般。这时，那个小胡姬突然抬起头来，莫名其妙地看着他，仿佛不认识他似的。

交了这一桩差事之后，有一回，兄弟们喝酒，说到那两个胡姬，一顿胡言乱语。一个说，那妞好靓啊。一个说，如果能摸摸就好了。大家都不知道这两个胡姬会有什么结果。其中一个说，肯定是献给了钦差大臣；另一个说，说不定卖到妓院去了呢……叶仁轩猛地灌了一大口酒，说，走了！

他把这件事告诉了哑巴，也不管哑巴是否听得见。他满嘴酒气地对哑巴说：“那个小洋人是多么可爱！”

第二年春天，叶仁轩失踪了很多天。只有哑巴知道他去哪里了，但她说不出来。

短 剑

李婕之护送蒋汉卿的棺木到舜江府西门的素女庵时，蒋汉卿已经被杀半个月了。棺木里的气息已经隐隐逸出，幸亏马臊气多少能掩盖一点。

车夫问她："要拉进城里去吗？"

这一问提醒了李婕之。她下车时有些晃悠，看见"素女庵"三个字时，她想起了当年追着表兄在这里玩耍时的情景。

表兄是舜江府最早的留日学生之一。走的时候，她送他到西门。那时，她的乳房刚刚挺起，用白布束着胸。表兄回头时，还走过来轻轻摸了摸她的头发："小丫头，回去吧，我会给你寄东西的。"表兄去了之后，果然给她寄来不少海外的书刊。她第一次知道了离舜江府不远的绍兴府，有一位鉴湖女侠，名唤秋瑾。那一年，表兄回国省亲，送给她一个精美的匣子，她打开一看，里面竟是一把短剑，还有一帧秋瑾的照片。

这把短剑她一直带在身边。这一次，就是因为这把短剑，才被官府纠缠了好些日子。幸亏短剑是定情之物，并非用于防身。但是，若不是父亲巧为周旋，为自己与表兄私奔表现出一副痛心疾首的样子，说不定她也不能这么快就被放出来。

他们李家是素女庵最大的施主，当家师太热情接应了这桩法事。但是，家里的人一个都没出现，他们不愿为这桩丑事再抛头露面，甚至不愿再接纳李婕之。而李婕之也已心灰意冷，毕竟她未曾料到，表兄竟会做出如此决绝之事。了了表兄的丧事，不知是父亲的意思，还是当家师太的意思，给她另辟一园，将她安置在素女庵最后面的一个小院落里。这个院落倒也清静，东边有一丛翠竹，竹丛边缘是一扇板门，门后放着一个小水缸，水缸里积满了竹叶，仿佛这扇门是千年不开、万年不动似的。

当家师太来看过几次，也会坐着闲聊一会儿，问她可喜欢读佛经，说人活一辈子自有劫数，过了这个劫就好了。

这晚，李婕之正对着烛光发呆。那萧萧的声音，扫过她心中满腹的荒凉。忽听得有什么东西落地，接着，她听到了敲门的声音。李婕之一惊，想莫非有人来打劫？她依在门后，瑟缩惊问："你是谁？""请问，你是蒋汉卿的表妹吗？我受他之托，前来看你！""受他之托？"李婕之有些将信将疑。"不必多疑，你可认得这把短剑？"对方戳破窗纸，将剑递了进来。李婕之接过一看，与自己的短剑几乎一模一样，就迟疑着打开了门。对方一身黑衣黑裤，脸上裹着一块黑布，然后，看着她，将黑布解了下来。李婕之眼睛一亮，但见对方眉清目秀，哪像是凶神恶煞的强盗？两人一阵尴尬之后，李婕之明白了对方的身份：革命同志。原来蒋汉卿是革命党人，他去刺杀绍兴知府替秋瑾报仇，慌乱之中，不慎落入虎口，被杀身亡。“都怪我，没有冲进去接应他！”黑衣人告诉她，蒋汉卿临行之时，曾有言叮咛：“若有不测，请千万保护好我表妹！”

从此之后，素女庵的后院不再清静。黑衣人来无影去无踪，她只知道他的名字，叫张申嘉。终于有一天，他留了下来。“当初在日本时，我就知道你了！”他说，他看到过她寄给表兄的照片，蒋汉卿甚至还说给他做媒；没想到，她还没来得及认识他，却爱上了自己的表兄。黑衣人带了酒来，两人对酌。他的一双眼睛，总是痴痴地看着她。李婕之因了酒力，两颊绯红。酒过三巡，黑衣人拿出短剑来，问她：“你可知这柄剑与你的那一柄的来历？它们原是一对，你看出来没有，这剑格里雕的原是龙凤啊！”李婕之拿过来一看，果然是的。这两柄剑，当初是蒋汉卿与张申嘉一起在日本买的，送给她时，两人曾戏言，李婕之爱上谁，谁就是青龙剑的主人。

“你要知道，为了革命，我们愿意随时牺牲！”张申嘉拿起酒杯，一饮而尽。

“好个‘不负少年头’，我敬你一杯！”李婕之站起来，“只是你要千万小心，我虽不能与你一起赴汤蹈火，但我的心在你这里……”李婕之别过脸去，哽咽了。

“你等着我们的好消息！”

第二天深夜，庵里有人奔走相告，说城里着火了，是从府衙后门烧起来的，舜江桥一带已是一片火海。据说，知府老爷差一点丢了性命，现在官兵正在全城搜查，寻找反贼。李婕之不禁一惊，莫非是同志们起事了？她不由得坐立不安。隔着城墙，她隐隐看见远处有红光在晃动，像晚霞一样。半夜时分，她听到了狗吠的声音，外面似乎乱了起来，后来又静了下去。她点了蜡烛，起来在院子里来回看了一下，总感觉张申嘉会忽然出现在她面前。天蒙蒙亮的时候，枝头已经有鸟雀在交谈，似乎就在说昨晚的那件大事。她想，如果革命成功了，她就可以走出素女庵，光明正大地与张申嘉手挽手走过府衙前的舜江桥……

但是，一个月过去了，张申嘉没有出现；半年过去了，张申嘉还是没有出现。后来，仿佛一下子蹿出来似的，到处闹革命，大清忽喇喇倒掉，变成民国了。

民国元年十一月的一个午后，太阳隐在云背后，一个穿着制服的年轻人来到了素女庵，找到了李婕之。他自称是省党部的，把一柄短剑交给了李婕之，并告诉她，张申嘉在舜江起事后，迅速转移到了广州，但是，在广州起事时牺牲了。在起事前，他留有遗嘱，如他牺牲了，把这柄短剑和这件黑衣，交与李婕之。李婕之接过短剑与黑衣的时候，整个身体颤抖了一下，顿觉天旋地转起来。

傍晚时分，李婕之推倒了后门的那只水缸，第一次打开了那扇板门……

石　锁

舜江西门外的石桥头叶家曾是个名门望族，当年这里出过武举人，叶方勇就是这一族的。可惜现在兵荒马乱的，有口饭吃就要念阿弥陀佛了。

叶方勇在石桥头小学任体育老师。年轻的时候，他到北京读过大学，后来因为闹事，被开除了，只得落魄回乡。他挣扎来挣扎去，最后只谋得一小学的差事聊以度日。

这一日，叶方勇正在玩牌九，突然，女人拍手拍脚地闯了进来："你个败家子，你已经输掉了一间屋，还想把全家都输进去吗？"叶方勇不睬她，自管自下注。这时，女人一手抓起他桌前的骨牌，摔将开来。这让叶方勇很下不来台，他怒不可遏，一把扯起女人的头发，把她拖了出去。女人哭骂着，疯了似的来抓他的脸，被他一把甩开了。

叶方勇回到家里，看到门臼边还放着个石锁。昨儿个赢了钱，高兴，他连举了十多下，正好小女儿替他买酒回来，他急不可耐，顺手把石锁放下，就进去喝酒了。今天，当着这么多人的面被女人搅黄，他狠狠地踢了一脚石锁，兀自坐在门槛上生气。这时，小女儿跑进来说："爹、爹，娘跳河了！""让她跳吧，一了百了！"他一边骂着一边起了身，"'死'在哪里？""石桥头！"叶方勇一把把石锁扔到院门口，快步走了出去。

桥头的人群闪出一个口子，只见女人坐在地上，浑身已湿透。他一把拉起女人，让小女儿扶着她回家去。女人边骂边哭，湿衣裳裹住了身子，几乎迈不开步。小女儿拉着她，叶方勇跟在后面，而桥上，很多人看着他们。

就在这时，听到桥后有人在喊："叶方勇，你用过叶子奇这个名字吗？"叶方勇心头一紧，这名字几十年没人喊了，没几个人知道。他在大学时，以字行，才有人喊他"子奇"。那时，初到京城，他是这样文绉绉地自我介绍的："鄙人舜江府人，姓叶名方勇字子奇，练武出身，乃一粗人，请多赐教！"他读的是体育科，在乡人看来，跟祖上的武举人可有一比。谁会知道，他后来会变成这样呢！

叶方勇看着桥头。这时，一个穿长衫的人从人群中快步向他走来。叶方勇好一阵奇怪，他根本就不认识这个人。但是，那个人却越走越近了，仿佛在哪里见过，却怎么也想不起来。

"子奇兄，你我有二十年未见了吧？若不是你额头的那颗'紫微星'为证，我都不敢与兄台相认了！"

叶方勇额头有颗痣。“你是谁?”叶方勇心情不好，乡居多年,已经不习惯这一套虚礼了。

“我是陆雨生啊,国文科的,你忘了?!”

“陆雨生?陆兄!”叶方勇霎时如被电闪雷击一般,苏生了当年的记忆,“惭愧惭愧,今日让兄台见笑了!”

这时,叶方勇转头看看女人,又看看对面的陆雨生,搔了搔头皮,有点进退失据。此时若带回家去,女人必无好脸色看……对了,要不,去后村的小学暂坐一时吧!他在巷口买了点熟食和一坛酒。小学并不大,门口一棵老樟树把门房都盖住了,房檐下挂着一口小钟。门房老头既管敲钟,也管粗茶淡饭,他早年是做厨师的,门房的后半间算是食堂。

叶方勇给陆雨生斟满了酒,一时不知说什么好。偏是陆雨生哪壶不开提哪壶:“今日嫂夫人是怎么回事?”原来,他已在桥头关注多时了。

“啊,这、这事嘛……”叶方勇吞吞吐吐,抬头看了一眼陆雨生,“兄台怎生到此?”

“我在京受人排挤,又因女人他去,觉得京城无可留恋,于是,托一朋友到舜江大学来了。”这是叶方勇知道的,当年陆雨生就是个情种,却又是个柏拉图式的人物,写情书是他的特长,见女人却万分局促。

“如此说来,你与嫂夫人也是琴瑟失调?”叶方勇也开始文绉绉起来。

“惭愧，不敢称夫人，只是一厢情愿罢了，女人多变，被骗而已……”叶方勇以为陆雨生会痛恨女人，谁知他一个转弯，回到从前，“当年，我与兄台一起为秋瑾而感奋，觉女权之必争，犹记鲁迅先生的《记念刘和珍君》，你我读之再三——刘和珍我们也是认识的，她牺牲后，为了给中国男人争口气，你挥旗，我呐喊，走上街头。彼时，我们都是热血青年啊……”

叶方勇叹了口气，给陆雨生又斟上酒，拍了拍脑门，低头言道：“兄台此来，仿佛少年，只可惜，我一介粗人，已经堕落为一个酒鬼、一个赌徒罢了……”

“子奇兄不必惭愧，真正应该感到惭愧的是我！”陆雨生突然站了起来，撩起长衫，欲作跪状。这可让叶方勇大吃一惊，他赶忙扶住，一时有点丈二和尚摸不着头脑：“兄台因何行如此大礼……”

原来，当年两人因为上街游行，与当局发生冲突，被学校双双开除。事后，校长宣布，凡写悔过书的人，均可恢复学籍。两人相约立誓绝不悔过，宁为玉碎不为瓦全。谁知最后关头，陆雨生悄悄写了悔过书，顺利毕业，并游学欧美，成为一代学人。“每念及此，心痛何如，悔惭交并，耿耿在胸，二十年矣！故而多方打听寻找兄台。今日负荆请罪，请兄鞭笞！”陆雨生又作欲跪状，叶方勇拦住了。两人重又坐下，叶方勇也不与陆雨生干杯，猛地喝干了碗中剩酒，两手猛击脑袋，发出了一声困兽似的闷吼。

叶方勇在石桥头为陆雨生拦下一辆黄包车,把他送走了。

这时候，已经夜幕四合，西天只剩一点残阳的反光。回到家里，门口的石锁上，系着黑白两只羊，是小儿放羊回来了。

家里黑灯瞎火的，没有一点活气。他在石锁边，抚了抚两只羊,站了好一会儿才进去。

击　贼

母亲雇了一辆黄包车，两人沿着东郊路往城里去。

“没有江芝的消息？”

华兰芝摇了摇头。母亲是来接她回舜园住几天的，她本想拒绝，但是母亲的眼睛红了好几回。

舜江老城是当年舜江府所在，还是一样的热闹，但舜江楼上的膏药旗让人明白如今已非当日。

母亲说，快到端午节了。

当兰芝坐在舜园的半壁亭里，依着美人靠发呆时，母亲端来了豆沙粽，她吃了一点就放下了。

当日也是在这里，华兰芝认识了夏江芝。夏江芝穿着长衫，挺挺的，倒有几分玉树临风的样子。他是书院的票友，吹拉弹唱都会，当时唱的是《拾画叫画》。她躲在母亲身后看，一时看得入神，仿佛自己就是杜丽娘似的。后来，师傅让她来唱一曲《游园惊梦》，她一个不小心，脱板了，顿时羞得满脸通红，偷眼看夏江芝，他打拍的手停了一下。下场时，母亲觑了她一眼，微微笑了一下。“妈！”她摇着母亲，躲进母亲怀里撒娇。大家不由得哈哈大笑。

兰芝问起哥哥的事，母亲淡淡的，说他总是忙生意场上的事，跟他说江芝的事，他也不急，只说去托托人看。母亲说，不是一个肚子生的，到底不亲。

第二天，华兰芝就回去了。母亲苦苦挽留她，她最后好不容易说出一句话：“万一江芝回来了，他找不到我，要着急的……”

走进空荡荡的书院，她不切实际地幻想着夏江芝突然跑出来迎接她。然而，自己家依然关着门，门上的“囍”字没了，只剩一角已褪成淡红的纸还粘贴着。打开门，脸盆架上，两条一样花色的毛巾，一条褪色了。两只刷牙杯子，一只杯底湿的，一只还是干的。她不由得泪如雨下。

当时，说是鹤田先生久仰中华文化，请他去教戏。谁知这一去，就再也没有回来，都一百多天了。

这天黄昏时分，风雨交加，华兰芝没来由地心怦怦跳。一阵狂风，吹得放牙刷的杯子“砰”的一声掉了下来。华兰芝赶紧关紧门，看着窗外的狂风暴雨把树吹得东倒西歪，她第一次感觉到了什么叫“风雨如晦，鸡鸣不已”。风渐渐地小了一点，但雨没有停下来的意思——天黑下来了。

突然，她听到了拍门的声音，声音不大，却很清晰。她紧张起来：“是谁？”“是我！”“是你？！”她觉得这声音如在梦中,“江芝,真的是你?”她赶紧打开门,只见江芝浑身湿透,长衫贴在身上,不断滴着雨水。她把江芝迎进门,江芝脸色苍白,隐隐发抖。她赶紧给他换上干衣服,在橱柜里找来白酒,好让江芝暖暖身,去去湿气。

当夜,江芝就发烧了。他一连发了三天烧,烧退后,嘴唇上全是疱。

她问他,日本人有没有虐待他,打他?他愣愣的,沉默着,像换了一个人似的。

一天半夜,忽听得隔壁有人喊有贼,江芝猛地坐起。兰芝接着听到有人说,贼躲进了夏老师家里。屋里黑咕隆咚的,不知江芝在摸索啥。后来,窗户打开了,有人提着煤油灯往里照了照,却不见贼的影子。等人散去,猛听得后窗“砰”的一声,似见一个人影闪过。兰芝吓了一跳,点了灯,回身看时,只见江芝手里紧紧捏着一柄牙刷,正打算与贼拼命。

当夜,兰芝几次发觉江芝在发抖。半晌,他才说:“会不会是日本人又来找我了?”问他,他又不怎么讲,只说那一夜有人袭击日本人,火光冲天,他是趁乱逃出来的。直到后半夜,他才抱着兰芝,先是啜泣,终于号啕大哭,哭得像小孩在母亲怀里一样。他一次次地问兰芝:“我是不是失节了?”他说,鹤田一再让他教《拾画叫画》,他起先没答应,后来终于因为经受不住皮肉之苦,教了他一支曲子。江芝说,他关在那里时,脑子里一直唱的是《长生殿·骂贼》,可惜他不是戏中的雷海青，没他有血性，到底没敢把琵琶击向日本人。

终于，日本人投降了，大家又可以一起唱戏了。

这一天，正好是中秋，舜园张灯结彩，华兰芝似乎重又成了华家小姐，江芝还带了琵琶，与大家一起弹奏。难得的是，以前与自己比较疏离的哥哥也来参与其事，还邀请生意场上的朋友一起来赏月，看戏，吃酒——华家是做中药材生意的，与上海、重庆都有生意往来呢！

师傅说："当年你们两人在这里结缘，一曲《游园惊梦》如梦如幻。今日月华如水，何妨重来一曲，以助雅兴？"

华兰芝看着夏江芝，心里有点惴惴不安，因为江芝曾说，这辈子再不唱《牡丹亭》了。江芝迟疑了半天，终于站了起来，抱拳说："我就唱一曲《长生殿·骂贼》如何？"

师傅很是惊诧："这不是你的本工啊？"

江芝说："这些年来，我心中一直在唱这一折！"

大家都说："好！"哥哥的一声"好"，还喊得特别响亮。

【扑灯蛾】怪伊忒负恩，兽心假人面，怒发上冲冠。我虽是伶工微贱也，不似他朝臣腼腆。安禄山，你窃神器，上逆皇天，少不得顷刻间尸横血溅。我掷琵琶，将贼臣碎首报开元。

华兰芝看见江芝越唱越激动，他终于抱起琵琶，扔了过去,差点正面击在哥哥身上。

当夜,母亲留他们宿在舜园。两人进了房,关了门,兰芝嗔怪道:“你怎么把琵琶扔向我哥啊?”

江芝淡淡地说:“就是你哥这个国药会会长向日本人推荐的我啊!”

“什么?! 你怎么知道的?”

“鹤田说的。我怕你难过,所以一直没告诉你!”

华兰芝沉默了好一会儿,忽地听见楼下哥哥喊她的声音。她走到窗前往下看,只见哥哥站在明晃晃的月光里,像一个魅影。她没好气地回道:“我们睡了,有什么事明天再说吧!”然后关了窗,依上来,抚着他的脸,轻轻说道:

“江芝,难为你了!”

弦 歌

天色很快暗了下来，山里似乎黑得更快。郭保全校长走出祠堂，沿着山村的小路兜了一圈。他时不时走进村民家里，一边与主人打招呼，一边查看租住着的学生，提醒他们当心火烛，早睡早起。

当他转回祠堂，准备也去休息时，听到了风琴的声音。风琴弹的是《送别》，和着节奏，他不由得哼了起来：

长亭外，
古道边，
芳草碧连天。
晚风拂柳笛声残，
夕阳山外山。

他走进用作教室的祠堂，看见一个男生正在弹风琴。借着隐约的月光，男生的手指熟练地按着键盘。

“看不见了吧？明天早上再弹吧！”

学生立马站起来，喊了声：“郭校长！”

“你家是哪里的？”

“回校长，我家在皿山。”

“哦，那路挺远的。”郭校长对这学生有些印象。他又抚了抚风琴，叹了口气：“唉，这次撤退只剩下两架风琴了，另一架还有点漏气。”而最近的消息又让他忧心忡忡，一是听说省政府、省教育厅迁到更西部的皿山深处去了，一是说日军离此又近了二十里，局势到底会怎样发展，真没法说啊！

第二天一早，路上遇到军训教官，他向郭校长打听学校是否还得搬，说他是本地人，如果学校再搬，他就不走了，一大家子要照顾，怎么走？郭校长笑笑说，那上面总会派别的人来的。

他回到山村时，又听到了风琴的声音，一个音色清澈，一个有点闷声闷气。

刚走进办公室，会计老余走过来，问道：“不知道下个月的教育经费还能不能按时拨付？”

到月初时，郭校长打听了一下，不由得眉头紧锁。由于战事吃紧，本地银行已领不到经费了，他得亲自去一趟皿山。两人合计了一下，得找个认路的同行。可是，一时到哪里去找呢？这时，老余忽地记起来，有个男生就是皿山人。郭校长也想起来了。老余查了一下名单，男生叫卢亮，一下课，就把他叫了来。郭校长一看,果然是那晚弹风琴的男生。

老余说了一下叫他来的意思，郭校长微笑着看着他说:“就怕你力气不够!”

“校长，我行的。去年我们撤退时，我还背着受伤的同学一起上山呢!”

第二天一早，两人偷偷上路了。出门万事难，转来转去，好不容易在第三天下午见到了国民教育科科长，说只能在皿山银行领到款项。郭校长从银行里出来时，手心全是汗。这次他领到了两个月的经费，仅仅用一个布包裹装着，背在肩上,是不是太显眼了?

当旅社里只剩下他俩时，郭校长向卢亮亮了底。卢亮从没见过这么多钱，倒吸了一口凉气，喃喃自语说万一包裹被抢,那就不得了了。忽然,他一拍脑门说:

“对了，我每次上学来，我娘总是把钱缝到我的内衣里。要不,我们也把钱缝在内衣里,怎么样?”

他向老板娘要了针线包，关紧了门窗。郭校长把钱分成两半,一半缝在自己的内衣里,一半缝在卢亮的内衣里。

“校长,您放心,人在钱在,我知道非同小可……”

他们一路担惊受怕，终于平安回到了山村。郭校长拍拍卢亮的肩膀,长吁了一口气。

此后，也有整个月领不到经费的，但山村里，依然琴声悠扬。时局似乎处于胶着状态，偶尔东南角会看到敌机掠翅而过，但也没有扔下炸弹来。

突然有一天，一个学生气喘吁吁地跑进办公室，说打起来了，打起来了。郭校长一惊，急问怎么回事，因为警报并没有拉响——原来，一群男生与教官混战在了一起。郭校长急忙赶过去，拨开人群，只见一个教官在横摔一个男生，还不断用脚乱踢。郭校长喝道："住手，怎么可以打孩子呢?!"他立马拉开两人，定睛一看，被打的竟是卢亮。

几个教官气势汹汹地涌进校长室，说是共产党闹事，一定要开除卢亮，为头的就是上次打听消息的那个本地教官。等他们走后，郭校长查看了卢亮的伤情，让老余给卢亮涂上红药水，又一一查问学生，终于明白这几个教官平时作风粗暴，对女生也动辄打骂，卢亮只说了句"不能打女生"，结果惹恼了教官，他们恼羞成怒，打卢亮出气。同学们看不下去，一哄而上，围攻教官，终于酿成一场混战。郭校长感到事态严重，就集中学生，进行训话：

"当此国难当头之际，本当勠力同心，弦歌不辍，保我国本；谁知你们少年意气，不懂时务，惹下大祸。从今之后，当潜心学习，尊敬师长，以上不负国家和民族，下不负父母和师长!"

同时，他也辞退了那几个教官。因为他们态度强硬，毫无反省之意，还一定要他开除卢亮，否则，就停止军训，报告上面。郭校长正色道："请便!"

"校长，这样怕是不好吧……"老余有点担心。

“这几个兵油子，积习难改，不但于教育无补，还会败坏风气。我上次还看见他们追逐女生，态度甚是轻浮 ……”

这事，暂时算是压下去了。

这天黄昏，郭校长沿着山村，又绕了一圈。祠堂前后，树木掩映，残阳漏金，暮鸦四噪。他听到音乐小组在训练弹唱，《送别》的歌声再次传入他的耳朵 ——

问君此去几时还，
来时莫徘徊。
天之涯，地之角，
知交半零落。
人生难得是欢聚，
唯有别离多。

郭校长驻足静听，眼里有点温热。过了会儿，他一个人往山上走去，在一个山头，他远望东北，站了很久。那里是沦陷的舜江，市郊北面有一幢口字形的黄瓦青砖的二层楼房，有十多个教室和长长的宿舍，四周是操场、农场和田野，那就是舜江师范的原址！

刚才，他接到了省教育厅的指示，让他辞职复命。因为军训事件，已引起上面的不满。

郭校长已经决定：不能开除卢亮。因为那是一个火种。

涵元阁

舜江府有个著名的涵元阁，旧主据说是前清的一个大员。大员家少爷是个书痴，收罗了不少海内孤本。暮年，少爷膝下荒凉，曾不止一次地对仆人谢玉良说：

“不知涵元阁会落在谁手，倘也是个爱书的，我也放心了。”

“老爷，你放心，有我一天在，就不会让涵元阁丢失一本书。”

少爷曾跟着一个高人学会了古书修复。谢玉良是书童，自然也懂七八分。少爷过世后，涵元阁捐给了舜江大学的图书馆，他也就成了古籍部的修书匠。他有一手当年跟着少爷混的绝技——“借尸还魂”法，能把整个旧书纸更换，让原来的墨迹附着在新的纸张上。这一技法，江湖罕见。眼见得谢玉良也渐渐老去，图书馆就让他带了一个徒弟——龙志安。

龙志安是个年轻人，学古典文献的。修古书是一件精细活，须坐得冷板凳。拆线、清洗书页、处理虫眼和书病、替换册页、重新装订，那可不是一件简单的事，一天糊不了几页。尤其是借尸还魂的技法，那可是秘密，不轻易传人。入了这个行，就得守着这个活。龙志安虽不敢怠慢，却也没多少热情。

闲了时，谢玉良就给龙志安讲当年的事。“我是答应了老爷的，他守一辈子，我也守一辈子。”谢玉良忠心耿耿，仿佛这藏书楼就是他的旧主一般。

可惜，形势逼人。日本人攻下了上海，舜江府也危在旦夕。舜江大学西迁，搬走了涵元阁的一半藏书——车马颠簸，已不能再多带了。

“师父，你跟我们一起走吧！”

“我老了，跟不了你们年轻人了。这半楼藏书，耗费了老爷的一世心血，宋元孤本，尽在其中，你要好生看管，剩下的，我守着。”

“师父，你要好好的，等我们回来！”龙志安眼睛红了。

龙志安一走，谢玉良好一阵失魂落魄。剩下的半楼藏书，虽不是珍本，却也是燕子衔泥，好不容易收集来的。他记得很清楚，有一回，太阳已下山，老爷还没回门。他一路寻过去，在舜江桥下，只见老爷坐在石阶上，守着一地的旧书，不知所措。原来，书太重，老爷用手杖扛在肩上，谁知下桥时，一颠一颠的，咔嚓一声，手杖折了，书散了一地。

日本人进城的那一夜，谢玉良住在涵元阁。他提着一盏马灯，前前后后仔细查看。他听到了外面的兵荒马乱，把灯芯旋得只剩一点点，一灯如豆，却又不绝如缕。他上楼下楼，坐立不安。过了会儿，他听到了外面日本兵一队队经过，感觉楼都在震动,那靴子仿佛就踏在古书上一般。

终于有一天，一个日本人进入了涵元阁，身后跟着两个侍卫，还有一个翻译。翻译官说，太君想上楼参观参观这江南著名的涵元阁。谢玉良说，涵元阁除了一堆破书，没什么好看的。

“破书？我就是要看破书!”日本人说着半生不熟的汉语。

“把书柜都打开!”翻译撂下一句话。谢玉良徘徊不前，侍卫厉声喝道：“打开!”谢玉良没法，只得一一打开。“下去!”日本人把他赶走了。

谢玉良躬着背，在楼下坐也不是站也不是。他迟钝的耳朵变得特别灵敏，上面的些微声响都牵动着他的心。他几乎能说得出每一个书柜里的书的来历，其中最东边一柜的最上层的一套书，是少爷第一次用借尸还魂法把书病严重的册页替换掉的。看着旧墨迹重新附着在新书页上，少爷说，有了这门绝技，古书可以不朽了。前几日，谢玉良检视书柜，发现这一套书竟然没有西迁，这让他肩头一沉。

日本人走下楼来，捧着一函旧书。谢玉良眼睛都直了，他伸出手去，想把那函书夺回来，被侍卫挡住了。他喊道：“书不下楼 —— 不能拿走啊!”这一说，仿佛是提醒了日本人：“你的，知道，孤本在哪里?”谢玉良装糊涂道：“我只是个管门的，哪知道什么孤本不孤本?”谢玉良意欲再上去拦时，侍卫一把把他推倒了。

第二天，涵元阁门口的牌子换成了“东亚文化联谊处”，日本兵已经站上了岗。

谢玉良再也不能进入涵元阁。他撑着手杖，绕着涵元阁一圈圈地走。涵元阁虽不高，却仿佛是九层高台一般。他几乎每天都要沿着涵元阁外边的小路绕着往里看，走近了看，站在高处看，透过花墙看，或者远远地看。他看见涵元阁旁的银杏树一天一天变黄，叶子一天少似一天，终于变成光秃秃的一株。他又看着它慢慢返青，长出新叶。他就这样一圈一圈地绕着涵元阁，日本兵也换了一茬又一茬，他们有时诧异地看看他，有时又习以为常。他的背越来越驼，他的痰越来越多。他总是对着对面的膏药旗不住地咳嗽，对着“东亚文化联谊处”一次又一次吐痰，却总是吐不干净，如骨鲠在喉一般。

他终于病倒了，时好时坏。他梦见路上鼓乐喧天——龙志安回来了。

那一天，他正发着低热，真的看见了一个瘦削的男子握住了他的手：“师父，我回来了！”他愣愣地看了半天，两行浊泪流了下来。半晌，他的精神好了些，就让龙志安扶着，去看四年多没有进去的涵元阁。他抚摸着楼梯，一步一步撑上去。涵元阁已打扫一新，只是珍本尚未归位。他翻到一本很破的古书，对龙志安说：

“你借尸还魂一下吧！”

走时，他回头看了看那株银杏树，金黄的叶子三三两两地悠然飘下。

五更时分,谢玉良死了。他双目紧闭,似乎没什么痛苦。

龙志安哭着赶来, 把那本刚刚替换好册页的古书放在他的胸口。

空中悬着一棵树

叶芝卉和钱鸿飞是在美专的流亡路上肄业回到舜江府的。那天夜里，他们在舜江码头从小火轮上下来时，叶芝卉一转身看到了悬在老府城门楼上的膏药旗，心里顿时一阵悲怆。

明月依旧，但老府城已不是当年的老府城了。

钱鸿飞紧紧握着她的手。他们上了黄包车，好一阵没有言语。钱鸿飞老家在天台，位于舜江府之南，他是专程送叶芝卉回家的。叶芝卉家在东门外凤凰山的南麓，拉车的师傅是从小道辗转过去的。老东门那里，日本人要盘查的——谁也不想出什么意外。

叶芝卉家是一座小小的四合院，背倚凤凰山，墙头屋角杂花生树；远处，舜江转了个弯，油菜花直开到江边。这是一片平整的土地，离城不远，却没有城里日本人的喧嚣。

这一天，叶芝卉在一棵树下画画，钱鸿飞陪着她。回头，四合院在一里之外；前面，掠过金黄的油菜花，能看见舜江的白光在闪闪烁烁。在这片菜花地里，三三两两地有几棵树，不知是特意种的还是野生的。他们身边的这棵树，皮是青色的，很光滑，大大的树冠好像为他们撑起了一把大阳伞。叶芝卉坐在青皮树前，钱鸿飞发现了一个极好的视角：一棵大树下，一个女子正在画画，画的是满地金黄的油菜花，尽头，是一条大江……他忽然来了灵感，想在这棵青皮树上画出金黄的油菜花。他从叶芝卉的画盘里蘸了颜料，把眼前的一截树干涂成油菜的底色，然后上半部分点染上金黄的油菜花，下半截画出油菜的叶子，底下树根部分画成田埂的颜色，与土地连成一片。

"芝卉，你来看！"

叶芝卉站到钱鸿飞的位置，两个人再站远些，只见空中悬着一棵树——钱鸿飞把那棵树的下半截画没了，那棵树所在的地方也变成了油菜花，与周边的油菜花混为一体，分不清真假了，只有上半截的树冠孤零零地悬在空中，好像随时都要掉下来的样子。

"鸿飞，你真是个天才！"

两人紧紧地抱在一起。

钱鸿飞回到天台不久，就来了一封信，说他参军去了。他说，百无一用是书生，该是投笔从戎的时候了，他要到抗日前线去。

第二年春天，油菜花依然开遍舜江两岸。叶芝卉在一所小学里教书。写生课的时候，她带着孩子们在油菜花地里画画。她有些伤感，去年这个时候，钱鸿飞还在她身边，不知他现在平安否。她在一棵树上画油菜花，画着画着，树干没了，都成了油菜花。学生们雀跃起来："老师、老师，天上悬着一棵树！"小家伙们都惊叫起来。

这年的夏天，钱鸿飞突然出现在四合院门前，他黑瘦黑瘦的，眼睛里有种说不出的暗火。饭后，两人在舜江边散步，钱鸿飞一直沉默着。后来，他坐在一块石头上，像一座雕像。叶芝卉发现他的眼圈红红的，不由轻轻地抚了抚他的脸。这时，钱鸿飞突然号啕大哭——"都死了，都牺牲了！"他是从死人堆里爬出来的。过了半晌，他告诉叶芝卉，他已报名参加了远征军。他最痛心的，是不能拒敌于国门之外。

叶芝卉看着钱鸿飞的脸，抹干了他的泪痕说："我等你！"

又一年，油菜花开，她没有收到钱鸿飞的信。这是她早就知道的，他扔开了画笔，也就意味着扔开了一切。但她的心却追随着他千里万里，跋涉在西南的崇山峻岭间，跋涉在缅甸的丛林中……她每年都画油菜花，油菜花地的空中，总悬着一棵树。她知道，这棵树落地的时候，他就会回来了。

一九四五年的冬天，她知道钱鸿飞再也回不来了。

那一年冬天特别冷，舜江的边沿都结了冰。从天台辗转过来一封信，是钱鸿飞的一封遗书，特地写给她的——原来，他早在三年前就牺牲了。她一个人来到那棵青皮树下，痛痛快快地哭了一场，把自己也哭成了一棵树。油菜花开的时候，她拒绝了一个又一个媒人。她总是躲在油菜花地里，画一棵悬着的树。人们觉得她也像一棵树一样，凛着青青的脸色，不苟言笑，越来越像一个与世隔绝的老姑娘了。

就像她三年后才知道钱鸿飞牺牲的消息一样，她也是后来才知道远征军的墓地的——就在西南国境边。但是，兵荒马乱的，她没有去成。这一悬，隔了半个世纪，才又有了重修墓园的消息。那年油菜花开的时候，她又画了那棵树。其实，那棵树早已不在了，油菜花也只剩下江边那几畦。但是，她的心中，还是盛开着大片的油菜花，油菜花地里，矗立着一棵大大的青皮树。就像她的手臂早已皱巴巴一样，她想，要是那棵树还在的话，它的青皮也许也皱巴巴了吧！

她依然孤零零一人。到边境去，也是她一个人去的。她在墓园徘徊了三天，找到了他的名字——也就一个名字而已。

直到去世，她都没有再画画。她对自己说，那棵树终于落地了！

送　信（上）

那时候的舜江府，分为南城和北城，中间一条舜江，滔滔来滔滔去，是通海的，潮头可一直涌到城西二十里的板门镇。杨小宝就住在板门镇边缘的一个小旮旯里，他爹死了，他跟娘一起生活，日子过得很艰难。

杨小宝是识字的。他爹原是私塾先生，从小教他的。

他娘舅住在南城，是个送信的。杨小宝十六岁的时候，跟着娘舅送信。娘舅教他，嘴巴要甜，他就见谁喊谁，大家都喜欢他。他模样长得周正，虽是乡下小子，却是白净的。就是收信的那些个婆婆妈妈，也都要多看他几眼，仿佛是在外的小儿子回来了。

杨小宝最难过的是太阳下山之后。到了晚上，他只一个人，没地方可去，就随便吃些，早早地关上邮局的门，打上地铺。娘说，不能老叨扰娘舅，其实是她有点怕弟媳妇。所以，起头的一个月借宿在娘舅家，之后他就独过了。

杨小宝送信，经常要过舜江桥。这桥很高，有三个拱，中间一个是大拱。有时正好潮水涨过来，他就站在桥顶看一阵热闹。到板门镇的潮水已是尾巴，一点力道都没有。过了舜江桥，老府衙后面有个天水花园，正是这天要送信的地方。挂号信是一个牛皮大信封，摸着里面像一本书。

他在门口喊道："挂号信！"一个下人要来接信，他又喊道："要敲章！"然后，他看着信封念道："李琼枝！"下人便朝里喊："小姐、小姐，有你的挂号信！"过了一会儿，跑出一个女生来，她梳着两条辫子，上身穿着宝蓝色短袄，下身是一条黑裙。"你是李琼枝？""难道不像吗？"女生盯着他看了一会儿，扑哧一声笑了，倒把杨小宝给窘住了，他的脸颊不由得红了半边。他垂着眼，给她敲章，还给她时，正好与她的眼睛撞在了一起。那是一双水汪汪的大眼睛，能照出他的影子来。他没敢多看，递给她挂号信之后，转身就走了。快出巷口时，他又回身看了一下，发现早已没了李琼枝的身影，只有一个下人在门口指指点点，似乎在说着什么。

从此之后，十天半月的，总有这样一个牛皮大信封寄到天水花园来。他总是琢磨着，候她在家时专门送去。有一次，他忍不住问道："给你寄的是什么东西啊？""小说杂志，我表哥寄给我的。"李琼枝当即撕了信封，"喏，就是这样的一本杂志，你要看吗？"杨小宝不好意思地辞却了。李琼枝问他看过什么书，他说看过演义、评书什么的。李琼枝说："这些都老掉牙了。我表哥说，要看新小说。"她要他等一下，便像小鸟一样飞了进去，又很快跑了出来，手里拿着几本旧杂志说：“你要看，就送给你。”杨小宝讪讪地收下了。李琼枝说：“别不好意思，你读一遍，就少浪费一遍呢！”

晚上，杨小宝在煤油灯下看小说，有的很好看，有的看不下去。看不下去时，灯火一晃一晃的，他眼前总是浮现出李琼枝的笑脸。

“小宝，这个灯咋这么费油？我刚给你加满的呢！”一日，娘舅无意中说起，小宝不由脸上一阵发热。

杨小宝把旧杂志还给了李琼枝。李琼枝说：“你看了哪篇？”两人唧唧呱呱讨论了一番，一个下人说：“小姐，你可别耽搁人家送信啊！”“去去，就你烦！”李琼枝白了下人一眼，又看了看杨小宝，笑着跑进去了。杨小宝摸摸脑瓜，发现还有好几封信在邮袋里呢！

有一阵，娘舅生病，他的邮件也归小宝送，杨小宝忙昏了头。邮局快要关门时，他听到了一个熟悉的声音，顿时一阵惊喜：李琼枝?！他转身出来，果然是她。她是来寄信的。“你把我表哥的信弄丢了吧？都一个月了，还没收到他的杂志呢！”“没啊，没啊！”杨小宝尴尬地回答着。李琼枝咯咯地笑开了：“我只是跟你开个玩笑，说不定是他没寄了呢！”她跟一个女伴说笑着，走了。杨小宝回到里间，继续打邮戳，打了几封，发现已经打过一遍了。

终于，这样的信没了，杨小宝若有所失。有一次，他故意弯了一下，拐到天水花园去，可是，门口连个下人都没有。他一个送信的，没信不好在人家门口磨蹭，就放慢了脚步走过去，回头看看花园的高墙，只能看见里面的树冠。送完了信回去，他在舜江桥上看着涨潮的江水，心里晃荡了半天。

一日，杨小宝接到了一封寄给李长卿的信，地址也是天水花园。杨小宝一阵窃喜，他心里琢磨了很久，哪个时间点送去李琼枝在的可能性最大。为此，他不惜改变自己的邮路，宁愿绕一圈再来。“你们小姐呢?”他一边把信递给门房，一边随口问。“我们小姐到北平读大学去了。这是我们老爷的信，我马上送进去!”“读大学去了？……”他心里咯噔了一下，继续去送信，过了很长的路，才发现漏了一封顺路的信，只得回头再送去。

他一个人过得很寂寞，晚上有点想看小说杂志。没想到，偌大一个舜江城，竟没有一户人家订这样的杂志。有一次，他看到了一本封面很相像的杂志，一翻，里面却完全不一样。偶然这样想想的时候，竟莫名其妙地收到了一个邮包，他很是惊诧，谁会寄东西给他呢?娘是决不会上邮局寄东西的，她舍不得花钱，从来都是托人捎来的。他迟疑着拆开邮包，里面没信，也没字条，就一叠小说杂志。谁寄的?想来想去，除了李琼枝，没有第二个人了。

后来，就没有李琼枝的消息了。

也不知是哪一年，突然来了一封信，上面写的名字也是李琼枝。他眼睛一直，可细看地址，却不是天水花园，而是南城学宫巷。那也是好人家，门槛高高的。他在门口喊：“李琼枝有信，李琼枝有信！”感觉自己似乎还是那个少年。出来的是一个带孩子的娘姨，怀里的小孩长得很逗人，眼睛很大，忽闪忽闪的。他不敢相信她是李琼枝，就问：“你是李琼枝？”“我哪是啊，那是我们少奶奶！”杨小宝“哦”了一下，就问：“你们少奶奶以前是不是住在天水花园？”“那是她娘家。”杨小宝又“哦哦”了两声，都要走了，突然一个转身，说：“我差点忘了，让你们少奶奶出来一下，要——签字……”其实，这只是一封普通的信而已。他本来想说要盖章，就在出口时，却改成了签字。他想，如此一来，她总会出来了吧！娘姨进去了。过了一会儿，他听见一个熟悉又陌生的声音：“什么信啊？”一个少妇出现在了门口。“哦，对不起，现在这样的信都要签字了。”他抬头的一刹那，被这位李琼枝怔住了。她烫着波浪式的长发，脖间是一串白色的珍珠，一身紫色的旗袍，干练而又妩媚。杨小宝的内心一下子就坍塌了，他在邮袋里摸了半天，才找到签字的单子，指给她签字的地方后，两只手在裤子上下意识地擦着。趁她递还单子时，他忍不住轻轻问道：“你还认识我吗？”这个李琼枝笑了笑，也不说认识，也不说不认识，只抿了抿嘴说：“真巧啊，你一直送信？”杨小宝尴尬地收过单子，突然没头没脑地问了句：“你是不是给我寄过杂志？”李琼枝愣了一下，感到有点莫名其妙，随口说：

“没有啊。”“没有?”杨小宝搔了搔头皮,“这就奇了怪了,我还一直以为是你呢!那会是谁呢?”李琼枝转头看了看正抱着孩子出来的娘姨,踌躇了一下,装作不在意的样子,承了一句:“你是说我读大学的时候吧?”算是默认了。杨小宝看了看孩子,岔开道:“这是你的孩子?真漂亮!”随即收起单子告辞了。

杨小宝头也不回地走出学宫巷,夕阳正对着他,让他睁不开眼。转到舜江桥时,他的脚步慢了下来。他倚在桥栏上,怅怅地看着退潮的江水,感觉刚才的一幕仿佛隔了很多年一样。他只记得她言不由衷地说了句:“要不,屋里坐一会儿?”杨小宝就借口说还要去送信,其实,这是他这天要送的最后一封信了。

西天的太阳越来越大、越来越红,感觉就要落在板门镇的上头,从板门镇泄下来的江水里流出闪闪烁烁的红光,仿佛流血一样。退潮之后,江面似乎也小了不少,不复有波涛浩渺的感觉。

他对自己说,走吧,有什么看头呢?

送　信（下）

红旗插遍舜江城的时候，杨小宝依然在送信。除了这个活，他还能干啥？

有一年，邮局里传出一个消息，他们要搬地方了。这房子太老旧了，据说清朝时就在这里了。这么多年过去，屋顶漏水是常有的事，里面暗得很，柱子都蛀空了。要搬的消息传了半年，他们真的搬到南雷路去了。南雷路是一条南北向的大街，邮局在路东，北面就是学宫巷。当时，他倒是想了一下，说不定哪天这巷口会走出李琼枝来，但也就这么想想，毕竟，离最后一次见她，也已隔了好些年了。

谁也没有料到，搬到这里半年后，邮局里竟来了一位也叫李琼枝的职工。她剪着齐耳的短发，短发的末梢向前略略弯曲着，两鬓上贴着钢丝发夹，身上穿着青灰色的对襟衫，底下是一双半新旧的松紧鞋，小心翼翼地看了一眼大家。杨小宝当即就认出了她，但见大家都是严肃的样子，他也不敢唐突，因为局长就站在身后。局长对她说："你就收邮寄包裹吧！"

第一天，杨小宝没有找到说话的机会。他看着她下班走出邮局，感觉这个李琼枝不是那个李琼枝似的。

来了李琼枝，杨小宝的生活似乎有了点新意。他上班的第一件事，就是看看那个位置上是否已经有人坐着了，但也仅仅如此而已，就像板门镇的潮水一样，仅仅能漫过埠头边沿，不像舜江桥下的大潮，可以晃得大船前艄翘后艄。下班时，他有时会探进头来，问一句“你还不下班”，有时会在后院大喊一声“下班了”，好像喊给谁听似的。有一回，他用饭盒子带了几个艾青饺来，趁人不注意放在李琼枝位置上，说：“我老婆做的，咸菜笋丝馅，很入味，你尝尝味道！”

时间长了，杨小宝知道了李琼枝为什么会到邮局来。原来，这邮局的房子本是李琼枝夫家的，现在归公了，上面给她安排了这个工作。据说，李琼枝的公公新中国成立前是私立阳明医院的院长。这阳明医院，现在叫人民医院了，她公公也已经退休。她男人现在一个山区的乡政府做文书，十天半月才回来一次。他们家的房子，现在两厢都住进了别的单位的人。

但是，这边的信件不归杨小宝送，他已经很久没走学宫巷了。

局长经常下楼来，查看一下他们信件分拣处，然后拐到柜台边，要么站在李琼枝身边，要么坐到她对面，有一搭没一搭地瞎扯。局长在的时候，杨小宝也不敢过来。他有时在门口瞥一眼，有时假装在门边干活，竖着耳朵听，然后就出去送信了。一天，局长看见杨小宝还在，说“你咋还不下班”，然后转身对李琼枝说“你来一下”。杨小宝看看楼上，也没听到什么声响，就回去了。

有一阵，杨小宝发现李琼枝总是时不时上厕所。上厕所要经过他们分拣处，他有时瞥见李琼枝心神不定的样子，眼角总是耷拉着，难得看见她的笑脸。他们分拣处有个男的碎碎嘴，说她肯定跟男人吵架了。另一个嘿嘿笑了两声，没说啥，但似乎就他知道底细的样子。后来传出的消息是，她公公中风了，她男人在乡里也有了大麻烦，上面在查他的历史。这时候，外面的红旗越来越多，墙上刷的字越来越大。局长在楼上喊李琼枝，让她帮忙去写字。邮局门口也要挂上红横幅，写上最高指示。李琼枝上去时，局长让杨小宝代坐一下柜台，杨小宝自己给自己翻了一个白眼。

这一天，他去了一趟娘舅家。娘舅也老了，舅妈在居委会帮忙。居委会就在以前的天水花园，天水花园已不再是李琼枝的娘家。他出来时已经月上半天，南雷路上静悄悄的，到处是横幅，还能看出白天热火朝天的样子。远远地，他看见邮局楼上的一个窗口还亮着灯，快走到门前时，上面的玻璃格子窗打开了，一个人头探出来，向着舜江桥的方向探看着什么。这人脑瓜上秃了一大片，那不是我们局长吗？他想喊他一声，又想多一事不如少一事，就装作路人走过。杨小宝又看见前面桥上似乎也有人，走到桥边时，又不见了。他拾级而上，看见舜江北岸有人在哭，又似乎不敢大哭，看那身影像是个女的。他也没往心上去，沿江反向走了几步，回头再看时，只见那人已站在桥顶上，抱着桥柱子，向外倾着——莫非她要跳江？他一个激灵，猛咳了两声。那人不由得收回身子，匆匆往南边下去了。杨小宝觉着眼熟，反身回到桥上，往下看去，越看越像李琼枝，那头发，那腰肢，那走路的姿势，完全是一个样子。杨小宝就不近不远地跟着，直到她走进学宫巷——果然！杨小宝没有再跟进去，他在巷口进进出出了一会儿，感觉没事了，才又往北城的家里走去。

第二天，李琼枝还是来上班了。杨小宝没有去看她，他自觉是个笨嘴拙舌的人，劝人的话说不出口。李琼枝一直没上厕所，直到他要去送信的时候，才走出来，垂着脸，谁也不看，自管走过。杨小宝的目光一直跟着她，心想，她应该会想开的吧！送信回来时，局长黑着脸，到他们分拣处来看了看，一言不发，就那么看着，看得人心里发毛，然后一声不响地上了楼。杨小宝听见楼梯一颤一颤的，木板发出艰难的声响。

不久，李琼枝被革命群众押走了。回来后，她多了一项工作，就是扫厕所。有一回，趁没人，杨小宝塞给她一双橡胶手套，她硬是没要。年关的时候，他整理邮袋，无意中在袋底发现了那双手套，不由愣了半天。那之后，李琼枝就没来上班了。他们不知道她去了哪儿，甚至有人说她已经不在了。

那时节，这样的人很多，他们就胡乱猜测着。

一年又一年，日子就这样过去了。

没想到，李琼枝会再次出现在邮局。她进来时，小年轻们都不认识她了。她是匆匆来匆匆走的，只跟杨小宝打了个照面。让杨小宝惊悚的是，她竟已是满头白发。后来听人说，好像要拨乱反正，她是来敲公章的。有一天，杨小宝收到了一封省革委会寄给李琼枝的信，他不敢怠慢，怕别人误事，就亲自去走了一遭。这是他认识她半辈子来第一次走进学宫巷她家的门。这么多年，他倒是想过几次她家的样子，见了却跟想象的完全不一样。大院高高的门槛已经锯掉了，上面的一些雕饰也没了，院子很杂，房子也很旧，好些椽子口的瓦当都掉了下来。他向人问询李琼枝家，那人很随便地指了一个方向。原来，她家并不是听人说的三间正屋，而是一间半偏房。李琼枝对于他的到来一时手足无措，只是一个劲地请他进来坐，却不知让他坐到哪里。过了半晌，才掇过一把椅子。杨小宝也没坐，只说马上就走。他扫了一眼屋内，都是旧东西，摆得倒还整齐。李琼枝给他倒茶，他端了一下，放到桌上。两人寒暄过后，一时不知说什么好。他不知道，这些年她是怎么过来的。她只说，她是一年前才回来的，也没细说。两人尴尬地冷场了一会儿，杨小宝就起身要走。李琼枝也没怎么挽留，跟着送到院门口。他说："我怕万一弄丢了，就拐进来先交给你，现在放心了。"这样的话，他颠三倒四地说了两遍还是三遍，记不清了。出来后，整个人有点恍惚，他从来没有觉得学宫巷竟有这般悠长。

一年后，李琼枝来补办退休手续。那时，局长已经换人了，杨小宝也快到退休的年纪了，已不再送信，只管勤杂了。

“杨小宝，谢谢你哟！要不是你，我怕是办不成这退休手续了！”

“我哪有这么大功劳哟！”

李琼枝看着他，压低了声音说：“那一夜，要不是你一声猛咳，我就要一头投进舜江里去了。”

“你认出是我了？”

“我做姑娘时就认识你了，那会儿倒认不出你了？”

李琼枝难得扬眉吐气，爽朗地笑了。

猫　眼

梅姨踏上舜江老城的一条小巷时，一只猫蹿出来，从她脚边快速溜过，大概跑出十来米的样子，又在一根石柱下蹲身回望，眼睛圆圆的，一动不动，看着梅姨走近，然后“喵”的一声，往里一蹿，不见了。

这条小巷显然是经过了修饰。有些人家的檐下，挂着红灯笼。门框四周刷过白，门则被刷成了黑色或者暗朱色。桥上莲花托底的石柱上，放着花花草草，花茎垂下来，随风飘荡——与五十年前完全不一样。那时，门板上的漆斑斑驳驳，门口生着煤炉，烟熏得人直咳嗽。她每次经过时，总要小跑几步。

她这一辈子，就这么过来了。五十年前，她从这里离开，去了香港。在纽约，她长年租住在公寓里，有过一段似是而非的婚姻。保罗比她大二十岁，就像当初老师比她大二十岁一样。这是一个劫。她做姑娘时，她妈跟她讲过，称骨算命，她只有二两三钱。

到了老年，最难熬的是皮肤发痒。她吃过不少西药，还是痒得彻骨；也曾去唐人街配过中药，在公寓里煎熬，药香飘得到处都是。夜里，她总是睡不安稳，老是感觉有虫在床上爬。早年，她换过许多公寓，来不及买床，或者，为了搬家方便，她常常席地而卧。保罗不在之后，她也曾换过公寓。最初，她也没买床。一夜开灯时，大大小小好几只蟑螂从她身边爬过，她不由大叫起来，不断用鞋子拍打。蟑螂跑进了缝隙里，她惊魂未定，谁知，一会儿，蟑螂趁她一个转身，又爬了出来。她又尖叫起来，慌得穿上高跟鞋猛踩。第二天，她立马买了一张床。床上固然没有蟑螂，但她疑心有许多螨虫，或者，房子里有蚂蚁？她总是感觉痒。熬了一个礼拜，她再也不能忍耐了。于是，她又换了一家公寓。可是，搬床的成本比新买一张还要贵，她就扔下了这张床。在无数次搬家中，她不知遗弃了多少张床。她跟几个朋友都说过公寓里闹虫灾。他们对此不是淡然置之，就是怀疑她有心病。她也不争辩。人最难逃避的是宿命。记得那次老师握住她的手时，正好一条毛毛虫从横梁上掉了下来。她惊叫的时候，听到了楼梯上的脚步声，师母端着桂花圆子上来了。

这条虫困扰了她一生。去年开始，她又搬回了香港。她不断地吃中药，虽然没有什么大效果，但是似乎好些。上半年，祝晓童来香港参加一个油画展，特地去看望了她，告诉她舜江市把祝家的老宅征为了祝敏之艺术馆，下半年要举办一个祝敏之油画展，遍邀海内外亲朋好友参加。祝晓童邀请她到时也来共襄盛事。她没答应，也没拒绝。这些年来，老师祝敏之和师母朱桂芳已经淡出她的内心了。

第二天是正式的典礼日。前一天黄昏，她在小巷徘徊了很久，在祝敏之艺术馆的大门前，她怎么也找不到当年的老宅。她疑心老宅已经被推倒了。在参加典礼时，她不断探看各个角落。院中的两缸荷花，只有茎叶；那株藤萝，还没爬上架子。这些都不是旧物，她发现，艺术馆是全新的。一直走到最里面，才发现还有三间老楼房。对，那才是祝家的老宅。但是，也比原来新多了，显然是经过了整修。

走进老宅，她怔悚了一下。墙上老师的目光直视着自己，就像当初他盯着自己看一样。作为祝敏之的高徒，她的油画博得了老师的激赏。当年在舜江大学，她是老师最喜欢的学生，师母总是打电话给她："你快来吧！你来了，他才能画下去。"她每次来到祝宅，总要先向师母问安。那时，祝晓童还只有五六岁的样子，脑后留着一根长长的辫子，师母总是把它折起来，然后用橡皮筋绑住，免得被别的小朋友拉扯。"快叫梅姨！""叫姐姐就够了！"她总是这样说，然后用手指勾一下祝晓童的鼻子，祝晓童就会跟上去。"乖，爸爸在画画，你别上去！""我要跟梅姨玩！"但师母还是把他抱了下来。

她下来时，总是忐忑不安。有时下楼梯前，她会在门口站一会儿。到楼下时，师母总是笑着走出来："小梅，我炖好了莲子汤,你吃了再走。”“不了,不了!”她有时会跑掉,有时会留下来。若是每次都跑掉,她觉得未免太那个了。“敏之、敏之,你休息一下,下来吃碗莲子汤。”如果老师不下来,祝晓童就会喊:“我和梅姨把莲子汤都吃完了!”这时,老师就下来了。老师吃莲子汤,师母看着他。师母不吃,她偷眼看师母。师母的脸很圆润,白白的,头发挽着髻子,身上穿着月白色的碎花底的旗袍。她的眼总是笑盈盈的,透明如水。“你们画好了吗?”师母像是对老师说,又像是对她说。她在楼上,师母很少上来。老师一直不作画,只是看着她。她知道老师的意思。她看到地上有许多揉掉的纸头。“老师,我来给你调颜料!”有她在身边,老师画画如有神助。有一回,老师也是这样一直看着她,然后说:“小梅,我们一起去巴黎吧!”

她下楼来。“画好了?”师母走出来,说,“小梅,师母给你织了一条围巾,你试试看!”她说:“不了,师母,多不好意思,你还是给老师织吧!”“他也有,他也有!”师母向她示意了一下毛线篮。毛线篮边蹲着一只猫,它抬头看着自己。“去!”师母随手挥了一下。“喵!”猫叫了一声,满是无辜,让人不忍心赶它走。“谢谢师母!”她向她鞠了一躬。那是一条火红的围巾,她喜欢极了,可是她的心里很乱。

她有好一阵不敢再去祝宅。不是怕老师,而是怕师母。“小梅,你不来,你老师好像什么都干不成,你帮帮他吧!”她还记得她最后一次出现在祝宅时师母说的一句话。她想,师母难道真的不知道老师在想什么？她离开时，师母说："你再来哟！"师母看着她，那眼睛还是像秋水一样。她定定地看了她一眼，"嗯"了声，转身就跑。出院门时，她回头一看，发现师母正转过身去，一只手在抹眼角——是灰尘吹进了眼睛里吗？

她没去巴黎，而是去了香港。后来的时世就很乱了。

老宅内是按照旧样摆设的。在卧室里，她再一次看见了这双秋水般的眼睛，淡然而优雅。她不知道，这双眼睛是怎样面对一九六六年的风暴的。老师自杀了，师母也自杀了。她在香港知道这个消息，已经是一年之后了。

典礼结束后，祝晓童把她送到了机场。她把几张自己早年的油画捐给了艺术馆，其中一张画的是一个织毛线的女人身边蹲着一只猫，猫怯生生地抬头看着什么。

回到香港后，她又搬了好几次公寓，每次都是因为虫灾，足足闹了有半年之久。

深　巷

祝敏之和朱桂芳自杀的时候，祝晓童还在北大荒。他们去支边的时候，个个热情高涨，每个人都怀抱着伟大的理想。这是时代的要求。但祝晓童很快就认识到了北大荒的残酷，到能回来的时候，自然千方百计地回城了。

他孑然一身，城里已没了亲人。

他们祝家的老宅还被人占着。所谓老宅，也是新中国成立前父亲买进的。那时，他画名日隆，是舜江大学美术系的主任。但他们祝家祖上并不在此，内亲外戚都在外省。祝晓童唯一能想起的，就是乳娘。

“少爷回来了？”乳娘蹙在一起的皱纹瞬间舒展开来。

“阿妈，你怎么还叫我少爷呢？千万不要这样！”

乳娘用布襕擦着昏花的老眼，拉着他的手坐在吱嘎响的椅子上，说：“你妈那时也一直这样说我，可是，我就是改不了口，就喜欢这样叫你。”祝晓童闻到了厨房角落传出的咸菜的腐气，他的鼻翼抽了一下。

祝晓童有半年时间经常搭铺在乳娘家，与乳娘的小儿子小五挤在同一张床上。乳娘总是展着笑脸，祝晓童却看到了她一脸的苦相。

“阿妈，我爸我妈的骨灰安放在哪里？”

这个问题祝晓童在心里问了千百遍，他等着乳娘有一天主动告诉他。可是，乳娘总是小心翼翼地避开。她只说：“我买菜回来时，你爸你妈倒在地上，身上都是紫色的瘢痕。阳台的花草旁，一只敌敌畏的瓶子滚来滚去。”听了祝晓童的问话，乳娘终于禁不住老泪纵横：“我是想去领回你爸你妈的骨灰，可是，他们一遍又一遍地到家里来造反！”乳娘说，等风头过去之后，她也曾去打听过，可是人家说，早已被人领走了。

祝晓童去街道、派出所、殡仪馆问询，得到的答复是：这么多年过去，已经查不到了。

这成了祝晓童的一桩心事，像石头一样压在心底，直到上面要重修他家的老宅，成立祝敏之艺术馆之后，才渐渐查出点信息。那已经是他回来十多年后了，父母都死了快三十年了。当时，父母双双赴死，也曾轰动一时，说是自绝于人民。没想到，如今挖掘文化遗产，父亲又成了香饽饽。小五正好在街道里工作，他托派出所的朋友一起查，最后得知，是一个叫朱桂芬的女人领走了骨灰，她自称是朱桂芳的妹妹。

“我没有这样的阿姨，我妈没有这样的妹妹！”

大家都感到很奇怪，连乳娘也不知道——那这人到底是谁呢?

在此后的一年里，他们查了很多叫朱桂芬的人，但一个都不是。后来，乳娘的教友里，有人说板门镇也有一个叫朱桂芬的人，节日有活动时会到城里的主堂来。听人说，她是个虔诚的教徒，每次忏悔自己的罪行时，都声泪俱下。早年里，她做过七中的美术教师，退休时，是个图书管理员。她没结过婚，是个很孤僻的人。

“美术教师?”祝晓童直觉中，这人很可能跟父亲有点关系。但是，她具体住在哪里，又打听不到。也曾托人问过七中的老师，说是她退休多年，联系不上了。

祝晓童是在南城主堂，借着受难日礼拜活动，在乳娘教友的引带下，直接找到朱桂芬的。那时，教堂里人很多，熙熙攘攘的。教友指着一个已做好礼拜、手拎布袋正打算出来的人说，这个就是朱桂芬。祝晓童见到她的一刹那，有种莫名的眩晕。她穿着黑色的衣服，外套里衬着些暗花，胸口系着一条黑丝巾，神情萧疏，游离于旁人，似乎沉浸在自己的情绪里。对于祝晓童的到来，她一时没反应过来。

“朱阿姨，我是祝晓童，祝敏之的儿子!”

祝晓童伸出手去，她没有接，似乎颤抖了一下。然后，祝晓童侧身扶着她，找了个清静点的地方，等她露出询问的眼神时，说明了来意。她沉默了很久，祝晓童看着她，没有催问。然后，她像是对祝晓童说，又像是喃喃自语:

“是该把他们接走了。”

她告诉祝晓童，是她接走了他父母的骨灰，把它们安放在塔山公墓。当时他父亲用的是祝鸣志的名字，也是为了掩人耳目，免得被人发现。骨灰只是暂放，并没有入土。

“你父母需要安息……”

祝晓童有许多疑问，他不知道眼前这个人跟父母的关系。但是初次相见，似乎不便细问，他只能一再表示感激。但是，朱桂芬并不接受，说她是个有罪的人。祝晓童知道信教的人需要忏悔自己的罪行，他把这理解成是一个教徒的语言。一时间，两人陷入了沉默。乳娘一直看着他们俩，突然对朱桂芬说了一句：

“很多年前，你是不是来过一次？”

朱桂芬没有否定，也没有接话。乳娘问她是怎么拿出骨灰的，她也没有细说，只说是名字行了点方便。为了缓和肃穆的气氛，祝晓童请她到饭店吃饭，朱桂芬婉拒了。她不再多说什么，只答应拿骨灰时，她可以来一趟，协助办理手续，说一切都是主安排的，一切按主的意志行事。

这一次相见，唯一欣慰的是，总算找到了父母的骨灰，但并没有消除祝晓童心中的疑团。

去塔山公墓接骨灰的那一天，天阴沉沉的。头天联系朱桂芬时，祝晓童说要去板门镇接她，她说什么都不肯答应。当他和乳娘、小五到达塔山公墓时，又下起了细雨。朱桂芬站在门口，举着黑色的伞，黑色的丝巾在风中微微地飘着。她没有多说什么，也没有什么异样的举动。等到骨灰取出来之后，她没有再参与他们的活动，只说她走了。祝晓童要送她回去，她依然跟前一晚一样，说什么都不肯答应。她说，我的心愿已了，你们可以忘记我了。

后来，祝晓童几次联系她，想去看望她，都被她婉拒了。

祝晓童是在得知她刚住院动过一次手术的消息后，执意前往的。他在一个认识她的教友的帮助下，来到了板门镇。板门镇是一个古镇，有许多老房子。他们走过一座石桥，穿过一条狭窄的老街，然后转进了一条石板巷。只见两边是高高的马头墙，墙壁的石灰因为年头太久已经发黑，底脚有脱皮的，有被刀划成乱七八糟图案的，也有新补上去的水泥。巷子不断分岔，两边都是老房子。又转了几个弯，在一个贴着“小三房”门牌的院子里，穿过前面两进房，最后，在第三进偏房的一个角落里，找到了朱桂芬的住处。

朱桂芬很惊诧。她正在祈祷，墙上贴着耶稣受难的图像。她看到祝晓童，有点惴惴不安似的。寒暄过后，一时不知说些什么好，两人都有些尴尬。她似乎不愿多说以前的事，只说与他父亲很早就认识了。临了，祝晓童起身，朱桂芬硬是不肯收礼物，最后才勉强收了两样便宜的。祝晓童突然起意，说：“要不，我们拍张照片吧，做个纪念。”朱桂芬迟疑了一下，摆摆手，说，一个有罪的人，就让她安安静静等待主的召唤吧！朱桂芬低着头，把他们送到门口。夕阳照在她身上，她的一身黑衣泛出微微的彩光。她眯缝着眼，很小幅度地挥了挥手。祝晓童在转弯的时候，又回过头来，发现光把她笼罩了。

古镇像个迷宫，不知哪个岔口是出口。当他在教友的指引下，晕乎乎地走出巷口时，感到一切似乎又弥合了，再也找不到她了。

祝晓童再次想起朱桂芬，已是很多年之后。艺术馆在募集祝敏之的作品时，得到了一张他早年的油画，画中是一个裸女。捐赠者是朱桂芬的侄子，他是在朱桂芬过世后，在一个很老的牛皮箱的最底层发现这张油画的。

祝晓童看了又看，他似乎看到了朱桂芬年轻时候的样子。

雪　藏

杨阳东原先听说自己会被分配到城里，结果分到了舜江七中。七中在板门镇，离城里还有二三十里路。从他后来的情形来看，估计那时是被挤掉了。

杨阳东刚来的时候，七中才恢复没多久，课都开不齐。一些老民办教师，半耕半教，迟迟地来，早早地走，有时间就捣鼓自家的自留地；年轻一点的，十有八九是临时代课的，人像走马灯一样，这学期在，下学期可能就不见了。所以，杨阳东就成了万金油，缺什么老师就让他教什么。据说，他的专业是英语，但也教过数学、物理什么的，教得还都比别人出色，所以，他得了个雅号，叫“样样懂”。

杨阳东是个高度近视眼，眼镜镜片像啤酒瓶底，很厚，里面的纹路一圈一圈的。有一回，他上课时摘下了眼镜，下面的学生就惊倒了一大片。那是一双什么眼睛啊！鼻梁上两个红红的凹槽，像刮了痧一样，眼睛无力地眨巴着，深深地凹陷下去，一点光泽都没有，像死鱼的眼珠子。下课时，前排一个调皮的学生藏起了他的眼镜，他自言自语道："难道是我忘在了办公室?"下面的学生窃笑不已。过了一会儿，他又跌跌撞撞地回来了，跟前面的同学说："我不是上课时把眼镜摘下来了吗?你们看见没有?"下面顿时哄堂大笑。那个调皮的学生抓着他的手，让他摸到了自己的眼镜。他知道被捉弄了，但也不恼，嘿嘿地笑着出去了。

杨阳东在办公室里，成天捧着一本牛津英汉大词典，词典像砖头一样。这本词典已经很旧了，封皮掉漆，拿起来一抖还掉页，不知什么来头，估计整个板门镇也找不出第二本这么大这么厚的英语词典了。有人说，他在背词典，那不是拿鸡蛋碰石头吗?词典是用来查的，不是用来背的。好些人连词典都不想翻，就直接来"翻"杨阳东，杨阳东每次都能答上来。他渐渐地出了名，有些人就托了校长，让他翻译英语资料、说明书什么的。他还不断演算数学题、物理题，有些是学生来"找碴儿"，有些是同事来请教。反正他一个人住在寝室里，有的是时间。听人说，他打算考研究生。

一天，老校长在校园一个冷僻的角落里，看见他坐在石凳上，捧着那本牛津大词典在默背着什么。那时，刚下过一场雪，地上还残留着雪迹，虽有太阳，但冷得很，他时不时地蹬着脚。校长都走过去了，忽地回转身，喊了他一声，示意他去一趟办公室。校长向来是不苟言笑的，总是阴着一张脸，杨阳东有点怕他。七中的教学楼是一幢苏式的凹字形的大房子，楼梯、楼板都是木板，走在上面，发出沉重的声响。进了校长室，校长没示意他坐，他就站着。校长也没有马上开口，自管自翻了翻墙上挂着的文件夹。杨阳东不免惴惴不安起来，就问道：

“校长，你找我有事？”

“听说，你打算考研究生？”校长没看他，自管自整着桌上的文件。

“嗯……”杨阳东偷偷察看校长的脸色，“不一定考得上……正在……”

“考研究生，是要学校开介绍信的，但是，你知道，学校正需要像你这样的骨干教师……”校长总算抬起头来，看了看他，“我们需要又红又专的人才。很早前，我们就批判过白专道路……”他不停地翻着桌上的东西，甚至还打开了后面的柜子门：“看你的档案，你父亲以前还当过右派？”

杨阳东出来时，脑子里嗡嗡响。他几乎是跌跌撞撞地进了自己的办公室，脸涨得通红，一声不响。对面的老同事看了看他，但也没问什么。他的脑子一团糨糊，小时候父亲被批斗的样子、自己考大学时的曲折、分配时的不如意……一股脑儿地涌进来。他听人说，这个校长可是很厉害的，武斗时曾踢断了一个老师的腿，好几次说是要下台了，却一直稳如泰山。这是对面的老同事偷偷告诉他的，说了之后，一再叮嘱他不要说出去。

杨阳东依旧平静地教书做题。那些想转正的同事不断地来请教他题目，他总是热情作答。有些题目很难，他绞尽脑汁，一遍一遍地演算；有些题目很小儿科，他也能细心地说给他们听。他不再只是捧着一本词典，而是旁边放着教科书和学生的试卷。同事们说笑的时候，他也停下来。他们笑，他也跟着笑。他们聊天时，他很少说话，只是听着。有人要给他做媒，他只是笑笑，既不答应也不拒绝，就那么傻笑着……

他变得越来越沉默。上课的时候，偶尔会走神。走在路上，总是一个人。后来，人们发现他又捧起了那本砖头一样的大词典，嘴里念念有词，以为他在背单词……

这一年早春，下了一场特别大的春雪。雪花像碎纸片一样，苍苍茫茫而下。没多久，操场上就雪白一片。到傍晚时分，地上、树上、屋上，都盖上了一层雪白雪白的厚被子。天阴沉沉的，暮色四合，但是雪光又给人亮煞煞的感觉，似乎要冲破夜幕的笼罩。这时，静静的校园里突然冲出一群快乐的孩子，他们呐喊着，欢呼着，奔跑着，扑向操场，有的捧起雪又四撒开来，有的团起来就砸，有的已一骑绝尘跑到了操场中心……整个校园，沸腾起来。很多在教室的同学打开窗户，探头看这是哪一班的同学，他们艳羡不已。不一会儿，校长出现在了操场上，他发现原来是杨阳东带的头，就喝令同学们回教室去。近旁的同学迟疑地看看他，又看看远处与同学打成一片的杨老师。有些胆小的女生跑到教室门口，倚门回看还在疯的杨老师，暗暗替他担心。很快，校长踱到了杨阳东面前，愤怒地质问他是怎么回事。杨阳东像不认识他似的，自管与男生打着雪仗。打着，打着，男生越来越少。最后，操场上只剩下他一个人。他依然奔跑着，把满地的积雪搅得周天寒彻，仿佛变成了一条雪龙……

这时，同事们也跑过来了。他们发现杨阳东的神情有些异样，就一起把他“押”到了办公室，让他喝茶，让他安静。他们感觉他像是受了什么刺激，但还没有想到那一层，只是觉得睡一晚他就会好的。

第二天，同事们发现杨阳东一直没有到办公室来。一个要好的同事去寝室找了，没有；去教室找了，也没有；去食堂找，自然也没有……这时，楼上的一个同事指着操场尽头围墙下的一个人，说，那不是杨阳东吗？大家跑过去，只见杨阳东正在雪堆里埋藏那本砖头一样的大词典……看见有人过来，他瑟缩着，大喊道：“不能偷我的词典……”

后来的事情就简单了，人们知道“样样懂”疯了……

杨阳东休养了很长时间，渐渐地好些了，但是，说话做事，不免有点直愣愣的。大家在背后窃窃私语，很为他感到可惜。有人在校长室听到一个说法，说是他失恋了。据说，他暗恋着城里的一个女同学，而这个女同学却嫁给了一个副市长的公子；也有一种说法是，他用脑过度，一天到晚背词典，这么厚的词典把他逼疯了；更有一种刨根究底的说法是，他母亲在他父亲被打倒时，也曾疯过……

只有一个人知道杨阳东心里的秘密，因为杨阳东一见到他，就会瑟瑟发抖……

终于，在换了一个校长后，杨阳东渐渐地正常起来。后来，他被安排到了档案室。他只认新校长一人，从不让别的人走进档案室的门。档案室的窗帘，总是紧拉着……

他的案头，还是放着那本大词典……

一九八〇年的水沟

一九八〇年前的舜江城，破破烂烂的，跟一个小县城没啥差别。凤凰山与舜江之间的一段城墙，有几处石条塌了下来。老东门城楼上长满了瓦松，很多年没修，据说里面都漏水了。

出了城，山脚下，就是凤凰村。那里满地的鸡屎鸭屎，与地皮粘在一起，好像是苔藓。

凤凰村有百来户人家，都是杂姓，常常为一点鸡毛蒜皮的小事骂来骂去。小孩子的脸上都挂着花。大孩子们上山砍柴，下田捉黄鳝，到了大伏天，就成天泡在河里，手脚涨得像罗汉豆，做爹妈的看见了就大喊大叫，拿着长篙往河心里撩过去……

在满村的野孩子中，于志远是读书的，人很瘦，干干净净的。他考进了舜江一中，村里就他一个，住宿在城里，难得露一面。每次回来，他爹妈就一句话："好好读书，别烂在这个村子里，吃人家的苦头。"他家周边，都是冤家对头。南边的，几棵杨树越长越大，把他家的道地都给遮住了；西边的，想堵住他们的出路，总是在路边放石头；北边的，怕他们造房子，挡了风水；只有东边，原先是一块空地，东风吹来，倒还有几分清气。为此，他家的灶间开了东门，站在门口，就可以把锅底水泼到路对面的沟里。这块地是五猪头家的，他长得人高马大，膘肥皮厚，说话的声音像打雷，一吵架，全村都能听到。五猪头的女人也不是善茬，幸亏她是沙喉咙，否则，她扯着嗓子骂起来，就跟尖刀一样。他们造房子的时候，把沟占了，将墙砌到了路基上，挡住了东风口。于志远的妈气不过，就只好把水斜泼到五猪头家北边的沟里。从此，五猪头家后门的出口总是湿着，人出来，就得踮着脚，跳一跳。

于志远是个懂事的孩子，常常帮爹妈洗碗洗灶头。有一次泼水时，他不小心泼在了五猪头女人的身上。他连说对不起，她还是骂个不停。五猪头出来，说再泼到他家地上，当心砸烂他的狗头。但是，于志远的妈还是天天泼水到沟里。水路不通，就像人下路不通一样。何况，一直来都是从这里排水的，他妈也觉得理直气壮。时间一长，终于惹恼了五猪头，他一气之下，就把沟填了。每当下雨的时候，四方来水都汇到这里，流不出去，就淤积在路上，成了烂泥路，水潭里苍蝇乱飞，冒着泔水的馊臭气，行人只能踮着脚踩另一边的路沿过去。为了这条污水沟，两家隔三岔五地要叫骂几声。于志远每次从一中回来，总担心自己家又跟人吵架了。他不喜欢这个村子，跟别的野孩子也玩不到一处去。

这一年的暑假，于志远的妈刚在门口泼了水，五猪头的女人就穿了拖鞋出来，一个不小心滑倒了，摔在了泥潭里。她恼羞成怒，不由破口大骂。五猪头也跑出来，吼声像大炮。午后宁静的村子，顿时炸开来，周围的人都围拢来看热闹。两家骂声不绝，五猪头的气势仿佛要杀人一般。这时，于志远走了出来，他脸色苍白，看着乱哄哄的人堆，突然喝住了自己的妈，然后对着五猪头说："这么多年了，吵来吵去，有用吗？水往低处流，你堵住了，水就只能积在这里了，要解决问题，就得互相让步。"他一字一顿地说着，发现五猪头竟然在他这个学生仔面前安静了下来，不由涨红了脸，"你家把排水沟挖通了，我家在这条路上也挖一条沟，安上瓦筒，铺上石板，让我家的水从下面过，这样就不用隔路泼水到沟里了……"他像一个大队干部一样，不偏不倚，说着公道话。五猪头突然指着于志远说："你说话算数？"于志远说："三天之内，我家一定铺好瓦筒，盖上石板。"五猪头的女人说："那我家马上挖通排水沟。"大庭广众之下，于志远第一次觉得自己像个大人了。他把自己的父母拉进了屋里，那边五猪头的女人对别人说着"我们也是讲道理的"，人就渐渐散了。于志远的妈在屋里说："就怕他们贼心不改，还是堵着。"于志远说："妈，你放心，堵着对他们有什么好处？"等他和爹埋好瓦筒，铺好石板，于志远的妈看五猪头家没动静，心里就老大不开心，她自言自语道：“如果他家还堵着，我就仍然泼水过去，不让他们好过！”话音刚落，于志远看到五猪头拿了铁锹，开始在自家后门挖沟。他悬着的一颗心，总算落了地。他第一次觉得，这个坏人也并不如自己想象的那么坏。后来，有人对于志远的妈说：“还是你们家志远的话管用，这条烂泥路，总算不用十人九骂了！”于志远的妈自豪地说：“读书人，就是讲道理！”路人说：“你们志远，将来一定是个大学生！”她听了，心里乐开了花，端着锅正想泼水过去，一看上面的石板，就收了手，把水倒在了自家屋边的瓦筒下。

这是一九八〇年的凤凰村，还没有一个大学生呢！

那一年开学的时候，于志远走到东门口，看见有人在修城楼，把瓦片都卸下来了。十一放假时，他看见城楼已经焕然一新，挂上了大红灯笼。

他回村的心情顿时灿烂开来。

陈瞎子

鸡鹅巷后街的陈瞎子，是舜江有名的算命先生，方圆几十里的地方，都有人摸摸索索前来找他。算命先生不像开店的，顶上有招牌，大鸣大放，大抵是熟人介绍才找得到。陈瞎子原先不住在这里，这个店面屋是后来才买进的。

有了店面屋，他就在门口竖了幌子，上写“测字算命卜课”，开门拿出，关门拿进。门也不是大开，往往半遮半掩的，往里看去，时不时有人坐在陈瞎子对面，或是一人，或是三两人，神神秘秘的，好像在搞什么阴谋诡计似的。

他老婆常说，人家是亮眼瞎，他是瞎眼亮，你休想瞒过他呢！

“你到哪里去呀？”

“我到姆妈那里去一趟。”

“那你拿那么多东西干啥？”

“我哪能空手回娘家呢！”

老婆烧饭，用升子舀米，他在前间就听到了，说：“够了，你再加半升，那不就又多出冷饭了吗？”他这耳朵，比猫都灵。老婆做针线活，一根针掉了，找不到，他悠笃笃一句：“没掉地上，在你前襟里呢！”她一找，果然在。他老婆摇摇头，说，他要是不瞎，那还得了，人都难做哉！

他老婆病重时，大家都劝他再去给她看看，他掐指一算，说，算哉，命该如此，别到时人不见，钱不见，两头空。这话听着就叫人生气，可话糙理不糙，他老婆果然没几天就呜呼哀哉了。所以此间但凡有人病重，都要请陈瞎子算一算，看能不能过得了眼前的关口。如此一来，陈瞎子倒有了判人生死的力道。有人背后就说，他是阎王殿前的判官，不知他自己将来会怎么死呢？

这话半是说笑半是咒人，怪只怪陈瞎子做事太绝。他跟他兄弟也是老死不相往来的，尽管两家是前后屋。兄弟造楼屋，他盯得紧，怕遮了太阳，说两米的后阴架地必须得留出来。兄弟当着他的面从墙基量起，他说得从滴水（屋檐滴水的地方）量起。兄弟想他是个瞎子，到时总能糊弄过去。没想到，等他后屋檐伸出椽子头时，陈瞎子竟然拿着大铁锤跌跌撞撞来砸墙了。两人一拉扯，陈瞎子就倒在地上，大喊：“杀人啦！杀人啦！”然后口吐白沫，作出一副可怕的样子。兄弟没办法，只得锯掉椽子头，留了个秃子屋檐。一落雨，水就贴着后墙根流下来，后墙很快就发黑了。

陈瞎子只有一个女儿，自从没了女人，就靠女儿过活。

陈瞎子对女儿说:“女孩子家要板着脸,不要轻骨头,轻骨头是要被男人看轻的。”他成天坐在前半间,一半是接生意,一半是防狗防猫。可是,道理是死的,人是活的。女儿与隔壁的小万是从小玩到大的。小万长得一表人才,陈瞎子看不清,女儿还能看不清吗?小万跑进来,陈瞎子竹竿一挡说:“找谁呢?”“找小琴啊!”“她不在!”“她在,她在楼上向我招手呢!”“姑娘家的阁楼,你一个男人能上吗?”小万搔搔头皮,只好退出门槛离去。过了一会儿,小琴跑出来,到隔壁间去问小万。小万说:“你爹不让上呢!”小琴说:“他一个瞎子,你都躲不过吗?”陈瞎子越是管得紧,女儿越是要跑出门。这心要是活了,任是谁的话都没用了。

终于有一天,事情闹大了,小琴的肚子大了。陈瞎子又气又急,问是谁干的。小琴一直哭,却不肯说。陈瞎子第一个想到的就是小万,他跌跌撞撞地冲进隔壁小万家,让小万出来,吼着质问他对小琴干了什么。小万说没干啥呀,陈瞎子一个巴掌,不偏不倚正好打在小万正脸上,留下火辣辣的五个手指印。小万娘也急了,拍手大骂,一会儿骂陈瞎子,一会儿转身又骂儿子。小万被骂急了,一个顺口说不是他干的,是她堂兄弟干的!这可把陈瞎子气得不轻,他回去质问女儿,女儿不说是也不说不是,只是哭。陈瞎子气得快要背过气去,他猛地起身,拿起瞎子竿,深一脚浅一脚地冲进兄弟家,让侄子滚出来。侄子矢口否认,质问他是谁说的。陈瞎子说是隔壁小万说的。侄子说就是小万干的，把陈瞎子赶了出去。这样一来，这事就成了一桩糊涂案。陈瞎子找村里管事的，可人家避着。他又找有德望的长辈，可是谁也不想蹚这浑水，只是劝说了事。陈瞎子咽不下这口气，就拿了锣边敲边喊："欺负我瞎子父女，是要断子绝孙的啊！"他先是在小万家门前敲锣骂山门，小万的娘也不是吃素的，就和他对骂。他又到兄弟家门口骂，兄弟本来就因为造房子的事恨他恨得牙齿咯咯响，这一回哪容得了他胡闹，一把把锣扔到臭水沟里，再往他身上一推，陈瞎子就倒在了地上……这事就热闹了，前村后店，没有一个不嚼舌根的。陈瞎子到底只是个瞎子，敲锣击鼓，也没人给他申冤，这事也就不了了之了。

陈瞎子闹过之后，悔得肠子都青了。他的脸阴冷得像快落雪的天，成天不说三句话。有找他算命的，他的话也很少。人家让他多说几句，他说照命直算，只算出这么几句，其他话都是骗人的。来算命的人觉得不过瘾，说他算命像数钱，手指缝紧得很，不肯漏一个铜钿下来。这样，找他算命的人也就少了。

陈瞎子老得很快。他的店门只留一道缝，来算命的都要问一句："人在吗？"

小琴直到三十岁，才嫁到南山。这桩婚事，还是陈瞎子自己做的媒。南山有人来算命，陈瞎子一说两说说到了女儿，人家就报上了八字，陈瞎子一算说："六合！"山里人穷，就捡了便宜。陈瞎子积攒了很多钱，嫁囡可是阔绰的，是十里红妆呢！可是，南山离城里远，小琴一年到头难得回几次门。

陈瞎子没算到的是，在他过世后，兄弟把他的老屋强买了。

野琼花

李振轩很久没回老家板门镇了。偶尔有几次，也都是偷偷来，匆匆回。这样时间久了，他就更不愿意回来了。去年，他回过几次，都是为接父亲去医院看病，轿车进，轿车出，没几个人看见。年底，父亲去世的当天，他才赶回来。亲戚、邻居见了他，都像是见了生人。有几个年纪大的，端详了半天，才认出他来。

清明那天，他和哥哥一起回老家上坟。哥嫂走在前面，他和妻儿走在后面。父亲的坟在南山李家陇——本地人过世后，大抵都长眠在这里。上山的人很多，时不时碰见几个熟人。有一回，他回头看人，一个女人也正回头看他，然后吃吃地笑着，与身边的女人低头耳语起来，不由引得他又回过头去，正好她们也回头，两次都撞了眼神，让他挺不自在的。

山上到处是坟头，人来人往，挺热闹的。祭奠过了父亲，儿子飞也似的跑下山去，妻子叮嘱他跟上。跑到半路，儿子尿急，他就引带儿子躲进树丛里去。

“爸爸，这是什么花？”一丛白花扑在山崖上。

“白花呗!”

“我傻啊,连白花都不知道?我是问你这花的名字叫什么。”儿子撒了尿,转过身来,对着一处小房子,又疑惑道,“爸爸,这也是坟吗?”

这座坟不是一个圆圆的山包,而是用青砖依着棺材垒成小屋的模样,四周涂着石灰,上半截留着透气孔,顶上盖着石板,石板上覆着山泥,荆条丛生,一侧也开着一丛白花,有几枝还蔓延到正面。“爱女叶琼之墓——”儿子百无禁忌地念着那一列字。那是用毛笔直接写在石灰上的,没有正式的墓碑。

“叶琼?!”李振轩的心突突地跳了起来。

“爸爸,它怎么只有一列字?”李振轩懂儿子的意思,人家的坟碑,都是父母名字并列的。“你管这干什么!”李振轩没好声气地呵斥了一声儿子。他瞥了一眼左侧下面公元几几年的年份,“父母泣立”的字眼,像剑一样直刺他的内心。他拉着儿子,匆匆走出了树丛。

这种坟,乡间称之为殡屋,一般是暂厝。

这些年,他一直躲着一个人、一件事,没想到,竟在这里邂逅。这是宿命,还是冤孽?他不由得冷汗直冒。因为这一磨蹭,哥嫂和妻子跟了上来。他有点魂不守舍,妻子急了:“你看,儿子又跑下去了,还不快点跟上?”他不由跑了几步,就气喘吁吁,心跳得厉害,仿佛要从嗓子眼里呕出来。

他本无意知道她长眠在何处,他想让时间掩埋一切。

可是，她又复活了，仿佛就在身边咯咯咯地笑着，眉眼生动地看着自己。对于同事的起哄，她似乎乐观其成："我妈的蛋甏已经敲得叮当响啦！"她的眼梢不无意味地向他翘了翘。这意思他是知道的，毛脚女婿上门，丈母娘总是烧蛋面款待，这是乡间的习俗。他并没有拒绝她的意思。她是那么漂亮，虽然，她只是一个护士，一个临时工。他就那么半推半就着，这稍稍冲淡了他被分配到乡下的失落。他哥哥一直在鼓励他考研究生，他也有这个念头，但是长夜漫漫，乡下医院实在太寂寞了。

她总是坐到他对面来，而他，也常踱到输液室去……

"爸爸，你追不上我！"儿子已经跑到了山脚公路上。不一会儿，妻子和哥嫂也赶到了。"你围在腰间的那件毛衣呢？"妻子责问儿子，儿子蒙了。"是不是忘在爷爷坟头了？"妻子看看李振轩："还不去找找！"他只得重新上山，一个个人脸在他面前闪过，可是一个都没有进入他的瞳孔深处。在父亲坟头，他也只是瞥了一眼就下来了，因为那里根本就没有毛衣。他匆匆跑下山来，但还是在一个地方刹住了脚步。他明白了，他之所以愿意再上山，是因为内心一个隐秘的地方一直有人在轻声呼唤他。现在，妻儿不在身边，他想独自一人去看看她。

他向四周看了看，做贼一般闪进树丛，他的内心隐隐感到了一丝恐惧，一如当初。那时，他怎么也没有想到，她真的会死在自己的寝室门口。两情缱绻总是美好的，肉体总是快乐的。突然有一天，她说她怀孕了。这让他一下子失去了回旋的余地。他劝她打掉这个孩子。“你是不是想抛弃我？当心我死给你看！”她盯着他看，这让他感到汗毛凛凛。在她逼迫他娶她的那些天里，他越发感到这是一个陷阱。他知道，必须快刀斩乱麻。那个早晨，他永生难忘。那是他执意与她分手的第七天，他打开门，突然发现他的门前倒着一个人。他扳过来一看，竟是她！不一会儿，围观的人越来越多，但他什么也没有听见，只感觉世界乱纷纷的，好像全是因为他，又好像什么都跟他无关。此后的每一个工作日，一个老妇人总是来医院哭闹。这件事，一下子轰动了整个板门镇，让他无处藏身。最后，在哥哥的建议下，他辞掉了乡下的工作，来到省城，把已经养长的头发吊在书桌的上方……

那些日子，就像一场噩梦。他根本无法走出她阴悒的眼神……

“都是我的错！”他喃喃自语着，站在她的殡屋前，端详着那一列字：爱女叶琼之墓。墨迹已经淡去，显然，是她在独自经受风雨。也许，她的父母已经老去；抑或，他们要等到过了清明，人少了，才静静地来到坟前哭一场。

这么多年过去，他已经是省人民医院的专家、医科大学的教授；而她，则永远留在了乡下……

他走到山崖边，采下那丛白花，把它放在了殡屋前。

过了很久，他才知道，这种白色的花就叫琼花……

书法家

舜江城西门龙头山山脚下，有一座破破烂烂的叶家大院，里面有个叶沛之书法馆，匾额是黑底烫金的，房屋略作了修缮，这是叶沛之老先生临终时唯一的要求。他把老屋的产权捐了出来，街道接受了。

人生一世，唯有书法堪不朽。他曾写过这样一幅字。

一个人若是迷上了一样东西，就像中了邪一样。叶沛之也中了邪，什么邪？就是写字。“你一个代课的，别忘了自己是谁。放了学，还得侍候自己的一亩三分地，你能写出一串番薯还是一串番茄来？这龙头山脚下，哪块田哪块地不是靠一双手两只脚扒拉出来的？”这是他老婆的念叨。因为大热天的在床上睡不着，叶沛之就伸着手在空中比画。这样比画着，他就很想像张旭、怀素一样，喝上一壶酒，在蚊帐上“狂草”一番。没想到，不一会儿，老婆的念叨声停了，呼噜却像煤饼炉上烧开水一样，呼哧呼哧喷在他身上。他横竖睡不着，就索性爬起来，悄悄带上门。他揭开菜罩，把饭桌上的一碗咸菜芋艿糊、一碗苋菜梗搬到灶头上，铺开了黄草纸，磨了墨，拿起毛笔，开始写字。这一横一竖、一撇一捺、一点一顿，就像一壶酒、一支烟，让人浑身舒畅。这一写，就写到了后半夜。后半夜蚊子不睡觉，咬得他浑身痒痒，他就穿上了高筒水田袜，在脸上盖了张黄草纸，斜躺在老木椅子上，想歇一歇。这一歇，就囫囵过去了——耘了一天的田，他早已累趴下。

“我的天哟！你这是咋了？”

一声尖叫，才把他惊醒。原来天亮了，老婆起来烧早饭，这第一眼，可把她吓得不轻。白衣、白裤、白田袜，一个大活人谁会在脸上盖草纸呢？只有死人才这样。叶沛之揉着眼睛抹了一把脸，睡眼惺忪地坐起来。老婆捡起一地的黄草纸，叶沛之一把夺过——他知道她又要拿到茅房去了，还说什么擦出来的屁眼都是黑的——真是罪过！

这一夜，叶沛之做了一个梦，梦见了教他写字的钱老师。钱老师是知青，插队在龙头山村，有一阵还派饭在他家，村里有什么宣传标语都是他写的。叶沛之看着他研墨写字，佩服得不得了，也喜欢得不得了。钱老师让他也过来写——叶沛之的父亲以前做过账房先生，从小教他写过毛笔字。他就斗胆写了几个字，钱老师夸他写得好，指点他哪里再用点力，哪里回勾一下。经钱老师一指点，他的字一下子就有了味道。后来钱老师回城了，他顶替了钱老师，做了民办教师，一边教书,一边种地 —— 家里的承包地一分不少呢!

这乡间也没个懂他的人,他很想去看看钱老师。钱老师当时在省城的一个群文馆工作,他时不时地会寄个小斗方,让钱老师指点一二,钱老师总是用朱笔帮他修改一番,再寄回来。这件事他谋划了很久 —— 送个什么礼呢?家里也没啥东西。哦,要不,送两只雄鸡吧!他曾亲眼见钱老师画雄鸡,题曰:一唱雄鸡天下白。这样定了主意之后,他怕老婆不同意,就没告诉她。可是,雄鸡是活的,万一出门时被老婆发现了,或者,火车上突然喔喔叫出声来了呢?这让他颇费踌躇。怎么办?突然,他灵感一闪,有了!给鸡吃安眠药!头天晚上,他把两只雄鸡另关在一起,鸡嘴里各自塞了一颗安眠药。出门的时候,他偷偷地把两只鸡放在一个提包里,拉链拉得严严实实,谎骗老婆说要去学习。在火车上,他拉开拉链看了好几次,既怕鸡闷死,又怕它们啼叫。眼看就要到站了,他又拉开拉链看了看。谁知,一只鸡抖动了一下,喔喔叫了起来。顿时,全车厢的人都侧目看向他,他的脸一阵火烧。这时,另一只鸡也醒了,正要扑腾翅膀,被他一手按在提包里,拉上了拉链……

回来后,老婆骂骂咧咧了好几天,说不知是哪个杀千刀的偷走了家里的两只雄鸡,他索性装作不知道。有一天,他收到了一封信,是从北京寄来的,打开一看,竟是他的一幅中堂入选全国展览的通知书。他太高兴了,按捺不住地对同事们说了，可是，他们只是随口祝贺了一下，根本不理解他的心情——他高兴得心都要蹦出来啦！他拿了通知书，直往田间走。他要让老婆知道，他的书法已经上北京了，就仿佛是劳模上了人民大会堂。他在田塍间小跑着，不想，一个趔趄，一只脚踏进了田里。老婆见他跑得满头大汗，以为他有什么要紧事。他从背后拿出一个信封，一字一字地指给老婆看信封上的寄信单位：中国书法家协会！老婆不识字，但也高兴了一番，临了问他："会有多少钱？"他顿时一个白眼，啥都说不出来了。当晚，他本想告诉老婆，那两只雄鸡是他送给了钱老师，那副中堂也是钱老师让他去参展的，但他到底还是忍住了。

老婆变成了老太婆，临死的时候，他把这件事告诉了她，她的眼睛开了一下，没说什么——她已经没有力气骂他了。彼时，他的书法已经在龙头山村的文化礼堂里展览了三个月。之前，他的书法在街道举办的老干部书画展上得了一等奖，在《舜江日报》的"文化周刊"上做过专题报道；之后，一个忘年交写了一篇谈论他书法成就的文章，在书法杂志上发了出来——这位朋友出了三千元版面费，他说秀才人情一张纸，送了朋友一个扇面。一个老同事向他讨了一幅字，后来他发现这幅字被转送给了别人，就硬着让老同事拿回来，并当面把这幅字撕碎了……

没了老太婆，他天天写字。他去街道办的文化站长那里说了捐赠老屋、提请修缮、设立书法馆的愿望，站长吞吐了很久，最后书记拍板：“支持！”当时，书记得到的消息是，西门龙头山下要开发了。

后来，不知怎的，龙头山下又一直没开发。所以，老先生的愿望还是实现了。

原　点

老郑永远都不会忘记与父亲一起抬粪桶的那个下午。他本来想与同学去外面玩的，谁知刚想从后门溜出去，就被父亲叫住了，让他一起抬粪桶。老郑——那时候是小郑——心里老大不愿意，噘起了嘴，嘟囔了一句："这么臭的！"这时，母亲走过来，说："上次你爹挑粪闪了腰，一个粪桶也摔破了；现在只有一个粪桶了，让他一个人怎么办？你不想去，那只能我去了。"父亲喝住了母亲，说小郑也老大不小的了，你一个女人家抬粪桶，让人笑话。小郑没法子，又不忍心让骨瘦如柴的母亲干这种活，就只得答应了。

菜地在村后，要穿过长长的村道。小郑在前，屏住气，可是臭气还是萦绕着他；父亲在后，一边与人打招呼，一边说："让他锻炼锻炼，吃点苦头，就知道好好读书了。"尽管粪桶靠着父亲一边，但是小郑的肩膀还是被压得生疼，他咬着牙，努着嘴，时不时捏一会儿鼻子。好不容易到了菜地，就像内急一样，他再也撑不住了，肩头一缩滑下扁担来，把粪桶重重地丢在菜地上。粪桶晃了晃，粪水晃出桶来，正好泼在他的一只白跑鞋上，幸亏他眼疾脚快，另一只白跑鞋总算保住了。

“都是你！”小郑撒腿就跑，他几乎要恶心了，黄黄的大便沫就粘在他的白跑鞋上。他飞一般跑到小河边，连脚带鞋伸进水里，抖了很长时间，才把黄黄的东西抖掉。他没跟父亲说一句话，自管往家走。父亲在背后喊道：“不好好读书，将来不怕你不挑大粪！”

从此，他每穿这只鞋的时候，都要犹豫一下。母亲说：“我都洗了好多遍了，怎么还会有臭气呢？”但是，他总觉得，这只鞋就是比另一只黄一点。

他有时睡不着时，也的确认真想过：如果像父亲一样做农民，待在这凤凰村里，就算是真的凤凰，也都会毁了。他决不能再过与大粪打交道的日子！

好在，后来他终于跳出了凤凰村，考上了军医大，分配到外地的部队医院，摆脱了这样的噩运。但他妻子是舜江老家的，还得隔三岔五回去。因为一时分不到房，就租住在妻子单位附近的一个老小区的旧房里。有一次，妻子发现马桶底座有渗水的现象，拖干净了，不出一天，又有黄黄的一圈水渗出来，汇成小小的一溜，朝低处蜿蜒流去。老郑见了，心缩成一团，就像萎缩了的胃一样，疙疙瘩瘩的——他是消化内科的医生，兼做胃镜。他就给房东打电话，房东说，就那么一点点，多大的事啊，你们自己解决。老郑一气之下，就换租了一套房。

他独独不感觉恶心的是儿子的大便。那时，儿子刚出生不久，他喜欢得不得了，一回家就把儿子抱在身上，让儿子坐在腿上，逗着儿子玩。一逗两逗，腿上一热，儿子黄黄的蛋花便就拉在他的大腿上。老郑一边抖着裤子，一边说："还真是一把屎一把尿！"妻子说："儿子的，你总不嫌弃吧？"老郑说："那与大粪能比吗？"

老郑想军转地，免得一家人总是聚少离多。他托人去舜江人民医院打听了一下，人民医院不缺做胃镜的，倒是缺一个做肠镜的，如果他愿意改做肠镜，人民医院很欢迎他去。他有点犹豫。妻子说："胃镜、肠镜，还不都是给人看病！"老郑蹙着眉头，不响。妻子说："过了这个村可就没这个店了，你也知道，儿子大起来了……"老郑想想也是，何况妻子一个人带着儿子，也怪不容易的。于是，他答应了，调到了舜江人民医院，培训了半年，就开始做肠镜了。

这天，老郑从医院回来，很累的样子。妻子告诉他，菜烧好了，她要去朋友家吃进屋酒，得先走了。他懒洋洋的，任便妻子走进走出，问他这件披肩行不行，这条裙子怎么样，他都是无可无不可。妻子白了他一眼，走了。他呆坐了好一会儿，一点都没有想吃饭的意思。他第一次感觉到，自己努力了一辈子，结果又回到了原点。过了很久，他才坐到餐桌前。但是，他的心一震，一种反胃的感觉又涌上心头，因为他看到了一碗南瓜糊，它几乎和大便一模一样。他端起这碗南瓜糊，倒到了垃圾桶里。这时，餐桌上的颜色才好看一些：一碗青菜，颜色青翠；一碗莴苣，色泽鲜嫩；一碗潮虾，肉质鲜美；一碗红烧肉，质地肥美。他端起酒杯，慢慢细品着，五粮液醇香的余味从喉咙底部回上来，终于让他感觉到了一种功成名就的满足感。毕竟，在病人的眼里，他也是一方神圣。他就这样慢慢地喝着，从人生的低潮一直喝到高潮，以至于站起来时，有点飘飘然……

妻子回来时，兴兴头头地跟他说这说那。妻子说，朋友家的新房子可真是金碧辉煌。她点开手机里的照片给他看："你看，地砖的缝隙间都镶上了金线，看上去是不是很贵气？要不我们也给地砖美缝一下，你看，我们家的地砖缝都是黑的……"老郑瞥了一眼，妻子让他仔细看。他看着看着，突然说："有什么好看的，像大便渗出来一样！"妻子冷不防遭此一棒，愕然道："你这人怎么这么没素质！"老郑说道："什么素质不素质！你知道吗，我今天给一个病人做肠镜，没想到他竟没有拉干净，肠镜伸进去后，竟喷了我一大褂，连皮鞋上都沾满了！"

妻子不响了。

多年之后，当老郑成了白发苍苍的老专家，对着那些实习医生说起这件事时，他爽朗地笑了。

老郑说："当年，我为了不挑大粪，拼命读书；没想到，兜了一圈,还是……”

“哈哈哈……”那些年轻人也笑了。

葛仙翁

市府后面的小区里，住着一个自称“葛仙翁”的人。他五短身材，面目可憎，遇熟人必打招呼，一激动，往往眼睛眨巴个不停，说话也口吃起来。

他口不善言，却喜聊天。

葛仙翁在家是个老小孩。他的女人是个干练人，里里外外应付得井井有条。儿子已自立，年未弱冠，便远涉重洋，在所谓“漂亮国”求职。每当两国闹拧巴之时，女人便忧心忡忡，葛仙翁必劝她：“天塌了，自有高个子顶着。”他依旧每日莳花弄草，游戏笔墨，悠游岁月，以不负“仙翁”之名。

葛仙翁祖上有悬壶济世的，但到他这一代，已经荒废得差不多了。他老婆早年有干呕病，仿佛“肚里仙进位”一样。仙翁就每天给她煮粥吃，外加一勺葛粉，不料半年后，竟莫名地好了。从此，他就自许“葛仙翁”。

除了上班的八小时，他大抵走在路上。看见一只瓢虫，他蹲下来，给它拍照，数一数背上是否真有七星。瓢虫掉下来，背着地，乱蹬脚，就是翻不过身，他便帮上一把，把它端端正正摆到安全的地方。路过中医院，他必到里面的百草园溜达一圈，那里种着各种中药的样本。他一一传上微信朋友圈，赞不绝口，说此草“活人多矣”。

葛仙翁出外只带一张大钞和些许硬币。

自从市里实施了公交改革，两块钱可以直达最远的乡下，葛仙翁有空就乘车四处逛。他真成了游手好闲之人。

一日，他来到桑榆古村。这是一个僻远的村子，因为僻远，所以不着市声，旧房子鳞次栉比：有的作倾斜状，如伛偻老人；有的门墙塌了一角，苦苦支撑着；有的人去楼空，庭院荒芜，只剩一棵老桂树馥郁依旧。这些旧门墙都有来头：一座名曰进士第，一座名曰侍郎府，最不济的小洋楼也是民国富商的孑遗。真所谓钟灵毓秀，人杰地灵。近山大宅边的三棵大银杏和两棵连理樟都有七八百年的历史，让人流连再三，不忍离去。

在这样的地方，葛仙翁可以转悠半日。老巷子古色古香，人亦有古风。看见老人立门墙，葛仙翁上去打听此间变迁，叹息再三。老人觉得得一知音，掇凳与之共坐。此时，小院里树叶婆娑，阳光碎乱，葛仙翁感觉须髯尽白。过日中，葛仙翁花五块钱买一个番薯，坐石凳，作享受状，感觉自己仿佛是从长安告老还乡的老吏，想起“乞骸骨”一词，不由呵呵自笑。

他沿着老巷望去，多的是游人，衣着光鲜；独有他，一双布鞋，满头黄发蜷曲，端的是唐传奇里走出来的老客。他起身徘徊，见不远处有一理发店，上大书“十元”。他一摸须髯，想起的确已有数日未予理睬，而头上长毛已盖双耳矣。于是，他决定在此理发。这一理，不要紧，从此把城里的理发店都给晾了。

“老哥，好啊！我又来了！”

“坐，坐！真快啊！又一个月啦！”

老哥是读过《杨家将》《兴唐传》之类的评话的，他正与一老客谈论秦琼、徐茂公，叹息现在买不到这样的好书了。葛仙翁马上接口，说回去帮他去书店里找找，下次带来。

“他是谁啊？有《说岳》替我也买一本。”

“他是城里人，每次理发，都大老远地跑到我这里来！”

“这里水热，慢慢滋润了，慢慢理发、修脸、掏耳屎，斜躺在靠椅上，舒坦，胜过城里的按摩店啊！”

“是你说得好，看得起我！”

“老哥，我……我……我可说的是实话！”葛仙翁激动了就结巴。

葛仙翁的头在老哥手里摩挲着，由着修修这头，理理那头。这个时候，葛仙翁要么闭目养神，要么与老哥唠嗑，说得自在了，也就不结巴。他们一个慢慢说，一个慢慢理，就怕早结束了。

老哥客不多。来的都是“古人”，说的都是“古话”。就是一时客多，葛仙翁也等得起。没有人，老哥也不急，自家的老屋，不似城里房租贵，煤炉塞了封口，也烧不到哪里去。

葛仙翁看见檐下的盆盆罐罐里全是兰花，心下喜欢。老哥说，喜欢就拿走。

“我是要。兰花无价，我身边只有一张大钞，是多是少不论，我搬走了！”

“兄弟，钱你拿走。山上的东西，要什么钱！”

“你不要钱，那我不要！”

老哥迟疑了一会儿说：“那好，我收着，喜欢的你都拿去！”

从此，老哥再不收理发钱。葛仙翁硬要给，老哥说这是看他不起。葛仙翁收起钱，讷讷道：“那我以后怎么好意思再来理发？”

“你不来，更是看我不起！”老哥说得铿锵有力。

葛仙翁每来，必给老哥淘来古书，独缺一本《兴唐传》。

葛仙翁走遍了城里大小书店，就是没有这本书。网上淘，竟然也没有。评书这种古董，真是难找了。一日，在一旧书摊里，忽然发现一残本，里子倒还全，他不由大喜过望。问价格，是定价的十倍，他毫不犹豫买下。

第二日，他兴冲冲前来，不想理发店关门了。

一打听，老哥竟去了，是脑出血。他的孩子在外省，此间只有一个兄弟和老娘。葛仙翁摸索着前往，一看那老宅，却是旧时访过的；出来一白发老人，正是当日掇凳之人，不由大恸——白发人送黑发人!

葛仙翁执意要到坟头一祭，由老哥兄弟陪往。在坟前，葛仙翁烧化了那套《兴唐传》。看山下古木森然，大宅边的三棵大银杏和两棵连理樟一一在目，不由泫然。想起葛洪葛仙翁能炼制仙药，让人起死回生，叹自己空负仙翁之名，却连一袋葛粉都没带给老哥，真是恨恨不已——祖上曾说，葛根有通经活络之功呢!

他依旧每月必来桑榆古村，来则必过理发店，必到坟前。

多少官人同住一小区，不识细民葛仙翁。

老于头

舜江市府西边隔一条马路是双井小区，有些年头了，当年是数一数二的好小区，住着许多老干部，如今渐渐有些破败了。

老于头是从一个什么局退休的。他退休的那一年，小区里的香樟树才种下不久，双井边的紫藤萝还没长到长廊上。老于头家在二楼，他的老婆长得人高马大，以前很活跃，常隔着绿地喊对面楼宇的邻居一起去跳舞。

一次，女人们搓麻将正好三缺一，拉了老于上桌。三个女人一台戏，老于很滋润，谁知正好被他老婆赶上了。

“滚，还不滚回家去！”

老婆一把拉开老于，自己坐下了。

不知什么时候，他老婆不出去了，就坐在阳台上，看着井边的女人们洗洗刷刷，谈论东家长西家短。小区里的人看着她越来越胖，越来越虚弱。后来听人说，她得了乳腺癌，在用激素治疗。她偶尔下楼，走路很慢，说话很喘。

“你们家老于呢?”

“他呀,肯定搓麻将去了。”

她没有熬过去,死了。这不是什么大新闻,大新闻是,老于在她还没过三七时,马上又结婚了。据说,连家里的床都没换,墙都没刷白。这新来的阿姨正好六十岁,人长得瘦瘦的,眉目清秀。起初,不大在小区里走动;后来,就经常出来散散步,老于还搀着她的手,很要好的样子。

女人们是碎碎嘴。新闻中心就在双井边。双井是这个小区的标志,中间隔着一扁担的距离,就像挑着两个箩筐——现在的小区是不会这样设计了。女人们看着他俩走远,感慨地说,他死去的老婆,以前还经常在井边洗小河鲫鱼,说老于喜欢葱熻河鲫鱼,小酒咪咪。“酒,我是一口都吃不来的。”当时,大家都说:“你们对面对,可以老来乐了,一起碰个杯。”“我是劳碌命,没得吃福的啦!”后来,有人说,这话不吉利——果然!

但是,这个新阿姨很快也病倒了,断断续续病了有一年多。据说,是下身的毛病。有人私下里吃吃地笑,说老于新婚宴尔,太用力了。因为老于身体很好,一看脸色就知道气血旺盛。阿姨却越来越瘦,她出门怕风,老于的手臂上总挽着一件罩衫,就怕她着凉。过路口的时候,老于总是拉着她的手,怕有车突然蹿出来。

人各有命。老于头八十多了,还能骑着自行车去体育中心打门球。这阿姨却像个纸片人，就差一阵风给吹走了。她也不轻易出门，出门回来必生病。早头里有一年，老于带着她去三亚过冬，回来就病倒了。从此，她就很少出远门了。身体好的时候，她就在小区里走走。夏天，在香樟树下乘凉时，她都穿着长袖衬衫；冬天，便在阳台上晒晒太阳。二十多年过去，香樟树都长得枝繁叶茂，有三层楼高了。紫藤萝开花时，像瀑布一样流泻下来。这本是极好的风景，但老于头却到社区里去吵了无数次，说一定要把他家门前的香樟树砍掉。为什么？香樟树挡住了阳光，正午的时候劈头盖脸挡在阿姨面前。社区被他吵得没办法，第二年春天，小区里的树一律都理了发，他家门前的一棵更是剃了光头。

尽管如此，阿姨还是继续瘦下去。她的瘦，不是一般的瘦。用舜江当地土话讲，就是漆皮漆骨，皮像一层漆；用俗话讲，就是瘦得皮包骨头；用文绉绉的话说，那就是形销骨立；用瘆人的话说起来，那简直是从棺材里搀起来的一样。但你不能不说，她就是有一口仙气，八十多了，也干干净净的，一口气如兰麝不散。老于搀着她，慢慢地走。她气息平和，面无表情地看着这个小区，静静地听人讲长短；不像从前的那个，说话像吵架，是个高声嚷嚷的主儿。

老于头经常在小区的三岔路口倒中药渣。倒的次数多了，甚至一倒三个月，隔了一个月，又是一倒两个月，小区里的人有意见了。这小区都是讲卫生的，尤其是创文明城市的时候。社区老主任跟老于去说，老于嚷嚷："中药渣从来就是倒三岔路口的，除非你把中医院拆了！"真是的，这关中医院什么事？跟他女儿说，他女儿也直摇头："这年纪大了，说不进去的啦！"

但你不能不说，他待阿姨是真好。小区里的女人都羡慕着呢！

买菜是老于平日里当仁不让的头等大事。都快九十的人了，骑着个电瓶三轮车，一大早就兴兴头头地赶去菜场了。春笋上市了，他就将笋脑尖儿切成细末给阿姨炖蛋汤；新豆起来了，他就买豆荚——都得十块廿块一斤呢，葱油炒豆，慢慢下酒——他总是说，她才吃一点点呢；禁渔期一过，他就买大梅鱼，梅鱼的肉白皙粉嫩，加一点豆腐，鲜得不得了。有时，他也到井边来洗菜。他来洗菜的时候，阿姨一定跟出来。老于让她坐在半遮阴的香樟树下，阳光半透不透的，又温暖又不伤眼睛。有时阳光直射了，阿姨就用手搭个凉棚，看着老于头在井边洗菜。有时，她会上楼去掇一把小板凳，让老于头坐着洗。

"你看你看，这不又气喘了！"老于头温柔地责备。

"啊呀，你蹲着也累呀！"阿姨坐在紫藤萝边，一直默默地看着他洗鱼肚子。

老邻居们很嫉妒，都替老于的原配抱不平，甚至有人恶意地说："难怪她一年到头老生病，该是死去的人都看不过去了。”有个老太婆对来看望老于的女儿说：“要是你妈在就好了。”他女儿倒豁达：“我爸高兴就好！”

社区里的小年轻就猜度：“这个阿姨该不是老于头的初恋吧？”

老主任说：“这不，又想俗了吧——初恋反目的又有多少！”

戴礼帽的女人

舜江老东门外开店的女人中，就数这一位看起来优雅，几乎没人见过她不戴帽子的样子。冬天，她戴一顶米色的绒线帽子，右边的帽檐上还缀着一朵花。春秋季，帽子的样子就更多了。就是夏天，她也戴着一顶薄丝质的帽子，帽檐撑开来，像倒覆的一片荷叶。出门去，她戴着帽子，袅袅娜娜的，倒也好看。可是，在家里，她也如此。透过落地玻璃，经常能看见他们夫妻俩在打牌，她戴着帽子，像一个在沙龙聚会的贵妇人。

他们开的是一家名酒专营店，也许是搞批发的，店里少有人来。黄昏时候，隔壁烟杂店的女人最忙，咋咋呼呼着；他们最闲，斜射进来的夕阳的光返照出来，店堂里显得迷离惝恍。她对着玻璃茶几，要么并着两腿侧弯坐着，像个老淑女；要么一条腿搁在另一条腿上，就缺一根烟夹在手指上了。男人出一张牌，她也出一张牌，让人感觉又温暖又清冷。有时，烟杂店的女人会突然闯进来："哟，你们夫妻俩，倒是悠笃笃的！”她是来避难的。她们店里，人进人出：一边，媳妇在骂孙子；一边，顾客等得心焦，想让她帮着收个钱。她只管进货、送货，懒得管这个活：“管不好的了，管了今天还有明天呢！哪像你们，进的是高档酒，干的是高档活，清净！”

到了夏天，烟杂店的女人去进货、送货时，也戴了一顶像沙漠女人戴的帽子遮太阳。人家在她媳妇面前夸赞她，她媳妇努努嘴，瞟了一眼隔壁，意思是学人家的样呢！大家就嘿嘿一笑。那倒是，人与人之间是不一样的。名酒店的女人戴着帽子，没人觉得她不伦不类。她什么活都不干，除了伺候一只京巴犬；就是她老公，也只是拾掇拾掇花草，仿佛他们就该这么悠闲似的。他们也很少跟人来往。有时看她去附近小公园散个步，也是一个人走，孤零零的。她目不斜视，仿佛就为走路而走路。跟这里的土著不一样，他们买下这个店堂，也就两三年的样子。

有一回，烟杂店女人终于忍不住了，问道：“我从未见过你们的孩子，他不来的吗？”

“他到英国读博士去了，已经有三年没回来了。”她说话的时候，有点小小的得意，又有点小小的感伤。

“啊哟，那是让人羡慕的，读书这么好！你看看我家孙子，写个作业跟杀猪似的，还要全家总动员呢！”

这时，她男人走过来说：“你们也好的，每天团团圆圆。你看我们两人，大眼对小眼——不知什么时候才能抱孙子呢！”

“我是每天烦死，奶奶长奶奶短的，每天缠着我，一会儿要这个，一会儿要那个，我是对我孙子说——找你妈去！”

他们的孩子出国读书时，男人是支持的。但自从去年开始，男人也有点后悔了。为的啥事？就为的这疫情。自从新冠病毒肆虐以来，他们天天看新闻。这英国的疫情牵着他们的心。这不，连首相都传染上了，这疫情该有多严重啊！

“我要是不吃安眠药，根本就睡不着。你看我，脸色难看不？”她朝向烟杂店女人。

烟杂店女人把这事说给媳妇听之后，媳妇说：“难怪哉，像个英国人，戴着个帽子，好像电影里的一样。原来，她儿子在英国读书啊！”

每天晚饭后，他们依然在筒灯下，一对一打牌。他们很少把店里的灯开得亮堂堂的，让人怀疑他们是不是吝啬，舍不得点灯。店堂暗沉沉的，只有靠近落地玻璃的地方才有亮光，两人仿佛是活体模特，在玻璃里展览着。

终于有一天，她对烟杂店女人说：“我儿子要回来了！”这几乎是唯一的一次，她主动跟人说事。

“那好啊！这次回来了，可别让他再走了！”

女人有那么一两秒走神了，然后讪讪地笑了一下：“我也这样想……”

他们门前的一辆白色宝马从来都是干干净净的，男人有事没事总擦一擦。这一天，他又在擦车，烟杂店女人有问没问道："干啥去？"

"接儿子去，隔离结束，下午去宾馆接一下。"

他们什么时候回来的，她不知道。第二天，她问道："你儿子回来了？""回来了。"戴礼帽的女人难得露出了笑容。"咋没看见他呢？""在楼上呢！"这自然是好的。儿子回来了，男人忙碌了很多，每天上街买菜。女人整天地消毒啊，拖地啊。他们两人面对面坐着打牌的时间就没了。但是，女人依旧戴着礼帽。除了她男人，估计没人见过她盘在上面的头发——两鬓只露出少许染黄的发丝，根部稍有花白的痕迹。

有好几次，烟杂店的女人被家里的事烦死，就踱到她家来聊天，有一次问道："你儿子呢？""在楼上。""怎么不下来呢？""在学习呢！在上网课……""还回去不？""我是让他在国内找个工作。他说要回去，就要实习了，要去世界五百强企业呢！"她的语气有点无可奈何，又好像有点为儿子骄傲。烟杂店女人自然是夸赞了她儿子一番。但是，与别人不同的是，这个戴礼帽的女人也没多大劲头接这个话茬儿。她一眼不眨地看着烟杂店女人的孙子过来找她，硬拉着奶奶回去了。

不知过了几个月，这个戴礼帽的女人又与她男人一对一地打起牌来了。他们的儿子飞走了。

夕阳的光照进名酒专营店的店堂，有种暗暗的金黄色，又温暖又清冷。隔壁烟杂店的女人在发牢骚，她总是这样。

这个戴礼帽的女人的心思全不在隔壁人家上，她对着玻璃外马路上的车来车往发呆。她拿下礼帽的时候，突然，烟杂店女人闯了进来，她愣了一下，大咧咧道：

“哟，你顶上的头发怎么全白了？”

“岂止是全白了，还掉发呢！不戴帽子，根本就走不出去。”

“我是想，你干吗一直戴着帽子？”

“愁白的啊！”

蟑　螂

十点多时，他忽然记起有几个快件已经到了小区的门卫，就下楼去拿。关门时，他特意插进钥匙旋了一下，免得发出声响。

小区里的节能灯发出幽幽的白光，树影婆娑。

门卫大爷斜靠着躺椅正在打盹。他轻手轻脚地翻动着快件，终于找到了。转身走时，大爷眯缝着眼看他，好像不认得他似的。

“我的快件——”他微笑了一下，“几件衣服……”

他隐隐有些兴奋。在玄关换上拖鞋，他听见楼上有走动的声音，心想：他们怎么还没睡？他轻轻推开女儿的房门，窗帘半遮半掩着，室内影影绰绰的。他按了一下手机，亮光照到床上，女儿像一只小猫一样侧睡着，抱着绒毯。

亮光晃回来时，他发现妻子的水晶相框又放到了床头，正对着女儿的脸。他犹豫了一下，拿起相框，轻轻带上门，回到自己的房间，把相框放在梳妆台上。

他拆了快件，是一条韩版的裤子和一件衬衫与线衣二合一的上衣。这是他第一次给自己网购衣服。他试穿了一下，上衣挺新潮，裤子有点紧。他走到镜前照了照，倒显出几分年轻，就不打算调换了。

他顺手把妻子的相框朝向墙壁。前几天，他做了一个梦，梦见老家堂屋里，素桌白帷，妻子飘飘然移出来，似乎在说，你们怎么给我做道场呢？我又不信的——你们出门可要当心，可不能再给撞了……醒来，他突然感觉房间里好空，心里好空……

他不知道明晚该不该去见一个人。妻子离开都两年多了……他坐到床上，感觉臀部裹得有点紧，就脱下了新裤子。他看看镜中的自己，呆了一会儿，突然，把内裤也拉了下来……

日子如风干了一般。早上出门时，女儿默默地跟在他身后。他以为，女儿会对他的新衣服多看几眼，但女儿熟视无睹，连瞟都没瞟他一眼。他在校门前把女儿放下时说："放晚学了别乱跑，外公会来接你的。"

其实，哪一天不是外公来接的呢？

他穿着新衣服走进公司，感到有点不自在。到五点钟时，他还在犹豫，电话铃响了。他以为是女儿，接起却是丈人："你还来吃饭吗？"声音闷闷的，没有一点情绪。"哦，爸，公司里临时有点事，你们先吃吧。"妻子在时，到楼上丈人家吃饭，如在家里；如今，每去一次，心里都是紧紧的。丈人臃肿的身体陷在沙发里，手中拿着报纸，老花镜里泛出一点余光，好像要说什么似的。

他把人家送到家里，回来已是半夜。他说不上高兴，也说不上失落。这样的日子，已很生疏。唯一让他感到心里咯噔一下的是，与她散步时，遇到了一个同事。同事向他笑笑，他感觉到对方的眼光明显偏向身边的人，那笑里似乎有些暧昧。他回头时，那同事也在回头看他，却又装作看别处……

她问："是谁啊？"

他记得，妻子出事后的那些日子，也是这样，到处都是目光，如影随形。走进办公室时，欢笑的同事们似乎尴尬起来，一下子寂然无声。有一回，几个男同事在打篮球，不提防，一个球朝他冲来，他轻轻接住了。若是往日，他必拍打几下，一个远投，然后，同事必会大喝一声："好球！"但是，那次，他只是把球送到了同事手里……

小区里的节能灯发出幽幽的白光，树影婆娑，虫子在灯边飞舞。

他一个人走进电梯，空荡荡的，灯光像蒙着一层什么。门闭合时，似乎一下子切断了尘世的通道，将他送向另一个世界。

打开家门，他诧异了一下。客厅里灯亮着，女儿的房间里传出什么声响。"你还没睡吗？这么晚了！"他正想进去，一个臃肿的身影出现在门口。

“爸?”

“你也不事先说一声，她一直不肯睡，说要等你回来。我陪着她，她就睡着了。睡着后，我上了楼。半晌，你妈说好像囡囡在哭，我就下来看，只见囡囡坐在床上，裹着被子，哭得上气不接下气，说到处都是蟑螂，蟑螂咬她。这不，我来看看，房间里哪有什么蟑螂，肯定是做梦了……”

“她人呢?”

“到楼上去了。”

“那我去看看。”

他出门上楼，丈人跟了上来，开门按亮电灯。电灯刚开着，像萤火虫一样，暗沉沉的，恍惚中似乎有一个人影向他走来，一眨眼，又不见了。他怔了怔，知道自己闪眼了。他推开卧室门，丈母坐在床头，只开了一盏昏黄的床头灯，女儿睡在她身旁。“睡了?”“睡了。”丈母看着他，就像一只老母鸡护卫着鸡雏，而他就像黄鼠狼一样。“你怎么这么晚才回来?囡囡一直等着你，让她上楼来，都不肯……”

“哦……我……有点事……”

他出来，回到楼下自己的家里。当初他们买了楼上楼下两套房，丈人出力不少。可是，妻子一走，味道就变了。

他颓然倒在自己的床上。楼上正是二老的房间，一点点轻微的声音都让他感到不安，仿佛到处都是探头一样。他突然一个激灵,想换一套房子。

他起身,照了照镜子,发现妻子的相框又朝向了自己。

他感到嗓子有点发干, 去厨房间烧水。他点亮电灯, 突然一阵悸动, 砧板上蟑螂四散, 倏忽不见, 只有一把菜刀横躺着……

一只蟑螂的尸体,被剁成了肉酱……

鉴　定

李琪每次回舜江老家来，都有种莫名其妙的魔幻感。四周的高楼越来越密集，而当他穿过高楼的缝隙，走进凤凰村时，时光似乎凝固了，仿佛仍是小时候一样。

这是一个城中村，但当年却是舜江东门外的乡下。

那时，他们去城里，总是抄近路，沿着凤凰山的山沿过去。现在，凤凰山成了城市森林公园，双休日的时候，山间小路上全是人。而东面，一个新城横空出世，把凤凰村夹在了当中。但是，凤凰村依然是一个阴沟水冒着馊臭气的地方。直到李琪读舜江一中的时候，母亲凭着机灵，先是买了一辆花冠，再在东部新城买了个单身公寓，才没让李琪在同学面前丢脸。

这是母亲的说辞。李琪是个书蠹头，倒并不在乎。

买花冠的时候，舜江一中还在老城里，住宿条件并不好。每天晚上九点半，一中门口挤满了来接孩子的家长。起初，母亲骑着小摩托来接。但是，人家都是轿车，母亲就埋怨父亲是个没用的人。在赶时髦这件事上，母亲向来比父亲积极。母亲只花了两个月时间，就考得了驾照。高三的时候，舜江一中搬到了东部新城，母亲又眼疾手快，在一中附近买了间公寓，李琪一放学就可以跑过来。李琪考上了交大，村里人羡慕得很，很多人向父亲道喜，父亲嘿嘿笑着，难得高兴了几天。

这一阵，李琪回来，在东部新城的一个生物实验室实习。这个实验室，是专门做亲子鉴定的。早先他不知道，一鉴定才发现，好些人还真不是亲生的，不由感慨万分。有一次，他突然指着女朋友开玩笑道："你可别绿我！"

那天，他为了拿一本证书，早早回了凤凰村。家里大门虚掩着，他推门进去，喊了几声"妈"，好一阵没声响。直到他走上楼梯时，母亲才下来，后面跟着一个男人。母亲说："这是张叔，妈妈的同学，现在拆迁办。"李琪喊了一声，却总觉得有点不对劲。母亲说："我们凤凰村要拆迁了，让张叔先来看看，看怎样能赔得多点……"母亲掠了掠自己染黄的头发，看向张叔。张叔说："那是自然，老同学嘛，肯定要往高里靠，用足政策……"他笑着，看向李琪，搭讪了几句，然后就说要走了。母亲送他出去，回来时，没话找话地说："今天咋这么早就回来了？也不先跟我说一声，那我买菜去……"母亲回到自己的房间，李琪也跟着走过去，只见母亲在整被子。母亲说，她找钱袋，不知放哪里了。

吃晚饭时，父亲还没有回来。父亲是个木匠，小时候，给他做过许多玩具，有床边的小梯子、长长的小火车，还有能飞起来的竹蜻蜓……那时，父亲还是个吃香的木匠师傅。后来，生意越来越少，他就跟着一个师兄专门搞装修去了，外头有了大生意，十天半月才回来一次。最近，他在舜江城里干活，倒是每天骑摩托车回来的。父亲进门时，他们已经在吃饭了。他倒是说等一下父亲，但是母亲说父亲是没准点的。看见父亲进来，母亲难得地起了身，然后拿了碗和酒过来。李琪看着父亲杂乱的头发，第一次感觉他的额头多了皱纹，脑门左边有好几根白发。他心里陡然升起一个可怕的念头，不由得多看了几眼父亲。他从没见过这个男人的青春。倒是母亲，前几年，有人说她逆生长，可把她给嘚瑟的。她用的化妆品，好些都比女友的贵呢！

吃了晚饭，父亲靠在沙发上玩手机。他站在父亲身后，看父亲在玩什么。父亲刷了一下朋友圈，他的朋友圈没几个人。然后，他点了一支烟，开始刷抖音。父亲喜欢看笑话，乐呵一下自己。李琪忍不住抚了抚父亲的头发，然后拔下一根白发给父亲看。父亲很诧异地转过头来，说，这有什么好稀奇的。他又帮父亲拔下了几根，这是他们父子间难得的亲昵动作。他读书的时候，向来是由母亲料理一切的。父亲不大管他，他只闷声赚钱，有时还偷偷塞钱给他，总说，吃好点，长身体呢，别省着……

在实验室，李琪把自己的头发跟那几根白发一起放了进去。

在结果出来之前，李琪的心一直怦怦跳。他记得，他们刚买花冠车时，有一回母亲把邻居搭在路边的一个篷撞翻了。这个邻居跟他们家是有过节的，她一出来，就骂母亲瞎眼了。母亲也不是省油的灯，就跟她理论，最后演变成对骂。邻居骂母亲是婊子，不要脸，公共厕所……什么难听的话都喷了出来。母亲也是什么话恶毒就骂什么。这是凤凰村的传统，他打小就见得多了。那时，他只觉得无聊。但是，现在，一切都成了可疑的根据。他是母亲生的，这一点毫无疑问。他只怀疑父亲，替父亲担心。因为他的相貌，从来不曾像过父亲。他在这样一个实验室里，很自然地想到了自己的来路。

这天，别人都下班了，他依然呆坐在办公室里。同事们一个个跟他打招呼，他只是机械性地挥挥手。他起先预料到自己——可能——会有这样的结局，但是，当结局——真的——出现在眼前时，他却无论如何也无法接受。这会儿，他不是替父亲难过，而是为自己感到悲哀。他忽然有了种漂泊无依的感觉。窗外，车水马龙的城市，像一艘漂浮在黑暗大海上的闪亮的邮轮，在突然遭遇冰山之后，已无法渡到黑暗的另一头。他大声地对自己喊道：“我没有父亲了！”

他挣扎着，几乎没有力气站起来。他突然很想“这个”父亲，他不能失去他。就像要淹死的人，终于抓到了一段木头。

那一刻，他没来由地拨通了父亲的手机。父亲这几天因为赶工，要很晚才下班。

“爸，我来接你，我开着车……”

“不用。我骑着摩托车呢！”

他硬是让父亲发了个定位过来，说自己顺路。走进父亲的工场，他在一堆父亲一样的人中，找到了自己的父亲。当有人问“这是你儿子”时，父亲自豪地点点头。他拍打着衣服，想让自己显得干净些，一边跟几个身边的人解释着。父亲坐进了花冠车，到现在为止，他还没有学会开车，总是说：“你妈会开就行了，我有摩托车，绕来绕去更方便，也不用担心没处停车……”他总是为自己找理由。李琪转头看了一眼副驾驶位置上的父亲，父亲的脸在光与影的投射中，呈现出一种古铜色的韵味。这是一个普通的男人，他已经遭受了世界上最不普通的待遇，但是他自己却不知道。车开动起来，光与影在他脸上交替着，他满足地看着外面的世界，处于微醺的状态。“爸，你知道吗？凤凰村就要拆了。”“知道。我在想，如果你回来工作，到时给你买个大套，我们买个小套。”这个父亲跟天下大多父亲一样，他已经想好，要把最好的东西送给儿子。这句话是预料中的，给他买房，父亲也不止说过一次。但是，在那一刻，李琪还是禁不住泪要涌出。他吸了一下鼻子，一时间什么话都说不出来。

他在五光十色的城市的河流中漂游，灯光与夜色交互着，让人感觉虚虚晃晃的。但拐进凤凰村后，一切都恢复了原初的样子，破旧杂乱的城中村，依然显得那么猥琐。他不知道该怎样面对母亲。他是儿子，也是男人。他知道，自己一辈子都要警惕女人了。他不打算去寻找生父，让一个陌生人半路杀出来做自己的父亲，这是他不能承受的。就像这个恶俗的凤凰村，一旦被夷为平地，自己就没有家了。

当他把车开进院子时，他自言自语了一句："我们到家了！"

外　卖

“白小洋,你的一份好了!”

白小洋又刷了几下抖音,起身把外卖放到后兜里,放结实了,然后跨上电瓶车,麻溜地出了门。舜江的大街小巷,没有他不熟悉的。很多时候,他喜欢走次道,但是总有几条主干道拦住去路。

天气不冷也不热,他早早地穿上了T恤,是那种没有袖口的T恤。龙小晚说他装逼,然后来摸他手臂上的肌肉块。他绷紧了,让他摸,然后故意用舌头舔一下,眉梢扬起来,看着龙小晚,露出得意而挑衅的神情,引得龙小晚忍不住又打了他一拳。他们休息的时候,经常一起到体育馆后面的运动场打篮球。白小洋喜欢杂耍一下自己的扣篮技术,龙小晚却总坏他的好事。

他在人流中蹿来蹿去,车就像他的马,他仿佛感觉到它的鬃毛在风中扬起。高峰的时候,车水马龙,他总能突围出来,比人家更便捷地蹿到前头。在联盛公寓门口,他扔下电瓶车，小跑着冲进正要关门的电梯。电梯门再次开时，他第一个冲了出去。长长的廊道中空无一人，让他觉得自己像个来打劫的坏人。

"怎么这么慢啊？"门只打开了一条缝，露出一张小姐姐的脸，白小洋闻到了一股轻微的香气。看见他，小姐姐怔了一下，脸上的冰一下子化开了，仿佛春风拂过湖面，她微笑着把门打得更开了。白小洋很快地瞥了她一眼之后，垂下了眼睑，他发现她正在看他。这是一个漂亮的小姐姐。他看到这样的小姐姐，总是感到深深的狼狈。如果他是一位成功人士，那他一定霸道地揽她入怀。可惜，他只是一个来舜江讨生活的外省小子。

第二天，这位小姐姐又点了同一家外卖。她几乎天天点。有一次，门虚掩着，小姐姐正在洗头，她让他进来放在桌子上。他第一次走进了一个女孩的房间，来不及细看，只匆匆环视了一下，那些女孩的小摆设在他眼前很快闪过，他甚至看见了窗口晾着的文胸。他侧身出来时，差点与擦着长发从卫生间出来的她撞了个满怀。"还有几单啊？""快了，还有一单。"他匆匆出去了。

那天，轮到他休息，他第一次觉得即使不休息也没关系。他打篮球回来时，龙小晚告诉他，联盛公寓的一个女孩问他，怎么换了人，她还问，是不是他不来送外卖了，好像非他送不可似的。

第二天，她果然又点了外卖。白小洋有种迫不及待想见她的渴望，谁知他冲进联盛公寓时，怎么按电梯都无济于事。一个物业的人走过来，瞥了他一眼，不冷不热地说，电闸坏了。白小洋一点都没有迟疑，转进对面的楼梯间，往上跑去。联盛公寓是高层，最高三十七层，她在三十五层。他两步并作一步跑，飞一样地旋上楼梯，一口气跑到了六楼。好在他是个喜欢运动的人，老家在山区，爬山过梁，早已习以为常。但是，不得不说，跑到二十几层时，他的双腿似乎已经绑上了铅块。在平台休息时，他第一次喘着粗气向窗外望去，只见繁忙的城市在他脚下，车流和行人变得像小甲虫一般，他像上帝一样，俯视着芸芸众生。但是，往上看楼梯时，又觉得自己不过是一只牛蛙，再发达的肌肉也禁不住一层又一层回旋奔跑的折磨。终于拼命跑到了三十五层，他一时头昏，差点撞到门上。

“电梯坏了，我是跑上来的。晚了，对不起！”

小姐姐看他一脸汗水，说进来吧，喝口水。她拿出一瓶水，看着他，仿佛在篮球场边看男朋友打球。白小洋的脸是潮红的，小姐姐的脸好像也傅过粉一般。回去时，白小洋回忆着每一个细节：小姐姐付给他五十块的小费，他没收；他走时，她递给他一条毛巾，让他擦个脸……

他们天天见面。白小洋说，天天吃外卖不好。小姐姐说，工作挺忙的，没时间啊！

这天，正好下台风雨，一阵一阵的，时紧时松，她点外卖时已经很晚了。台风把他的电瓶车吹得歪歪斜斜，仿佛赛车转弯时贴着地面飞驰。他在路上看见另一个像自己一样装束的人骑着电瓶车在他面前闪过，一阵风过来，两人几乎撞在一起，然后那人闪进了一条小巷。在另一个巷口，他又遇见他了。他们两个人总是时而交错、时而分开，又在差不多的时候，一前一后冲进了联盛公寓，一人一个电梯，奔向各自的客户。白小洋穿着雨衣，到门口时，湿了一地。小姐姐开门时，也仿佛刚从雨中淋过一样，脸色有点憔悴。外面的雨下得更大了，小姐姐说，要不，进来坐一会儿吧？当她摆出外卖时，她说，今天特意点了两份，一份就是给他的。白小洋很不好意思地推辞了。她走过来，脱掉他的雨衣，说她要谢谢他每天来看她，在这个城市里，他是唯一关心她的人。她拿出一瓶酒，说一起喝一点，他淋了雨，喝酒可以防感冒。他有点诧异，但是又若有所待。他的T恤已经湿透，紧紧贴着身体，甚至印出了他的腹肌。他撩起自己湿透了的T恤，绞了绞水，然后抖开了。他发现她在看他的人鱼线，这是他的骄傲。她转身翻出一件篮球背心，说，这是她前男友的，要不，换一件干的吧？他说，不了。她幽幽地说，可惜，他再也不会回来了……

他下楼时，发现有个人从他面前蹿了出去，骑上电瓶车，像贼一样跑得飞快。当他追上那个人，回头想认清他是谁时，一个冷不防，自己撞在了电线杆上。

他懊丧地回到店里，看见一辆车湿答答地停在门口，一面反光镜折断了。

龙小晚正在跟一个人开玩笑："她向你表白了？还是你自己在意淫？"

"你不问会死啊！"

这个人头上有个包，白小洋发现那正是自己。

竹蜻蜓

我和妻子积攒了许多年，好不容易在舜江城里买了一套二手房。也算不得什么好小区，不过是有树木，有小径，还有一个稍加修葺的池塘，连着外河。夏天的傍晚，偶尔能看到蜻蜓在水面点一下，飞到对面去。

小区是陌生的，没有一个认识的人。

二楼的那位阿姐见到我总会笑笑。有一次，我瞥见她的目光跟了我一会儿，她突然问我："你知道我是谁吗？"我踌躇着，觉得似乎面善。她终于自报家门道："我是张佳琪的姐姐，你不认识我了？"原来，她在小区的门卫处看见了快递上我的名字。"那时，你还到我家来过呢！"她兴奋地说着，仿佛我是她失散多年的弟弟似的。"你到我家来时，还是个干干净净的小男生呢，动不动就羞红了脸。没想到，现在竟然满脸胡茬了。"弄得我怪不好意思的。

我隐约记得，张佳琪确乎有个姐姐，说话细声细气的，很白，那时好像在代课，很喜欢我们到她家去做作业。

“张佳琪现在哪里?”

“她呀,总是折腾。起先嘛,在下面的广电站;后来,调来调去;现在,调到电视台去了。”

有一次,我站在楼道里正打算开门,听见下面在说:“喏,这顶楼就是——”她说了我的名字。我听见另一个声音,说:“真的?不会吧,这么巧……”我心里一惊,连拿着钥匙开门的手都停了下来。我分明听见了那个久违的声音,但很快地,那个声音说了声“有了跟我说”,就消失了。

我开门进屋,跑到窗口去看,但大大的树冠遮住了行人。我不知道,她是否还记得我们最后一次的见面。那时,她在广电站。在办公室里,她给我泡了一杯玫瑰花茶,淡淡的香气溢出来,仿佛是她身上的香气似的。后来,听到楼下的摩托车声,不一会儿,一个敦实的青年走了进来,她向我介绍道:“这是我男朋友……”我立马就听明白了。

其实,我们已经疏离很久了。

这时,我又听见了楼梯口阿姐的声音,絮絮叨叨地说着什么。她男人说:“她要那么多钱,我们哪里有啊?”接着,传来关门的声音,我才发觉我的门还开着。

我和阿姐经常碰头,偶尔我会问起张佳琪。听得出,她对张佳琪有些担心,有些不满。她似乎把我当作了自家人,时不时会流露出一点什么。有一次,她走近了,压低了声音说,如果张佳琪来向我借钱的话,千万不要借给她,她已经欠了一屁股债，亲戚朋友都借遍了……她欲言又止，我也不好细问。但我听得出她的意思，张佳琪已经不是当初的那个张佳琪了。

终于有一天，她们姐妹之间发生了大事。那天，我从外面回来的时候，感觉小区里有点不一样，仿佛好戏刚散场似的，三三两两地有人在议论什么。上楼走进家门，妻子就对我说，下面二楼的一户人家，两姐妹吵得可凶了。她隐约听出点意思，妹妹想卖房，姐姐不愿意，说爹妈都还健在呢！大概是房产证藏在姐姐家里，所以，妹妹不依不饶，逼着姐姐拿出房产证来。后来，听见下面乒乒乓乓的声音。妻子站在上面偷看，只见两人撕扯了一会儿，下面的男人把两姐妹拉开了，然后一把推出了妹妹，"嘭"地关上了门。妹妹骂山门道："不拿出房产证来，你休想出来，你出来一趟，我拦一趟……"

后来，也许还发生过什么，只是我们不知道了。阿姐看见我还是笑，只是皱纹里有了苦味。

有一天午后，我听到敲门声，打开门一看，竟是二楼的阿姐。她窥探了一下屋内，轻声问："你老婆在不?"我说带着孩子去娘家了。她就走进来，然后没头没脑地说："卖了！"我诧异道："卖了啥了?"她郁愤难平，只是叹气，半晌说："乡下一套好好的别墅，总算被这个败家子卖了。没想到，会落得这样的结果……"我明白了。

我请她坐下，给她倒茶，然后，轻声探询道：

“是张佳琪要卖?”

“她没钱，过不下去了呗！到处借钱，每个亲戚那里都欠着一大笔债呢！可是，还租住着十万一年的别墅……这要怪我爸妈，没教养好，总是依着她……广电站的临时工，是花钱托人争来的；后来为了转编制，花了几十万；调到电视台去，爹妈更是扔了血本……到一处，跟人有一处……炒股、开店、办公司……没有一次有常性的……都是折本……离了结，结了离，这已经是第三个老公了，是个痞子。这一次她甩不掉了，他要白刀子进红刀子出……”

“怎么会这样?……”

她似乎意识到说多了，摸了一下鼻子道：“照道理，家丑不可外扬，我不该对你说这些。可是，这些年，真是……我心里憋得难受……”

末了，她从一个塑料袋里拿出一沓信，说：“这些都是你写给她的信。昨天，我去别墅的阁楼上整理我的旧东西，看到了这些信，想想，留在人家那里不好，就帮你拿来了……以前，她都给我看过。那时，我们两姐妹多好啊……”我看着这些信，一时有些激动，不由红了脸。“那时，你人瘦瘦的，刚刚开始发育，声音还有点毛毛糙糙的……哦，还有这个竹蜻蜓，也放在一起，好像也是你送给她的……”

我无论如何都没有料到，这些东西还会出现在我面前。难为阿姐有心，尤其是这个竹蜻蜓，为了做它，我还被刀割出了血。到现在,手指上还残留着痕迹……

这一夜,妻子和儿子没回来,我一个人站在阳台上,看着万家灯火,觉得时光过得真快。那个旋着竹蜻蜓的小男生是再也找不到了,那个接过竹蜻蜓玩的小女生更是遥不可寻。我两个手掌下意识地搓着这个竹蜻蜓的柄,搓着搓着,一个激灵,竹蜻蜓竟脱手而出……

我似乎看见它旋过池塘,直飞到对岸去……

下编

旧族

七　爷

小陶拿着书和报纸踱到我的办公室里。他指着报纸上的一篇文章说:“你不是周塘人吗？这个人你认识吗？”我瞄了一眼,原来是一篇纪念七爷的文章。

我说,当然认识了。

七爷在中医院坐诊,是位老中医。他自视甚高,在我们族里是个不好说话的人。有人问他吃了人参忌不忌萝卜,他说那是民间谬传,《本草纲目》里都没说。“那人家都说不能吃萝卜……”“那你还问我干啥!”他就这样顶了回去。

所以,七阿婆也跟他说不到一处去。她一个人独居楼上,连厨房都搬了上去。七爷住在楼下西间,他索性不回家吃饭。他房间的窗帘总是胡乱拉扯着,上面还有一个角耷拉下来。我曾从窗外偷偷向里瞧过,里面黑咕隆咚的,乱七八糟,仿佛是一个老光棍待的地方。

小陶说:“是啊是啊,他的那间屋简直没法下脚。”

我说:“你咋知道的？你跟七爷是亲戚？”小陶摇摇头。

原来，当年七爷看了小陶写的几篇文章，激赏不已，还特地登门拜访,两人有过一段忘年交。

那时，小陶只是一个在广电站帮忙的社会青年，哪曾受人如此待见？得知七爷要来，他就早早等在大门口。可是左等右等，不见来人，他就买了两瓶啤酒去食堂了。没想到，一个陌生人早已等在食堂门口，旁边停着一辆很旧的 28 寸老永久。他们眼睛一对，就直觉是对方。七爷声若洪钟，一坐下就自己用筷根撬开了啤酒瓶盖，小陶赶紧给他满上，他一口就喝下半碗。“两人对酌山花开，一杯一杯复一杯”，小陶见他兴致不减，就又去小店买了两瓶。回来，见他在食堂的墙角小便，完事后一边抖索着，一边就进来了，手也不洗，直接就端起酒碗。

“啤酒，一泡尿的事儿！”他哈哈大笑。

小陶酒量小，七爷是海量。“大碗喝酒，大口吃肉，乃人生快事也！”七爷说，“不为良相，便为良医，悬壶济世，古来良训。”他让小陶多出去走走，读万卷书，行万里路，才算不负平生。七爷说，前几日他遇见了文联的创研员，向他推荐了小陶，让他们多关注他。昨天，宣传部的一个副部长到他那里来看病，他也说了小陶许多好话。此时，小陶才知道，原来来拜访他的还是一位文坛元老。

可惜，七爷说的那些人，他一个都不认识。

后来，七爷又写信向他透露了不少本地的文坛内幕，比如：谁与谁是死对头；谁的画是赝品，有人捉刀的；他连续两夜走访某某和某某，对另一派的某某好一顿痛斥 …… 他说，文坛如战场，须合纵连横，才能立于不败之地。他的信洋洋洒洒，龙飞凤舞，一张又一张，仿佛他开的中药方子。

终于有一天，七爷告诉小陶，不要称他“周先生”，应称他“先生”。小陶心里咯噔了一下，他记得自己只在日记里称鲁迅先生为“先生”，其他人似乎都还没有这个资格。但是，七爷既然这样倾力提携自己，称他为“先生”，也是理所当然。后来，他每次写信，开头必是“先生”两字，而且写得大大的。

我哈哈一笑，心想，我们七爷也真说得出口！

到年底时，小陶寄贺卡给他，他指示小陶应该给宣传部部长、县委书记也寄去贺卡。小陶在七爷不断的点火下，胆子也壮了起来，就买了上好的贺卡寄去。宣传部部长没睬他，倒是县委书记不久就给小陶回了贺卡。七爷很得意，说：“你看，我说得不错吧！你现在广结人缘，他日必能平步青云！”

来而不往非礼也，小陶决定去七爷家亲炙教诲。他知道七爷喜欢喝酒，就带了两瓶五粮液和一条香烟，在一个周末的晚上摸到了周塘。当小陶出现在七爷家门口时，七爷很是愕然，一时有些手足无措，但还是很热情地把他迎进了西间的卧室。只见里面堆满了书报杂志，上面落满了灰尘，好些已经发黄了，东一堆，西一堆，有的放在桌上，有的放在凳上，有的甚至放在地上。人进去，得侧着身子。头上的一盏灯还是白炽灯，发出昏黄的光。蚊帐漆黑，不知有多少年没洗了。他让小陶坐，小陶不知坐哪里好，就随便找了个凳子坐了个角。七爷也没推辞，收下了烟酒。两人促膝长谈，小陶表示很想到县城工作，七爷说："这是自然的事，你不但能进县城，将来还要进省城呢！"说罢，哈哈大笑。临走之际，小陶问起师母在否，以便见面问安。七爷说："贱荆与我分居已久，不见也罢。"小陶暗暗吃惊。七爷说："贤契不是外人，我直说了，若不是看在子女面上，我早休了这个老不贤！"

我说："七爷当真说的是贱荆、贤契？"小陶说："那还有假？幸亏我能听懂。"我大笑道："这老头大概是戏文看多了吧！"

小陶说："我有一件事对不起你们七爷，那就是他去世的时候，没有送他一程。"因为得知消息的那天，他正与未婚妻在拍婚纱照，就没法去送行了。

"你们七爷好端端的，怎么就死了呢？"

我喝了口茶，不由长叹一声。事情的起因是他腿肚子痛，听人说是静脉曲张什么的。他觉得，这种小病自己看看就好了。也不知得自何方真传，他采用了放血疗法，大概是消毒不彻底，就发炎了。他自恃身体硬朗，也没重视，拖了几天，竟至病情急转直下。等到七阿婆发现，叫儿女把他送进人民医院，说是败血症，已经回天乏力，没几天就没了。

"怎么会这样？"小陶愣怔了好一阵。半晌，小陶说："什么时候去他坟头看一下，也不枉……”这样说着的时候，不知怎的，他手上的一本书掉在了地上。

我一看，是本《堂吉诃德》，就帮他捡了起来。

大叔婆

大叔婆一个人过，小儿子周之翰经常来看她。族里人跟大叔婆说："好啊，有个儿子在边上；要是都跑大老远的，那才当真可怜呢！"

"也谢谢你们！老话讲，远亲不如近邻啦！"

但凡有什么好吃的，大叔婆从不吝啬。周之翰送来的两箱葡萄，她东边人家一串，西边人家一串，左邻右舍都分了个遍，自己只吃了几个散落的。若是哪家有生大病要去上海看的，来求她，她必是立马给当副院长的大儿子打电话。有一年，大儿子回来说起这事，埋怨老娘多事，大叔婆就很不高兴："你可别忘了本！"

上了九十岁，大叔婆渐渐有了衰败的迹象。她耳朵也聋了，记性也坏了，吃饭也是有上顿没下顿的。有一次，周之翰来看她，发现她竟然睡了两天了，不由得红了眼睛：

"老娘，要不你住到我家去吧？"

大叔婆白发萧索，惨然一笑："这好端端的，去你家干啥？

城里我住不惯……”她什么地方都不去。这就难坏了几个子女。最后他们决定请个保姆，反正也不缺钱。有保姆在老娘身边，大家就省心了。

周之翰领着保姆来到老屋。这保姆五十开外，头发梳得光光的，衣服干干净净，总是微笑着，看上去挺和善的。

大叔婆起先不知来意，当得知是为她请的保姆之后，头摇得像拨浪鼓。任是周之翰好说歹说，她都不答应。周之翰没法，只得给哥哥姐姐打电话，他们也都一个劲地劝说。最后，他们哄她，说因为大叔公是省文史馆员、县政协委员，给遗属请保姆上面有补贴的，要不了几个钱，大叔婆才算松了口。

保姆住进来的第一天，大叔婆总觉得浑身不自在。但她还是脸上搁着笑，领着她，指给她看哪是醋，哪是酒，哪是酱油……保姆擦洗灶头时说：“大妈，你忙你的去吧，我收拾收拾。”大叔婆在前屋里拿着一串佛珠，坐也不是，站也不是，一听到厨房里声响大一点，就转进去。“大妈，你看干净一点没有？我帮你移动了一下面盆架，底下都拖了拖……”“好好，是干净些了。”她嘴上这么说着，可心里总觉得，保姆好像在搞破坏一样。

这天睡午觉时，她没睡着。

晚上，保姆伺候她睡下之后，很快就睡着了。她竖着耳朵听，怕耳朵聋，没听到，几次抬起身来，看向保姆处。保姆转了个身，她更是伸出头来看了看。平时，她总是听不清别人说什么。这一晚，她听到了老鼠咬床脚的声音、夜猫叫春的声音、小后生晚归唱歌的声音……她不知道自己是什么时候睡着的。第二天起来的时候，有点头重脚轻。她心里有点埋怨几个孩子多此一举。

保姆出去买菜，她叮嘱道："少买些，我吃不了多少。"几个邻居见了，都夸她有福气，大叔婆尴尬地笑笑，责备孩子们乱花钱。邻居们安慰道："他们都有钱，你不用替他们心疼。他们少买一包烟，就够你一个月花了。"

保姆回来了，买了一株菜、几个土豆、几个青椒、一小块肉，还有几条小黄鱼。她在水龙头边洗，大叔婆盯着，几次想走过去，替她关水龙头。可保姆不急，几条小黄鱼洗了半天。她终于忍不住走过去关了水龙头，一边问价钱。保姆说，都报账给周之翰了。大叔婆想：他们那里最好糊弄了，买菜都不问价格的，他们知道啥。

第二天，保姆洗菜时，她终于发话了："我洗菜洗衣从来不用自来水的，都用井水，洗好了再用自来水冲一下。"她还亲自打了井水放到保姆身边。

吃了晚饭，保姆收拾桌子时，她赶紧把两碗吃剩的菜搬了起来。昨天，保姆把剩菜剩饭都倒掉了。

那天，保姆闲着时开了电视，吊扇调到了最大挡，吹得整个老房子里像刮台风一样，一本老皇历掉了下来，她念佛用的度牒也直飞起来。她终于忍无可忍，直接把吊扇关了。“大妈，你这不是要热死我吗?”“老年人不能吹大风的。”她想了想，终于说出了口，“要不，这几天的工钱我算给你，你就走吧!”“那不行，大妈，我和周先生已经签了半年的合同了。”“什么?这人好人坏都不知道,他就签了半年了?!”大叔婆直接拨周之翰的电话，因为手直抖，以至于连拨了好几次都没打通。等到打通的时候,她气不打一处来:

“你把保姆给我带走,我不要保姆!”

“妈,你这是咋了?”

大叔婆一五一十地把保姆进门后的事情从头到尾说了一遍。周之翰第一次发现老娘又年轻了，记性又变好了，说话又有中气了。她千句万句并作一句，这个保姆她消受不起。她什么都看不上眼。周之翰被说得没办法,只好说:

“那我们换一个吧。”

“换一个我也不要!”

果然，后来换了两个，都没做到一个月就闹翻了。周之翰没办法,遇着族人直叹气:

“你看我娘难弄不?她以前不是这样的!”

是的，在他心目中，母亲是个通情达理、与人为善的人。族里族外，说起他老娘，没有一个不称赞的。可是，这老了，怎么就变成这样了呢?

这天，周之翰领了一个师傅过来，在老屋里折腾来折腾去。大叔婆不明就里，问周之翰这是干吗，周之翰拉长了声音说："装——监——控！"事后，他就点开手机给大叔婆看："以后，我就能在手机里看见你了。你不是不要保姆吗？万一你病倒了，像上次那样饿两天，我们不是责任大了？"

"那你装这个东西，得很多钱吧？"

"钱不钱的，你管它干啥！就是早晚要手机里看看你，心累！如果有保姆，我就放心了。"

大叔婆嗫嚅了一下，感觉自己又给孩子们添麻烦了。

老叔嫂

周嘉昌一个人住在前祠的老屋里，孩子们都已各自成家，远的在上海，近的也住在城关，日子过得很简单。不像隔壁阿嫂家，人多口杂的。幸好老阿嫂天生高度近视眼，眼不见为净。这几年，她耳朵也聋了，估计一半是真的，一半是装出来的。人老了，只能识相点，自动靠边站。

阿哥已经死了多年了，周嘉昌的女人也死了好些年了。

周嘉昌比人家好的是，他有一台 12 寸的黑白电视机，是上海的儿子送给他的。那时节，电视还没普及呢！媳妇说："阿爹啊，我们不在身边，给你买了台小电视解解闷。"实际是，换频道的那个按钮都有些松了。

有了电视机，他就不寂寞了。阿嫂的孙子孙女天天窝在他那里，小爷爷长小爷爷短，等着放《霍元甲》《上海滩》什么的。他们是上了瘾，周嘉昌有时犯困了，也只能陪着。阿嫂来叫他们，说小爷爷要睡觉了，他们就赶她走。有时，她站在孩子们后面看一会儿，周嘉昌就掇把椅子让她坐，她也就坐了。其实，她只能看到些人影，也不知道演些啥。

突然有一天，侄子走进来跟他商量，说他们要造房子，房子得先拆了，想把老娘暂时安顿在他那里，看行不行。周嘉昌踌躇了一下，也不好拒绝，就说道：

“那你娘的意思是？……”

“这你放心，她又能住到哪里去？”

周嘉昌住着两间老屋，一间是前客堂后灶间，另一间是睡房，中间隔着板壁，问题是，得同一个门进出。女人在的时候，他睡后半间；现在，后半间堆满了杂物，他睡到前半间了，那里亮堂。

侄子帮着他整理了后半间。他虽是老男人了，但是老嫂子住在他的后半间，这事传出去，也够让人嚼舌头的。他心里有想法，但是，老嫂子都没计较啥，他一个男人能说什么？何况，年轻的时候，他跟老嫂子也没有什么过节。“这倒是呀”“那倒是呀”，是她的口头禅，她是个随风倒的人。他女人在的时候，妯娌俩也没大吵过，也就几句碎碎念。说来也真是巧，他的女人也是个近视眼，不过，不像老嫂子度数高。那时节，女人近视眼的真不多，他们周家不知犯了哪门子邪，竟撞在一起了。有一年，生产队里分土豆，两个女人从地里抬着半箩筐回来，一脚高一脚低的，让左邻右舍笑话了好半天。

老嫂子住进来的那一天，烧中饭时，他多舀了半勺子米，谁知侄孙女搬了饭菜过来。等侄孙女走后，他去后半间看了看，老嫂子正在念佛，饭菜放在床头柜上。“要不，你也到桌上来吃？”“没关系，你自个儿去吃吧。”夜饭是侄孙子搬来的，周嘉昌见了，就让他先放在桌上。侄孙子朝里屋喊了句“奶奶，我放桌上了”，就跑走了。周嘉昌自己先吃了起来，但他吃得很慢。过了好一会儿，老嫂子才出来。客堂间的桌子靠着墙，他们各坐在桌子的一边。老嫂子只有一碗腌冬瓜，周嘉昌还有一条小咸鱼干，他推过去，说：“你尝个味道看看。”老嫂子的眼睛不好使，她就整个儿夹过去了。

晚上，周嘉昌听见后半间窸窸窣窣了半天。要是年轻的时候，他肯定有想头了。可是现在，老嫂子都快八十了，人老了，就这样了。他竟然先听见了老嫂子的鼾声，虽不甚响，却也让他辗转了好一会儿。

侄子是小儿子，前面有好几个姐姐，她们都过来看了，个个都说好，没有一个说“娘，住到我家去吧！”。

周嘉昌瞧着侄子造房子忙得很。有时，老嫂子也去看看，半瞎子一样，抖抖索索地走在瓦砾堆里。侄子见了就说：“娘，你别出来，碍手碍脚的！”

有一回，不知是忙还是忘了，过了十二点，也没人搬饭菜过来。周嘉昌说：“就我这里吃一点吧！”老嫂子没拒绝。过了一会儿，他听见侄孙子在说：“奶奶已经在小爷爷那里吃好了，我不拿过去了。”

周嘉昌一个人过，悠闲惯了，吃了饭，他就听一会儿唱机。老嫂子后半间闷，有时也拿个佛包过来，坐在客堂间念佛。两个人各顾各，有事没事搭讪两句。唱机里嫂嫂长叔叔短的，老嫂子就问了句：

“这是在唱啥呀？”

“《双推磨》，侬晓得哦？”

“我就听见一个在叫叔叔，一个在叫嫂嫂……”

“人家是叫叫的，又不是真的叔嫂……”

“这倒是呀……”

“侬看过这个戏？”

“没呀，侬在讲呀。”

“我以前在上海看过这个戏，一个寡妇跟一个小后生，一边推磨一边唱，蛮好听的……”

“那是好听呀！”

这时，正好侄子撞了进来。“小爹呀，这袋芋艿是我刚从地里刨来的，你吃吧！怪不好意思的，有时忙得连我娘的饭菜都忘了……”

“没关系，没关系，你客气啥！”

这话是说了，渐渐地，还真没人送饭菜过来了。有一回，侄孙子跑来：“小爷爷，爸爸妈妈买砖头去了，到现在还没回来。我肚子饿了，我跟奶奶一起在你这里吃好吗？”“那你姐呢？”“她怕羞，不肯来。”“那都到我这里吃吧！你去把你姐姐叫来。”周嘉昌第一回觉得自己家里人丁兴旺。自从女人没了，孩子们再也没有在老屋里聚集过。来探望的时候，大抵也只是儿子或者女儿过来一下，孙辈们忙呢！今天，为这一餐饭，他忙了半天。老嫂子替他烧火，他烧了好几个菜。但是，他还是挺高兴的，让两个侄孙多吃点，也第一次给老嫂子夹了菜。老嫂子还站了起来，连说："你自己吃，你自己吃！"侄孙们一口一个小爷爷一口一个奶奶，仿佛他们就是一家人似的。直到晚上看电视的时候，侄子他们才回来。当时，老嫂子坐在最前面眯着眼，不知看懂了没有，俩侄孙一直在给她讲解，周嘉昌也插上几句。

老嫂子在周嘉昌那里住了差不多小半年。有一天，老嫂子有说没说道："不知他们什么时候来把我接走？"

"毛坯房子，到处漏风，门窗都还没装上呢！"

接走的那晚，周嘉昌在桥头坐到半夜。有人问："你老嫂子搬走了？""搬走了。"直到月亮都被树遮住了，他才回去。

睡觉的时候，不知怎的，他特意推了一下后半间的壁门，又点亮电灯，看了看。

银康伯

沙奶奶来找银康伯，是在一个秋日的午后，因为她去人民医院排了一个上午的队，都没有挂到专家号。

银康伯正在店门口无聊地张望。

像很多老了的女人一样，沙奶奶拖着个臃肿的身体，浑身毛病。她之所以来找银康伯，是因为他们家有祖传的狗皮膏药，他儿子就是凭着这狗皮膏药的秘方，如今像模像样成了人民医院的专家。她本来也不想找银康伯的，到底有点难为情。这么多年了，都是小地方人，风言风语的，到时人还没回到家，风声先在村里传开了。

但是，银康伯是不在乎的，反正也老了。

银康伯家是三代行医。早年，他父亲是周塘有名的老中医。也因为此，老先生做过旧时的保长，日本人来的时候，也没辞掉。因为这点黑历史，银康伯的成分不好。为此，他恨透了老爹。父子俩吵架的时候，他骂老爹是“伪保长”，气得老爹一扁担扔过来。他也不躲，一把接住，再回扔过去。他本来是可以参军的。他身体好，能从这个村游到那个村，沙奶奶曾亲眼见识过。但是，政审没过，气得他什么活都不想干，每天在家里高卧。他是家里的小儿子，上面都是姐姐，放刁的事他从小一到大。他爹气得吹胡子瞪眼也没办法。偶尔有几个外人私下来买膏药，他就一骨碌爬起来，把钱放入自己兜里，跟谁都不说，该吃吃点，该喝喝点。

银康伯虽然参军无望，在俱乐部里演个鸠山队长还是“堪当大任”的。就是在那时，他黏上了沙奶奶。沙奶奶虽然长得不是很细巧，但是成分好，是个党员，干活又肯卖力气。在戏里，她演沙奶奶，盘个发髻，就能登台演戏，于是大大小小都叫她“沙奶奶”了。银康伯一心想通过沙奶奶来改变自己的成分，如能讨个党员做老婆，也算是一心向党了。他有一辆自行车，每当俱乐部散场，他总是拦住沙奶奶，让她坐上来。起初，沙奶奶坐不稳，更不敢一手拿个手电筒。他就嘴上叼着个手电筒，让她抱紧自己的腰，坐稳了才起步。银康伯年轻时长得一表人才，任是哪个姑娘都会动心。这样一来二去，鸠山队长傍上沙奶奶，戏里戏外的人都知道了。

对银康伯造成致命打击的是，他们打算去领证的那天早上，他去找沙奶奶，沙奶奶却不在家里，而是去了大队。他到大队门口等，可是沙奶奶出来的时候，却视他如无物。他很纳闷，头天说得好好的，她爹她妈也没反对，为啥只过了一夜就变卦了呢？不一会儿，他就得知了消息，是支部书记给沙奶奶做了思想工作，说组织不同意，怕她受到五类分子的侵蚀。银康伯回来后，气得直接跳进了河里。那时，已经过了高秋，虽然天气还很热，但是已经不宜在水里长泡。可是那天，银康伯在水里泡了很久，一直泡到半夜。他游啊游，从自家埠头一直游到隔壁村。他游过沙奶奶家门前，游累了就仰躺在水上。直到暗星闪烁，有人还听到水里有声音，以为是水鬼，用手电筒一照，原来是个夜游的人。

这不，隔了半个世纪，沙奶奶还是找上门来了。

银康伯现在已经退休了。他是顶职的，顶了他爹的职。看个外科，贴个狗皮膏药，他还是会的。那时，乡下也没什么医生，他培训了几次，就正儿八经地坐诊了。退休之后，就在镇上开了个保健品店，来店里坐的人很多，他一张嘴从早讲到晚，从不会寂寞。独有这天，竟然不大有人上门，生意只成交了一笔，算算赚不到廿块钱。他正独自儿骂骂咧咧的时候，一转眼，她竟上门来了。

“啊呀，沙奶奶，哪阵风把侬吹过来了！”他故意用调笑的口气掩饰内心的激动。

“侬个鸠山队长，老不正经的。”沙奶奶白了他一眼，“我就不能来看看侬！”

“那是那是，我们到底还算是老情人！”

“谁跟侬老情人啊？越老越没样子了！”

银康伯是嬉皮笑脸惯了的，当初在俱乐部就是个开心果。他赶紧给沙奶奶掇了条凳子。本来，凳子是放在店门口的，沙奶奶把它搬到了里角落。银康伯又给她倒了杯茶。其时，太阳光透过梧桐树斑斑驳驳地洒在店面前，马路上，轰轰烈烈的都是汽车，偶尔，会有一辆老式拖拉机嗒嗒嗒地从门前开过，整个世界顿时失去了声音。

“无事不登三宝殿，侬今天来要我的狗皮膏药？”

“侬咋晓得的？”

“侬跟我是什么关系，我能不知道吗？”

“去去，就侬一张嘴巴，当初差点被侬骗到手！”沙奶奶就讲了去人民医院的事。银康伯夸口道，那咋不早点去找他？两人“你侬我侬”地说开了，说着说着，说到了家事上，就只有唏嘘叹气了。

沙奶奶的老头已经过世，她现在一个人过，儿子、媳妇是不用指望的。银康伯说：“侬苦命，我比侬还苦命呢！”他又给沙奶奶续了茶，然后开始给她做狗皮膏药。本来，银康伯从不对人说家里的事，大家都要面子，不能让人笑话了。他是二婚。二婚之后，没有生养，那就等于水还是水油还是油。老太婆带着两个女儿，他带着一个儿子。她从不拿出一分钱来，她说她没钱，银康伯有退休工资啊！早先，她总是说：“你爸有钱，你们向他要。”如今，她总是撺掇两个女儿向他“借钱”。她吃素，一心念阿弥陀佛。这样一来，儿子、媳妇对他也有意见了，他只能不断地给儿子发红包，给媳妇发红包，给孙女发红包。一年忙到头,结果却落了个亏空 ……

“儿孙都是债啊!”

沙奶奶没来由地说了句:“当年是我做错了 ……”

银康伯听了,心里咯噔了一下。他把狗皮膏药替沙奶奶包好,沙奶奶几次说要走了,却总是不挪步,挪步了又回头跟他说:

“当年是我不好 ……”

二　爹

二爹是我爹的堂兄弟，与我爹仿佛年纪，但比我爹有话份。话份是周塘人的说法，大抵是指一个人说得上话，有威望。

若是现在还有族长，估计二爹最合适。

二爹是前祠二房的。按我爹的说法，他是个兜得转的人。尽管他不是党员，但村书记、主任碰着他，必请他烟，有什么事，也会跟他通个气。他的消息是最灵通的。他算不上老板，也就是做做塑料生意，一年赚个三四十万。但是村里的老板，都与他有来往，出了杂七杂八的事，经他一周旋，也就摆平了。

多年来，有什么大事，我爹也总去找二爹商量。只要尊他三分，他是乐于替人办事的。有一年，阿聪想买几台压机，资金困难，向我爹借钱，但我娘不肯，我爹就给他出主意，让他去找二爹。二爹就说："我帮你想想办法。"过了几天，钱有了，利息是一分。

我爹很想买一块新村的地基，跟二爹去说，二爹跟书记说了，费了不少心思才买下来。但后来我进了城，就不想再在老家造新屋了。有人听到了风声，就想来买这块地，可只肯出价二十万。我爹有点舍不得，就跟二爹说起这事。二爹说他去打听打听，问我爹的底线是多少，我爹说起码二十五万。二爹说："我帮你卖掉，帮你办好手续，加价的部分对半分，怎样？"我爹是老实人，也没门路，就答应了。过了一阵，二爹给我们找了个买主，出价三十二万。二爹说："这三十二万，你先借我一年，超出部分对半的钱我也不要了，就当是利息吧！往后你若想放钱，就放在我这里，八厘，怎么样？"我爹一盘算，挺好。利息一季度一结，二爹从来没有失信过。二爹说："做人做牌子，牌子倒了，还怎么做人？"

阿聪就是这样倒牌子的人。他一天到晚搓麻将，也不管厂里的事，就知道四处借钱，还向银行贷款，结果破产了，银行封了他的房子，所有账号都被控制了。恰在此时，有一笔货款要汇过来。阿聪来跟二爹商量，问是否可以借用一下二爹的账号。二爹说："你这钱怎么办呢？欠着这么多人！"阿聪说："那先还你。"二爹说："也不能只还我，你四娘那里怎么办，别人那里怎么办？"阿聪说："那你给拿个主意吧！"

四娘听到了风声，就来找二爹，说她的钱都是血汗钱，谁赖了她的钱，就是人不来算账，天也要来算账的！正好二娘从厨房间出来，听不下去了："我们的钱也在里面呢！你以为就你被阿聪害死了，我们比你还多呢！”四娘道：“你们是老板，我一个老太婆，赚钱不容易，他四爹又生癌了——换成谁生癌都是一样的！”二娘气不打一处来：“呸呸，你这是说谁呢？你要说去跟阿聪说，别到我家来说这样咒人的话……”二爹喝道：“都给我省省！”他转身对二娘说：“你到里面去。”又对四娘说：“你也回去吧！放心，不会亏了你的。”四娘气鼓鼓地往外走，把二爹家的铁门晃得哐当响。

吃夜饭时，二娘一个劲地埋怨二爹：“就你傻，人家的棺材抬到自己屋里。本来都在骂阿聪，现在都在骂你了。”二爹拉着脸道：“我若把钱都吞了，还怎么做人呢？”二娘反讥道：“弄得好像你是族长太公一样，你以为都是人啊？用得着你时，有说有笑；一旦不合意，就翻脸不认人呢！”

这话果然被二娘说中了。阿聪来找二爹，偷偷跟二爹说：“不要把钱都还了，也得给我留个五万十万嘛！”二爹瞪眼看着他：“阿聪啊，没想到你也有这个想法——我还替你顶着骂名呢！”阿聪讨不到钱，也不道二爹好。有人来讨债，他就说钱都在二爹那里。于是，讨债的人在二爹家门前闹个不休。二爹让人把阿聪叫来，阿聪蹲在角落里一声不响。闹的人闹得急了，阿聪说：“我真没钱——要钱没有，要命有一条！”二爹训斥道：“你总得给人个说法，该卖地卖地，该卖房卖房，东躲西藏算什么！”闹的人又转向二爹，二爹说：“钱大家都有份，我不会一个人独吞。怎么还，得有个说法。”阿聪说："反正我也没要到一分钱，随你办吧！"二爹气得直翘胡子："这是你的事还是我的事？我替你挑着担，你倒埋汰我？"他在周塘桥上直叹气，说好人难做，没想到阿聪是这样的人。二娘更是咽不下这口气。她做不了二爹的主，索性把在外地做生意的儿子叫了来。儿子很不耐烦二爹，说："以后少管人家的事，把管的账都推掉，把人家在你这里放的钱也还掉，赚个两厘的差价，'脚头钱'都不够，犯不着。万一有个三长两短，父债子还，难道让我挑担不成？"

因为这事，二爹胸口痛了半个月，一下子老了三分。

四娘拿四爹生癌的事压二爹，死乞白赖地把钱讨走了。阿聪见了二爹，也不睬他，还在外面说都是二爹把事搞砸了。

我也担心放在二爹那里的卖地钱，让我爹拿回来。我爹脸皮薄，不好意思，说这样会让二爹觉得我们不相信他似的，何况，八厘的利息也不差。我娘说道："你爹就是个糊涂人，当初还想借钱给阿聪，幸亏我拉住。"我说："你不要因小失大，四娘就差点讨不回钱。万一二爹有个好歹，你找谁去？"

我爹就说我要买房，把钱都提了出来。二爹也没说啥，只说他老了。

一场乱七八糟的葬礼

大姑过世了，父亲一大早就过去了。我与母亲约好，一起上街买好花篮也过去。

大姑住在鸡鹅巷的一个老小区里。她是一个人住的。买这个房子时，表姐出了大头，所以大姑说好百年后房子归表姐。可是，现在表哥住了进来，说是来照顾老娘的。表哥似乎一辈子都没干过什么活。早先，他有三辆上牌的黄包车，租给人家，自己坐在牌桌上，吞云吐雾。过了几年，街上禁止黄包车上路，这好事就黄了。

鸡鹅巷是一条狭窄的老路，地上湿漉漉的，正是回南天，地缝里都长出了苔藓。大姑住在二楼，楼梯扶手上的漆都掉得只剩老木色了。里面传出木鱼声，尼姑们围着大姑在念经，脚跟点着一盏长明灯。表姐看见我们来了，哭了起来。表哥接过我手上的花篮，母亲递过吊礼，表哥也不推诿就收下了。表哥还是那个样子，看着不老，一张四方脸，脖子上挂着粗粗的项链，像一个暴发户。

几个老亲戚来得匆忙，都还没来得及买花圈、花篮。他们知道我有车，就托我去城隍庙一并买来。父亲让我顺道买些薄雨衣来准备着，天气预报说明天有雨。我下去时，表哥跟了下来，让我顺带一下，他要去饭店订饭。在车上，他接了个电话。我只听见了单边的声音，几个来回，听见他在说："就把我老爹的坟洞挖开吧，另一边的就不用挖了……对，到时把我娘的骨灰盒跟我爹的放在一起就行了……"

我有些疑惑：这是怎么回事？

我买好花圈、花篮回来，母亲已经远远地等在楼下了。我把表哥的话告诉了她，母亲将信将疑，说肯定是我弄错了，从没听说过把爹妈的骨灰放在一个坟洞里的。但是母亲还是把父亲叫了出来，偷偷告诉了父亲。父亲很讶异，声音不由自主地高了起来，母亲狠狠地扯了一下他的手。父亲说："我去问问他！"母亲叮嘱他绕远了说，先探探他的口风。

我们就在门口走来走去。父亲等着表哥，看见表哥办好了事上来，装作无意中记起的样子，对表哥说：

"明天一早就要出丧的，你爹妈的坟地得有人先过去拾掇拾掇。"

"我已派人过去了。"

"坟洞潮湿，得先用稻草熏一熏。"

"那好，我跟人再说一下。"

父亲迟疑了一下，说："开坟洞时，得小心一点，你爹已入土为安,不能再动了。否则,惊扰了先人,不吉利的。”

“嗯……”表哥胡乱应了一声。我想,是我误会了。

半晌,母亲转身对我说:“怎么连孙子也不来!”这时,我才记起,好像是没见过表哥的儿子。他也是大人了,这个道理难道会不知道吗?

第二天一早,天有些阴,大姑被早早地火化了。上山的路上,只有表姐一人在哭,依然没见到大姑的孙子。我问母亲,母亲偷偷告诉我,说他进去了。“什么进去了?”“坐牢了!”我“啊”了一声,至此才知道表哥家遭事了,连房子都卖掉了,媳妇也跑了。“什么事啊?”“谁知道,反正都不干正经事!”——这亲戚多年不走动,连个消息都没了。

到了半山腰的坟地,下起了小雨。这时,父亲发现了异样:

“你们怎么回事?这坟洞挖错了!”

一个帮忙的说,没错,主人家就是这么吩咐的。

父亲就去问表哥,表哥说这有什么关系,父母的骨灰放在一起,死了,反正都一样。

“什么反正都一样!那另一个坟洞干吗用?”

“另一个给我用,我反正也活不长了。”谁也没想到,表哥竟然会说出这样不着调的断肠话。

其实,表哥得的是前列腺癌,已经很多年没事了——难道复发了?

“这怎么行呢,这怎么行呢!”父亲又是愤怒,又是悲哀。

这癌是癌、娘是娘，一码归一码。做儿子的，到了这个地步，也真是没他什么事了。

表姐哭得更厉害了。她呼号着爹妈，走到表哥跟前：“哥啊，你做人做了个啥？你活着，占了爹妈的房子；死了，你还要占爹妈的坟洞——天底下哪有像你这样做儿子的！”

大家都议论纷纷，一些长辈更是义愤填膺，都觉得这是违背人伦的。他们推举父亲做个主，因为父亲是舅舅，按照民间的说法，那是上山石头，可以一言九鼎，压一压外甥的。长辈们越说越激动，父亲更是气得不行。他撸着袖子，走到表哥跟前：

“今天，无论如何，你都应该把你妈送进她自己的坟洞去。给自己留着，这像什么话！倘若到了那一天，你儿子也像你一样，指望不上，如果我还活着，我替你找坟地去；倘若我走了，你妹妹也不会甩下你不管的！”

表姐哭得上气不接下气。表哥一声不响，最后，他抱住了头，蹲在坟前，撂下一句话：“你们爱干啥就干啥！”

这时，雨越下越大，大家都穿上了准备着的薄雨衣，带伞的也打起了伞。父亲的脸上全是雨水，嘴角带着白沫。母亲的头发都淋湿了。表姐露着头，已经浑身湿透。表哥木然地看着父亲指挥，既不帮忙，也不跪拜，只紧了紧雨衣，转过身去。父亲让帮忙的打开大姑的坟洞，一边对大家说“你们先下山去吧”，几个远亲就先走了。

我和母亲也早走了一步。山里一下雨，云遮雾绕的，涔涔的雨声和哗哗的水声淹没了整个大山，似乎整个山都要冲下来了。

还没走到半路，就传来一阵嘈杂声，隐隐听见表哥在说："倒了好，倒了好！"我一惊，怕父亲出事，就让母亲等着，自己反冲上去，只见半边坟都塌了下来。父亲绕到这边，又绕到那边，顿足怒号："子孙不孝啊！"

这时，一声霹雳，雨下得更大了。

小　姑

小姑的样子，就是到老了，都袅袅娜娜的。只是头发越来越白，她就自己染，染好了之后，必到我家来转一圈，撺掇我娘也染一下。

有一次，我回老家，看到小姑正从我家出去。她推着一辆赛车型的自行车，一边笑着，一边慢悠悠地走了。

我觉得有点滑稽，转身问我娘，小姑来干啥？

“她呀，还能有啥事？就是穿了一件新衣服，到我面前来转一圈呗！”

这是我知道的。因为我娘痛诉她嫁过来所受的委屈时，除了说祖母之外，就是说她了。

小姑做姑娘时，干活不上心，就知道打扮。有了私房钱，她不是买毛线就是买花布，出嫁的时候，积攒了满满一箱子。后来，姑爹赚来的钱，也都用在她做衣服上了。像我们家，过年才请一回裁缝；小姑家，裁缝每年都得请两三回呢！可是，姑爹还是穿着破衣服，几个孩子都是鼻涕画花，穿得像刮刀布。

其实，我娘跟小姑关系并不好。那时，刚装电灯，我娘房间的一盏灯跟小姑房间的灯是关联的，两者只能用其一。有一次，我娘正在给我爹赶做一件假领子，小姑却开着了自己房间的灯，这边就一片黑了。我娘只得跟她去商量，她说她也有要紧事，那我娘只能点煤油灯了。

不一会儿，祖母在堂屋就说开了："一个电灯，一个煤油灯，也不心疼？"

那时，小姑正找对象，常闹别扭，进进出出总是摔门。我娘正怀着我，有时"砰"的一声，吓得她心肝怦怦跳。

小姑常跟我娘来唠嗑，是在姑爹过世后。我娘也没事，就虚应着。她就东家长西家短的，说人家是非，要不，就说自己家里的事。虽然祖母不在了，但这里到底是她娘家。

"小姑怎么骑着这样一辆自行车？"

"是小卫的。"小卫是她孙子，在外面读书。现在，一个大房子，就住着她一个人，只有孙子放假时，才有个说话的人——儿子、媳妇吃住都在厂里，忙着呢？

我总觉得，一个老太婆骑着一辆赛车，怪怪的。

姑爹过世三周年时，她跟我娘来商量。我娘说，去庙里做一下吧，省事。可是，她不肯，她要在自己家里吹吹打打做法事。"这得多费事啊！"我娘嘀咕道，"要请厨师，要借桌椅板凳，要请人帮忙……"儿子、媳妇厂里都管不过来，哪有时间管这档子事啊！那一次，我爹娘早早地去了，我也随礼去吃了席。道场做得很热闹，炮仗放了一阵又一阵。最后关头，小姑还哭了一场，“老头呀，老头呀”地，哭得满脸眼泪、鼻涕。我娘劝了好几次，替她绞了热毛巾。席办了好几桌，小姑红着眼睛，一桌桌过来，让大家多吃点，好像办完了大事，风风光光的，她很受用——可是，姑爹是否受用呢？

回去的时候，我跟我娘说：“小姑反是在姑爹过世后，待他更好了，一口一个老头，一口一个他爹……”我娘只回应了一句“她呀……”，就没说下去了，因为我爹在。其实，小姑跟姑爹根本就不是一条道上的人。早年里，两人三天两头吵架。姑爹是个老实人，就知道闷头干活，一年中有半年时间在南山收中药材。有一回，他连夜赶来，走进房去，正好看见一个男人只穿了一条秋裤慌里慌张地爬上窗去。姑爹一看就明白了，正待要抓住那人，小姑上前抱住了姑爹，结果那相好的跑了，姑爹只好反手来抓小姑的头发……这样的事，大概发生了不止一次。有一年，姑爹来向祖父告状，祖父说：“我只生她人不生她心，嫁出去的女儿泼出去的水，谁让你一个大男人管不住婆娘呢？”这话我听到过不止一次，是我们村里上辈人口口相传的。

但祖父过世的时候，姑爹还是来守夜了。

晚年的姑爹背驼得厉害，几乎是脸朝黄土背朝天，不与路人照面的。不知道，他是否羞于见人？

尽管小姑对不起姑爹，但她在家里依然像太后娘娘一样，每天穿得很光鲜。姑爹生病的时候，她说她没钱。可转眼，她却为自己买了一对玉镯，还到我娘面前来炫耀，拿下又戴上，戴上又拿下，还让我娘摸了又摸，让我娘戴在手腕上，试着在阳光里照上照下。

这事之后，小姑有好一阵没到我家来。我娘路上碰着小卫，问他奶奶在忙啥，小卫说也没干啥，就每天念念叨叨的，不知在跟谁讲话。我娘说，该不会是在念佛吧？小卫翻了个白眼，踌躇了一下，说好像也不是念佛。后来，有人告诉我娘，现在到庙里念佛去，也没人叫她了，跟她说不清的。有一回念佛后，她竟找不到回家的路了。

但小姑却总记着一件事。那次，正好小卫放假在家，她让小卫给她买一个奶油蛋糕。小卫买来后，她竟供在了姑爹的遗像前，又给他上了香。过了一会儿，她掇了一把椅子，站了上去，把挂在墙上的姑爹的遗像拿了下来，放在供桌前，嘴里念念有词，然后挑了一块奶油蛋糕，送到姑爹的嘴边。结果，遗像上，沾满了奶油。“奶奶，你咋回事啊？”小卫看见她这样，不由得吃了一惊。“小卫啊，你不知道，今天是你爷爷的阴寿呢！你爷爷不喜欢吃面，我就给他吃蛋糕……”本来，老辈人都吃长寿面的。小卫跟我们转述的时候，他都有点搞不清她奶奶到底怎么回事，神神道道的，该不会是老糊涂了吧！

这之后，小姑有时好一阵不来我家，有时又三天两头到我家来,莫名其妙地坐上半天,又莫名其妙地走了。

听说小姑住院了,我去看望她。她老了很多,半天才认出我,又好像不怎么认识——原来,她真得了老年痴呆症。她一个劲地对小卫说,她要回去:“你爷爷要来吃饭的,我要烧饭去!”

小姑已经不知道染发。只见她满头白发,稀疏得头皮都露出来了。

野地乱走

从厂里出来的时候，已经有些雨蒙蒙了，母亲喊他，他头也不回地骑上电瓶车，一溜烟地走了。

早上五点钟，祖母就来敲门，问他要不要吃粽子，她裹去。他在乱梦中连说“好的好的”，然后拉紧被子，把自己裹成粽子。幸亏关死了门，否则祖母一定会走到他的床前来。这会儿一冲进老屋，祖母又问他要不要吃粽子。“你给小叔吃吧！”小卫胡乱地回应了一句。

卫生间的墙壁上挂满了细细密密的水珠，回南天，气压有些低。本来，小卫匆匆回来，是想接上游戏的下一局。不知怎的，他忽然不想玩了。

天有些黑了，外面的雨密集起来，屋檐上雨点滴滴答答。他想冲出去，到村口的篮球场上去打球，但这已经是五六年前的事了。那会儿，他刚大专毕业，无所事事。现在，他的体重飙升到了一百七八十斤，跳不起来了。

“小卫、小卫，念佛机不响了。”祖母在楼下喊他。小卫走下去，拍了拍念佛机，揭开电池盒，电池都烂了。“我给你买电池去。”可是，雨伞找不到，他穿的又是网眼鞋，没法出门。以前，他穿高帮篮球鞋，可以在雨里跑一跑。走过楼梯口的时候，看见墙上挂着一件钝绿色的老雨衣，底下还有一双祖父去田里干活时穿的高筒雨靴，他忽然有了冲动，想穿上试一试。这是他第一次穿高筒雨靴，走起路来有些笨，像个木偶人。

小店的老头在刷抖音。小卫看见老头的手机屏幕里美女在跳肚皮舞，想笑但没有笑出来。老头看他穿着笨重的雨靴和雨衣，问了句：“雨很大了？”

小卫拉了一下帽檐，半遮住脸，走进雨中。他不想住厂里，动不动就听到“小卫呢，小卫呢”。新房断断续续装修了一年，只有在老屋里，他啥都不用管。“你就这样跟老太婆住在一起，对象也不找，城里也不逛？”母亲管着厂子，每次来老屋巡视时，总是这样念叨。今天，她老早喊他去吃晚饭，原来是姨妈来了，正跟母亲戚戚促促，让他去相亲。

相就相呗！小卫无所谓。

小卫走到老屋门口时，忽然不想进去了。他觉得，这样像粽子一样把自己全裹着，不用撑伞，在雨里胡乱走走，也蛮有意思的。于是，他继续往前走。路上碰着几个半老的男人和女人，他们瞥了他一眼，似乎没有认出他来。这样很好。他整了整雨衣，把领口的一粒纽扣也扣上，整个脸就几乎只露出一点口鼻。

这时，手机铃响了，是祖母，他就简单回了一句。不能跟祖母多说，否则会没完没了。

出了村，雨中的野地一片迷蒙，黑魆魆的。回看村里，是各家的灯光，小卫继续往前走。可是，手机铃声又响了，一看，还是祖母的短号。他按掉了，索性改成了静音。他知道，祖母会一遍又一遍地打。她只有三个号，一个是父亲的，一个是叔叔的，还有一个是他的。这是他给祖母设置好的，祖母用的是老年机。她不大打父亲的电话，除非有什么大事，因为父亲对她很严厉，就像她对小时的父亲很严厉一样。小叔要骂她的，如果赌场上输了钱，还会砸祖母的东西。

小卫越过田埂，横着走进地里去。反正在暗夜里，谁也认不出他 —— 其实，也不会有谁来。天地苍茫一片，雨水捣糨糊一样，把一切都打湿了。但是，一股清洌的风，让人感到很舒服，凉凉的，又不冻人。雨水打湿了他的脸，他捋了一把，就像当初打篮球时满头大汗一样。只是，一个是热的，一个是冷的。他渐渐感到脚下越来越沉，哦！是烂泥黏了一雨靴。管他呢，反正高筒直到膝盖。他不知道自己踩坏了什么，也许明天村里的哪位大爷或者大婶要骂街了。他感觉自己走到了一块地的地头，地头有沟，沟的边上种着茭白，或者是芦苇。他分不清，就踩了上去，雨靴陷了进去，差点没到膝盖。他赶紧拔起来，感觉很刺激。他想起小时候，自己穿着小雨鞋，也喜欢专挑小水洼踏，直踏得水花飞溅，还咯咯笑。

他走了很久，一条大河拦住了去路。河水白晃晃的，跟夜色有点不一样，幽秘而平静，却又深不可测。有那么一刻，他甚至想继续踏上去。

回到村里的时候，他感觉自己有点好笑，仿佛刚才干了什么惊天动地的坏事。他有点燥热，解开了雨衣领口的纽扣。

老屋门口，一点灯光都没有，估计祖母也睡了。他推了一下门，门没上插销，他就推门进去。“你回来了？”小卫顿时汗毛都竖起来了。“奶奶，你吓死我了！”他赶紧点亮电灯，只见祖母坐在老椅子上，一手拿着佛珠，一动不动地看着他。

小卫脱下祖父的雨衣、雨靴，把祖母送到她的房间里，安上电池，念佛机又开始唱了。他看了一下自己的手机，有二十多个未接电话，都是张金花打的——他备注的是祖母的名字，觉得很有趣。

第二天一早，他听见祖母在跟小叔吵架，她不许小叔再吃粽子。“这是给你爹吃的，他昨天晚上敲门喊：‘金花，金花，给我开门啊！’”

当小卫早上十点钟下楼时，他发现父亲来了，祖母正在跟他说：“你爹让我开门，‘金花、金花’，一遍遍地喊我。”

父亲冷冷地说：“你做梦了。”

“没有，你看，高筒雨靴还粘着烂泥呢！”

小卫和父亲一起看向祖父的那双高筒雨靴，果然烂泥还湿着呢！但是，小卫没有说自己跑出去了。“小卫，你带你奶奶去看看。”父亲转身走了——祖父死了三年了。

这时，母亲又打来电话，让他搬到新屋去，说：“再这样下去，你也会傻掉。”其实，他对新装修的房子一点兴趣都没有。

“有气味，再等等吧！”他按掉了电话。

血小板

二舅年轻的时候，做过侦察兵，长得高高大大的，模样挺不赖。那时候，他是个有血性的人，二舅妈也怕他三分。

二舅打过二舅妈，但是好的时候，也替二舅妈洗过内裤。

可惜，二舅只做了个保安。二舅妈做服装批发生意，赚的钱比二舅多。二舅妈说，你看他那火暴脾气，哪是做生意的料？他只能替二舅妈做苦力，把服装从这个市场运到那个市场。

后来，表弟做大了生意，二舅和二舅妈跟着他到北京去了，给他烧饭，带孙子。他们在北京三环买了房，一千多万呢！大舅妈、三舅妈心里很不平，说他发他的财，跟她们有什么关系。她们为照顾外祖母的事，一直嘀嘀咕咕着。二舅出了钱，她们总嫌少。为什么，因为他是老板呗！

外祖母九十岁那年摔了一跤，两个舅妈让我妈打电话给二舅，让他要么人回来，要么拿钱来。结果，二舅没来，二舅妈回来了。两个舅妈让二舅妈照顾，二舅妈话里有话地说：

"我们平时不在，照理是该多照顾一些，只是我们也没少给钱，别人家也没见多照顾……"大家都嘀嘀咕咕的，计议来计议去，最后只得请保姆，三兄弟平均摊。大舅妈、三舅妈自然老大不乐意，说钱越多，越抠门！我妈去看望外祖母时，二舅妈说她娘中风了，她做女儿的得去尽点孝心。到此，我妈才明白，二舅妈回来不是为了外祖母。

外祖母摔倒是在上半年，二舅是下半年突然回来的。大家都觉得很奇怪，只有外祖母很高兴。那时，她已经能拄着拐杖走路了，一天要去好几趟二舅家，一坐就是半天。起初，二舅很客气，天天留外祖母吃饭。半个月后，外祖母再去的时候，二舅家总是关着院门。外祖母怏怏地往回走，回头看看楼上，只有晾着的衣服在风中荡来荡去。有一回，正好碰着三舅妈，三舅妈夹枪带棍地说："你走路要当心，人家屁股一拍就走，还不得我们收拾！"

我妈只在二舅回来的第二天见过他，说："你瘦了。"二舅尴尬地笑笑。我妈总觉得有点蹊跷，外祖母的腿都能走路了，他回来干什么，离过年还早呢。外祖母说："说不定他是来给我做寿的，三太保不是在发心吗？"外祖母说的是三舅。三舅在外祖母面前说了不止一次："让二哥出点钱，给妈你热闹热闹！"

那一日，我妈看过外祖母，顺路往二舅家那边走。她老远看见二舅家关着院门，走近了看，像是虚掩着，就推了一下。门开了,她走了进去。楼下的大门关着,她一推,门又开了。楼下没人,她就喊二舅的名字,半晌,听见上面有走动的声音。不一会儿,二舅下来了,好像刚睡醒的样子,很是憔悴。我妈直直地看着他,想说又不好说,她发现二舅的脸色很苍白。二舅让我妈坐,我妈看他说话有气无力,终于忍不住问道:

“你是不是生病了?”

“生病倒也没生病,就是没力气。”

“那你赶紧去看医生啊!”

“也没什么事,昨天手指弄出了血,一直止不住,一件旧衣服都染红了……”

“血流了这么多!”我妈坐着的人站起来,“那你肯定是血小板又低了,我陪你去医院!”

我妈怎么知道这是血小板低了呢?这事说来话长。那一年,二舅糊里糊涂地跟一个轻薄女子好上了,被二舅妈抓了个现行,从此在家人面前他就再也抬不起头来。有一次,二舅妈回家,看见二舅呆呆的,血流了一地,像换了一个人似的。她怀疑二舅是自杀,就怕起来,告诉了我妈。我妈说:“他一定是交了蘑菇运。”二舅妈不好意思地私下跟我妈说:“大姐,不是我做弟媳的花里胡哨,他跟那个狐狸精分手之后,半年多没碰我了……”说得眼圈一红一红的。

两人就一起陪他去医院,一化验,原来是血小板低了。

现在，血又止不住了，肯定是老毛病复发了。我妈抓着二舅的手，看着好不容易结成的痂，说：“你看看你，都瘦成一把骨头了。”

二舅叹了口气，幽幽地说：“做人没意思，还是死了算了。”

我妈听他说丧气话，心里也挺难过，说：“是不是家里有什么不顺心的事？”

二舅点了一支烟，吸了几口，才说：“我是两头不是人。你们总觉得我有钱，我给大哥、给阿三私下也塞了不少钱，他们总不满意。其实，我哪里有钱啊！儿子有钱，又不是我有钱。我又不好去向儿子讨钱，就这么几块家用。她知道了，又要念叨个不停……”二舅没全抖出来，但我妈听明白了。这次二舅回来，是跟二舅妈大吵了一场，跟儿子绝了恩义，一个人出走回来的……他红着眼睛，有点像要哭出来的样子，说：“最可气的是，那个小畜生说，‘你有什么用，你要走，就滚回老家去’……”估计二舅跟谁都没说过这件事，只有在我妈面前，才忍不住老泪纵横。那天，我妈跟二舅坐了很长时间，似有千言万语，却又无从劝起，有时只能说些无关紧要的事，来冲淡二舅心中的悲凉。她后悔得不得了，觉得自己不该听两个舅妈的唆佷，打电话给二舅，让二舅难做人。

第二天，我妈早早地来到二舅家，硬是拉着他去看了医生。果然，血小板又低了。我妈看着她的这个弟弟，觉得他也是一个可怜人。没钱，就跟没血一样，还怎么撑得起架势？

事后，她跟大舅、三舅都打了招呼，让他们多担待些，别总认为二舅是老板，多出点钱没关系。其实，他给的都是私房钱，能有多少呢？

这之后，外祖母做寿的事再没人提起。我妈到庙里给外祖母祈了福。

就这样了。

手拉车

大表舅拉着手拉车，到长亭车站来接我们，那已经是四十年前的事了。十年前，他拉着手拉车，离开洋山湾一个叫湾头村的地方时，东方刚露出鱼肚白，塘河下在洗拖把的三阿婆还问了他一声：“这么早，干啥去呀？”

三阿婆是最后一眼看到大表舅的人。

那时，从周塘到洋山湾需要整整一天时间。我们是去参加大表舅的婚礼的，大表舅来接我们时，是下午三点钟，可是直等到晚上九点，我们才到，因为班车在翻山时出了故障。车一到达，大表舅就挤到了车门口。他拉着一车的大包小包，让我坐在上面。我的几个舅舅想帮他拉一阵子，他说什么都不肯，跟吵架似的。

大表舅一家原也是周塘人，困难时期，为了多吃一口饭，移居到了这个有大片围垦地的荒凉的海边。

结婚当天，他还在忙着搭棚，直到有人把他拉去。当他与新娘并排站在一起时，连我这个小孩都感到了新娘的漂亮。后来我妈说，她当时就有一个不祥的预感，这可能不是一桩能白头偕老的婚姻。拜堂时，大表舅被人推搡着，因为他不知道怎样拜堂。我的几个舅舅为了热闹，推着他的头，硬是让他与新娘咬嘴、咬舌头。婚礼在乱哄哄中结束，我们的兴奋点在吃喝上。

他们很快有了一个男孩，长得很神气，像他妈，皮肤白白的，眉眼舒朗，说话溜得很，不像大表舅黑不溜秋，皱纹丛生，说话还不利索。大表舅妈客客气气的，说话行事没有一样不妥帖。有人说，能娶到这样的女人，真不知他哪辈子修来的福气呢！

可是，这样的话是说不得的。他们的孩子去城里读书之后，大表舅妈也跟着到城里去打工了。后来，他们就离婚了。周塘的亲戚都没感到意外，仿佛这是顺理成章的事情，大表舅妈太出挑了。虽然孩子留给了大表舅，但孩子大一点之后，也跑到城里去了。他跟大表舅说："你也别待在海边了，跟我到城里去吧！"大表舅剥着炒豆，不断咀嚼着，含糊地说："不去，我犯晕……"

大表舅种了大片的橘子，到了采摘的时候，他拉着手拉车一车一车往家里运。一大早，他再拉到长亭去。他的手拉车往那里一放，四周摆橘子摊的小贩就赶紧开溜，一边骂骂咧咧地跟同伴打招呼："寿头来哉，寿头来哉！"他的橘子卖得太便宜了。

这么多年过去了，我再也没有去过洋山湾。再次去洋山湾，是因为出了大事，大表舅找不到了。当我们走进大表舅家时，不由一阵唏嘘。家里摊满乱七八糟的东西，角落还有一打稻箩的橘子，铁耙、刮子挤在门背后，有个窗子的玻璃碎了，用一块扁丝钉着，大土灶上，一个勺子墨墨黑，灶火间里还有半捆豆秸秆……

小表舅接待了我们。他原先一直以为他哥去侄子家了。当侄子打来电话，问为什么家里没人接电话时，他很诧异，说："你爹不是去你家了吗？""没有啊。"侄子回忆，半个月前他爹倒是去过一趟，挑了两编织袋橘子，说一袋给他，一袋让他给他妈。他埋怨："橘子又不是什么稀罕物，这么重的东西……下次，你千万别送来了，又没人要吃……"他爹嘿嘿笑着："家里搁着也是搁着，你们不吃，可以送给邻居吃……"小表舅说，他当时想到的最后一个人是嫂子，他跟侄子说："要不，你去问问你妈……"

这个前大表舅妈是第二天一早赶来的，她抹着眼泪，说他是个好人，就是太老实巴交了，做事愣头愣脑，没法说通……这时，三阿婆走过来，拉着前大表舅妈的手说："没了你，他就变成一头牛了，成天拉着个手拉车，也不嫌手累……"她说，那天她半夜就醒了，睡不着，老早就起床了，把家里的地拖了个遍。她去塘河边洗拖把时，天刚蒙蒙亮，看见他拉着手拉车，过了桥，上了塘路。她隔着塘河问他："这么早，干啥去呀！”他回是回话了，但她没听清。他说话总是含含糊糊的，她也没往心里去。

听说周塘来客人了，三阿婆又走过来，把她最后见到大表舅的事又说了一遍。

三阿婆说，总是看见他在捣鼓这辆手拉车。她知道的，这辆手拉车的右手臂断掉过，他在上面绑了又绑，起先是用麻绳绑，后来又用铅丝绑，再后来还贴了一块木头上去，钉子钉了半天……三阿婆说着说着，眼圈红了。她用手背轻轻擦了一下眼角，叹息道：“家里没女人，也没个伴儿，不论上哪儿，就知道拉着个手拉车……”

这事自然是报了警，但也没啥用。听说哪里发现了尸体，也都去看过，都不是。后来传来传去的，听长亭那边一个捡破烂的半痴说碰见过他，问他到哪里去，他说回老家去。去打听的时候，半痴正发作，胡言乱语的，也没问出什么来。大家就琢磨“回老家去”是什么意思，是周塘吗？周塘的祖屋都卖掉了，除了亲戚，已经没有亲人了。但是，因了这句话，大家特地请长亭一个有名的法师到家里来招魂。大家都说，他走丢了，肯定是丢了魂儿。据法师说，他正在半路上，已经喊话给他，让他赶紧回家，家人都等着呢！我妈和几个舅舅都说，那就只能等着了，他走累了，总会回来的。大家就这么一点念想了，互相说着安慰的话，也就散了。

可是，等了半年没消息，过年了也没消息，三年了还是没消息……

大表舅走丢，推算起来，是在一个早春的大清早。他的手拉车里放了点啥，谁也不知道。他迎着轻微的寒风，踏着塘路上的轻霜，往太阳升起的地方走去。他一直走啊走，走向他要去的地方……

这么多年了，我总觉得，不是这个世界抛弃了他，是他抛弃了这个世界……

表阿姨

我的表阿姨，家里是开塑料厂的，照理算来，应该蛮有钱的。以前她跟我妈好，现在是很久没走动了。

她人长得很瘦，就像风干了一样。夏天的时候，能看见她脖子底下的锁骨耸起来。亲戚们都说她很抠门。小的时候我倒不觉得，因为到她家去，她总能拿出麻花呀、饼干呀什么的；就是现在，路上见到了，她也很热情，一定要我到她家去吃饭——我当然是不去的了。

她嫁得并不远，就在隔壁村。厂里有三四十个人，管中饭，就雇了族里的阿花婶烧饭。弟媳妇也在她家厂里干活。有一天，早上太阳好好的，午后就上了阴云，像要下雨的样子，弟媳妇就回家去收了一下被子。人还没走进厂里，就听见表阿姨在发急了："人呢，人呢？这做做停停，活儿什么时候才完呢？"弟媳妇见她骂骂咧咧的，有点气不过，有一天逮着我妈，一长二短地诉说了半天。她自怨自艾地说："唉，人穷志气短，吃人家的饭，受人家的气！"

表阿姨是看不得别人闲的。阿花婶一个人烧三四十个人的饭，一早上手忙脚乱的，直到午后两三点才收拾停当。“啊哟，阿花婶，产品催得紧，你帮我们一起修产品吧！”她自己当然也不停歇，前一天的衣服直到这会儿才洗。阿花婶以为会有工钱，可是到月底的时候，钱还是一个样，去跟表阿姨说，表阿姨回道：“那不是让你帮忙的嘛！本来，你烧个饭就只干了半天的活 ……”可把阿花婶给噎住了。

阿花婶就去找表姨父。表姨父跑业务，结交的都是老板，见过世面。他二话没说，直接抽出几张大票子给她。这事让表阿姨知道了，就念念叨叨的，嫌表姨父大手大脚，说：“我不给你管住，到处漏洞，就是金山银山都扒完了。”她还自诩聪明，见表姨父不高兴，就说：“好好，那你做好人，我做恶人。”

也难怪表姨父不高兴，因为夫家的亲戚都被她断光了。表姨父的老娘舅住院了，人家都送了八百八十三，她送了三百三十三，还振振有词，说：“送病人嘛，当然是三三三，让他的病快快散掉。”这让表姨父很没面子，表姨父就私下又给了老娘舅三千块。这事表阿姨知道了，泼天泼地一顿骂。从此，表姨父就懒得理她了。

家大业大，她角角落落都要管，常常是最后一个吃晚饭的。有时刚端起饭碗，她忽地想起厂里的一件什么事，就搿下筷子，半天才回来。这时，一家人早已吃完散去，留下一桌的鱼骨头、肉骨头。有一晚，我妈去她那儿，见都快九点了，她还在收拾碗筷，就说：“你这么忙，晚饭也让阿花婶烧不就得了。”表阿姨说：“她烧我不放心，我亲眼见她洗菜只是自来水冲一下！”我妈想，洗菜还能洗出花来，还不就是怕阿花婶要加工钱吗？唉，真是塞着眼药瓶开着缸盖，男人外面有女人了都不知道。我妈早听到风声了，想探探她口风，看她知道不知道，顺便漏给她一点。见她这样，就没说啥，后来说给了她弟媳妇听。她弟媳妇直摇头，说：“阿姐，她早知道了。她管不住他，就只能牢牢管住钱，说男人有钱就变坏，反正大头抓在她手里，不怕他浪到哪里去！”然后，她指着一堆衣服，说是表阿姨送给她儿子读大学去的。她儿子说，都是老头穿的打折货，他碰都不要碰。“好歹也是亲姑姑，就不能像模像样送一套名牌？！”她弟媳妇露出鄙夷的神色。

这些年，大家也都老了，亲戚们更冷淡下去了。

突然地，表阿姨家又进入了亲戚们的话题圈，是因为表姨父出事了。有说是他被车撞了，人半边瘫了；有说是他酒喝高了，脑出血；有说是他跟别的女人厮混，下楼梯时摔了一跤，后脑着地，醒来后就不认识人了。我妈去看时，表阿姨有点闪烁其词，背后指着表姨父痛心疾首——人已经不好了，痴呆呆的，就村里走走，都找不到家门了。现在，表阿姨更忙了，不但要管着厂里的事，还要管着表姨父，就怕一个不小心走丢了。

“她不嫌吗？男人在外面瞎混，出事了，还得她兜着？”

“那又能怎样？都是有儿有女的人，一夜夫妻百夜恩嘛！”我妈道。

反正是说表姨父，我也就听过算数，没当回事。说起来也真是巧，有一天，我去买菜，正好在菜场门口碰着了表阿姨。她头发花白，颧骨高耸，拎了满满的两袋菜出来，后面跟着表姨父，空着两只手。我喊了她一声，她一愣，认出是我，一脸的笑。我又喊表姨父，他倒还不显老，却只看了我一眼，又看向别处。“你看你看，都成什么样子了！”表阿姨向表姨父介绍我，说这是某某姐的儿子，表姨父一脸茫然。于是，我们就聊了几句表姨父的病症。一转身，不见了表姨父，表阿姨急了：“你看看，这人！”我们两人赶紧一起找，原来他站在一家烤鸭店门口看店主切烤鸭。表阿姨去拉他，他还不肯回去。我替表阿姨提了两袋菜，表阿姨哄着他，才算拉到了电瓶三轮车边。车的后兜上放着一把小椅子，我把菜放上去，和表阿姨一起扶着表姨父上了车。

“阿姨，你得雇个人，你一个人忙不过来的！”我想，她好歹还是个老板娘，雇个保姆也不是什么大不了的事。

“我是个劳碌命，别人做，我不放心！”

“你一直把人带在身边，太不方便了。”

“老了老了，老来伴嘛！”然后她凑近我，轻声说，“我也推不掉啊……”

我看着表阿姨骑上电瓶三轮车，她又邀请我去她家吃饭。我挥挥手，然后他们就走了。表阿姨向前，表姨父向后，两人几乎背靠着背。骑了有十步远，突然，表姨父似乎认出了我，向我挥手，说道：

“我们一起喝一杯！”

近处马安定

马安定是从板门镇嫁过来的。她娘家祖上是大户人家，只是后来世道变了，房子没保住，只留下了一进。

她嫁到周塘来，是我祖母做的媒。她娘跟我祖母是同父异母的姐妹。

祖母姐妹俩不怎么亲热，所以，我们家里大大小小背后都直呼她马安定。照道理，我该称她一声孃孃。

那时的周塘，男女都得下地，唯有马安定很少去地头，就是去，也是担饭去。有一回，我家“双抢”，他们夫妇两人来帮忙。她穿着纺绸衫，一身干净。母亲也下地去了，家里只剩下我和祖母。她跟祖母一起烧点心，一边聊天，一边做“手巾粽”。所谓“手巾粽”，就是用干净毛巾缝成一条“直筒袜”，里面放上糯米，等煮熟了，拆开毛巾，露出长长的一条糯米糕，然后切成一片片的，蘸白糖吃。粽子做好之后，马安定让我一人送到田里去。她说：“女人要晒黑的，男人没关系。”

我小的时候，周塘只有干活的人，没有散步的人。女人要么蹲在埠头洗衣服，要么站在门口聊天。独有马安定，悠闲地走着。有人问她：“马安定，你到哪里去？”她说：“近处走走。”这是什么意思呢？大家就觉得马安定像大小姐一样，算个啥？于是，我们族里多嘴巴的四娘私下给了她个外号，叫她“近处马安定”，我们听了都想笑。

“近处马安定”就是福气好，她男人做木匠，承包地后来让别人种了，她落得清闲。再后来，她儿子在社办厂里跑外勤，做了副厂长。做工的人看见她，都马安定长马安定短地，围着尽说好话。别人家，“双抢”时节，吃夜饭得到八点钟，一边燃着烟堆驱蚊子，一边还得芭蕉扇不离身；马安定老早穿着纺绸衫，晃悠晃悠，抚着手臂，近处走走，时不时地跟熟人搭讪几句。母亲就很嫉妒她，背地里也叫她“近处马安定”。

祖母说：“伊拉（他们）板门人是这样的啦！女人挎个‘市篮’，就知道上市买小菜，从来不干活的啦！”我想，祖母大概也是在嫉妒她的同父异母的姐妹吧！

说来难听，祖母的寿域都是到她卧床之后才修的，而在这之前，马安定却早已经在南山找好了自己百年之后的归宿。据说，有钱人家早做寿域，可以规避风险，让阎王误以为已经收拾了这个人。但是，也有风水先生说，这寿域做得不好，会招来祸殃。马安定觉得无所谓，人总归是要死的，也就是早死晚死而已，趁现在闲着，做好一样是一样。

这话说得没错，但若是晚几年，她就没这个心情了。

有一阵，我们周塘传得有鼻子有眼，说马安定的儿子外面有人了。马安定正色道："谁说的，什么乱七八糟的！"但是，事情还是慢慢地坐实了，因为社办厂办不下去了。大家都说，她儿子卷走了所有钱，跟一个女人跑掉了。人跑掉了是瞒不住的，一年不见，两年不见，你还能说什么呢？于是，有厂里的人当面对马安定说："你儿子欠着我们的工资呢！"这让马安定很是抬不起头。但是，吃了晚饭，她仍近处走走，还是老样子。

对马安定当头棒击的是木匠出门去，被车撞死了。没想到，早死晚死，木匠会死于非命。木匠的丧事，我们全家都去了。马安定哭得死去活来。祖母一次次地绞热毛巾，为她擦脸，劝解她。祖母的姐妹已经过世，祖母是她最亲的长辈了。而她儿子竟然在这样一个节骨眼上也没有回来。听人说，他要是回来，肯定会被抓起来，没人知道他跑到哪里去了。说不定马安定知道，但一个母亲怎么会出卖自己的儿子呢？大家帮着行礼如仪，一步步地完成丧礼。这时，一个帮忙的族人从南山回来，告诉马安定，说他们没有找到木匠的寿域，这附近一带都看了，没有一块墓碑是木匠的名字。那个族人感觉也很奇怪，因为当初修坟的时候，他做过小工，山里的方位，八九不离十，他是有印象的。

马安定止了哭声。我们周塘的女人都有这个本事，明明哭得死去活来，一旦正事上场，马上能停下哭声，处理正事。马安定说："那我去一趟。"本来，办丧事的时候，她是不方便出门的。

回来后，马安定很沮丧，她神情呆滞，什么都没说。帮忙的族人都觉得奇怪，但看她那样子，又不方便问。后来，祖母进了她的内室，马安定才号啕大哭。

"姨娘，我是没法活了！"

"你这是咋了？你要振作起来，明天一早还得出丧呢！"

"还出什么丧，坟都没了。"

"坟怎么会没了呢？"

"被那个小畜生偷偷卖掉了！"

"天下哪有这样做事的！儿子不给老子做坟也就算了，连老子的坟都给卖了，这干的是人事吗？"祖母顿时也气血上涌。她对马安定的这个儿子，向来是瞧不上眼的，整天油里油气，从小是个不落档的人。

那时，已经施行火葬，尸体是必须火化的。最后，马安定做了一个出人意料的决定，儿子什么时候回来，就什么时候重新做坟。这骨灰盒就放在她的卧室里，谁叫木匠没有养出个好儿子！

后来有人问："木匠的骨灰盒放在你房里，你不怕？"

马安定道："怕啥！他还能把我一斧头给劈了？"

这事之后，马安定老了不少。而更折磨她的是，儿子始终没有回来，这个骨灰盒就一直这么放着。

马安定终于沦落到要给人家做工的地步了。四娘的儿子是开鞋厂的，她跟着四娘去做产品。去的那一天，她换了旗袍，化了淡妆。四娘的嘴巴干涩涩，说：“马安定，今朝打扮得这么漂亮了？”

“漂亮个啥！出门去，总归要有点样子。”

她捋了一下头发，拂了拂旗袍。这让四娘很不以为然。

阿康寿头

在我们周塘，说一个人寿头，有两个意思，一个是真傻，一个是老实。阿康寿头是真傻,因为他爹妈是嫡亲表兄妹。

他家住在前祠第二进的西厢。

阿康寿头大我一辈，跟他娘住在一起，从小喊她“妈妈”。我们这边的人,老一辈喊娘都喊“姆嬷”,独有他,“妈妈”从小喊到老。小孩子喊“妈妈”,是很可爱的；这都一把年纪了,还喊“妈妈”,却让人觉得滑稽。

他一直跟他妈妈睡在一起。小的时候，他爹要来睡，他愣是不肯，让他爹去跟自己的妈妈睡，独有这一点他是聪明的。等到他发育了,促狭鬼们就会向他招手,问他：“阿康,你妈的‘奶奶’（读第一声，乳房的意思）大不大?”或者说：“阿康，有没有吃你妈妈的奶?”阿康有时嘿嘿傻笑，有时就会说实话：“我摸的。”“那你妈妈真好……”“妈妈要打我的!”一群促狭鬼就都猥琐地笑起来。

因为他是寿头，摸妈妈的胸口也就算了，大家见怪不怪。

突然有一天，三太婆惊叫起来。三太婆住在阿康家对面的东厢，中间隔着花墙。那天，她没有关死外窗，只是虚掩着。外窗是雕花的实木窗户，不镂空的，可以从里面插住。内窗是福字格子窗，糊着窗纸。正是傍晚时分，三太婆的房里暗沉沉的，不知什么时候，光线隐隐有点亮起来，她也没在意。突然，一道竖条子的夕阳红光直射进来，三太婆一个警觉，因为她正在洗澡。她转头看见一双眼睛，喊："谁！"她赶紧用衣服掩住胸口，听见有人跑了，打开窗一看，是阿康的背影。若是换作别人，或许也就算了，偏偏三太婆是个不依不饶的人。她在花墙的过道门里就喊开了："阿康娘、阿康娘，你家阿康看我洗身子呢！"这样一嚷嚷，檐下就站了好些人。阿康娘丢不起这个脸，就拿起笤帚打阿康。阿康大喊："我给三太婆送瓜，又不知道三太婆在洗澡！"后来，有人在三太婆的窗口果然见到了一小溜白瓜片儿。

这事儿也就一阵风过了。但是，促狭鬼们还是会打趣他："阿康，你偷看三太婆洗澡了？"阿康不响，他们就给他吃一颗糖，又问道："阿康，那你洗澡是自己洗的呢，还是妈妈给你洗的？""擦泥羞皮（身上的泥垢）是妈妈给我擦的！""那你的小虫虫呢？"大家又都发出猥琐的笑来。

阿康家后面一进有个老姑娘叫阿梅，长得凹凸有致。每当阿梅从阿康家门前过的时候，阿康的眼睛就放光，一直看着她。阿康娘起先没注意，后来看见阿康傻笑，就打他脑袋。

没有人知道，阿康在跟踪阿梅。阿梅在老屋里穿来穿去，阿康总是远远地跟着。有一阵，阿梅好像很忧郁的样子，总是一个人默默地在廊檐下从这头走到那头，又从那头走回来。老屋里有许多地方是不见天日的，而阿梅偏偏喜欢这样的角落。突然，阿康跳了出来，从后面揭起了阿梅的裙子，说："哈哈，花短裤！"阿梅大吃一惊，猛醒过来，一边跑一边骂道："流氓！"过了没一会儿，阿梅的爹娘打上门来。不久，阿康家里传来了杀猪一样的叫声："我不敢了，我不敢了！"阿康的爹在痛下杀手。

这事儿半年后，阿梅到上海去做阿姆（保姆）了。但是，她的爹娘放话说，是阿康寿头把他们女儿吓着了。

其实，阿康是很老实的，不知怎的，偏偏这两件事，一直被人说道。后来，他爹死了，就只剩下母子俩了。

老了的阿康剃着寸头，一簇一簇的白头发很是显眼。他的脸有点虚胖，耷拉着，两只眼睛分得很开，浑浊无光；有时流着口水，或者嘴角带着白沫；衣服的前襟上，总有他擦手的污迹。一日三餐，都是他老娘打理。有一天，他坐在檐下，一只碗放在腿上，在吃熗煸洋芋艿。所谓熗煸洋芋艿，就是盐炒洋芋艿，为了入味，用锅铲把洋芋艿按扁，洋芋艿裂开来，咸味就进去了。他看见我，嘿嘿笑着，把碗递过来说："我妈妈烧的，很好吃的！"我说："你自己吃，自己吃！"他还是认得我的，把我当作自己人。阿康娘看见我，拿了两三个放到我的手里说:“尝尝,味道还好的。”然后拉住我,问我,像阿康这样的寿头,国家有没有补助的,等她死了,不知他怎么办呢!她深深地叹了口气。

我最后一次看见阿康,是他娘在给他洗头。估计有一阵没理发了,阿康的头发有点乱。那时已是初冬,阳光暖暖地照进来,天气很好。阿康的头上冒着热气。阿康娘一头白发,在阳光下,越发闪亮。她佝偻着背,把一盆混杂着头发的肥皂水倒掉,重新倒上热水,然后又从缸里舀了一点冷水倒进去,用手试试水温。“头伸过来,侬个寿头!”这话,半是暖洋洋,半是沉甸甸。“妈妈,太烫了。”“没烫,热一点好,冷了要伤风的。”阿康娘一手按着他的头,一手拿热水毛巾给他淋头。她的手上全是老年斑,捋起袖子的手臂像枯枝,上面全是一条条的筋,像蚯蚓一样。

一个春寒料峭的早春,前祠老屋里,突然传出了阿康的喊声:“妈妈,你起来呀!你起来呀!”他这样喊了好一会儿。族人走进去,一摸,发现阿康娘已经硬了。

“侬个寿头,你妈跟你睡在一起,死了都不知道!”

他们只有一张雕花的老眠床,床上镂空的花件快要掉下来了,用线绑住,半挂着。

“妈妈,妈妈!”一个苍老的声音,用孩子的腔调,不断喊着……

阿梅姐

老一辈人都称她阿梅姐,我不知道该叫她什么。

很多年前,她去上海做阿姆(保姆)的时候,声称是受了阿康寿头的惊吓——在前祠的一个暗角落里,阿康突然撩起了她的裙子,看见了她的花短裤——自此,她总觉得老屋里都是阿康的影子。她是老姑娘,没有碰过男人。

前祠老屋不像后祠,是个大院。它有很多小院落,各家各户隔着花墙,又留着过门,可以来来去去。中间一个长长的石板门厅,不要说大门,单是二门上的石刻就够精致了,四周雕着花,中间的字是篆书,没有一个人看得懂。据老辈人讲,以前这里是放荷花缸的。而两边厢房,又各自成院。这么一个九宫格一样的老宅,随着子孙日众,更是人多口杂了。若是外人进来,那简直是走入迷宫一样了。

但是,阿梅姐还是回来了,回来时已经是一个五十多的老女人了。

那时,她的弟媳妇刚死,侄儿侄女都在外地工作。阿梅姐是没有出阁过的，她有资格重新回到娘家，虽然爹娘都早已作古。于是，她跟弟弟住在了一起。小孩子不知道，以为他们是夫妻。我小的时候，也是这样认为的。但是，渐渐地，我听到了一些奇奇怪怪的声音。女人们在戚戚促促，男人们在桥头胡乱地扯淡，还赌着什么，然后不怀好意地大笑。

阿梅姐的很多做派是上海式的，比如她的头发有点乱，她就那么任它乱着，不像我们前祠的那些女人，梳着垂肩的底下向前微翘的"阿姆头"，两鬓用钢丝发夹压得光溜溜的；年纪再大一点的，都梳着"绕绕头"—— 就是在后脑勺盘成一个发髻。她的头发是蓬松的，像老电影里的女人。她还有一件旗袍，虽然很少穿，但是有人看见过，下面是开衩的。这在我们老屋里，简直是被认为不正经的。于是，有一种说法是，她是被上海男人抛弃的。

但是，接着有知情人说，她只是因为运动来了，主人家被造了反，不允许有保姆，才回老家来的。

阿梅姐上街，经常会买小鱼。她坐在檐下，掐小鱼的肚子，这样洗洗弄弄，可以消磨半天。"阿梅姐，买了这么多小鱼?""小鱼氽糟，喏，阿拉（我的）阿弟喜欢吃呀！"大家经过的时候，就这么搭讪着。果然，她的阿弟咪着小酒，在吃小糟鱼。

前祠老屋里的老辈人，都是老早就睡了。但是，有好多人看见阿梅姐半夜三更的，还在老屋里走来走去。夜里的老屋幽深又诡异，会有老鼠的吱吱声、各家窗下的窃窃私语，要么就是突然发作的摔碗声、摔门声，还有不知哪里的老猫怀春的叫声，像婴儿的哭声。大多小院黑灯瞎火的，偶有几家点着昏黄的灯，影影绰绰的。很多人都说，阿梅姐是穿着旗袍走在各家檐下的。

于是，陈年挖臭屁，有人说，她当年离开老屋去上海做阿姆，并不是阿康寿头的原因。那是什么原因呢？说这话的人只是吃吃一笑，意味深长，若有所指，却又不明言。这种卖关子的人最讨厌，活生生让人急死。但是，接着便有人记起来，说她以前也是这样的，做老姑娘的时候，就总是一个人在檐下走来走去，好像有什么心事似的——怪不得阿康寿头都要看上她了。

有一阵子，有好几个人说听到过阿梅姐的哭声，嘤嘤的，像小孩子那种在父母严厉的目光逼视下不准哭的抽噎声。然后，也有男人的声音，大家很快就知道，是他弟弟。后来，有个嘴快的媒婆透露，她弟弟有续弦的意思，但是，阿梅姐却说这是来骗吃骗喝骗钱骗房子的。然后，这事就没有后文了。

的确，也有老屋里的人听阿梅姐讲过，说她弟弟昏了头了，已经有儿有女了，再娶个寡妇，值不值？人家是带着孩子来的，“我为侄儿侄女们担心啊！到时候回老家来，位置都被别人占领了。”终于，有个毒嘴的老太婆在别人面前顶出一句：“她当然是不想让人进来的了，这位置她已经占好了！”

然后，她贴在耳边，偷偷说道：“谁知道她跟她弟弟是什么关系呢！反正她做姑娘的时候，我看见过，他弟弟撩起她的上衣……”“真的?!”“没亲眼看见，我会说这种嚼舌头的话?”听的人“哦”地一声：“那阿康寿头是吃了干豆腐了……”

有一阵子，老屋里的人看见他们姐弟俩不一张桌吃饭了。他们要么一个先吃，一个后吃；要么一个坐在桌旁，一个端着饭碗站在檐下，看见来人，就搭几句话。本来，这样也没什么，很多人家也有这样的，但时间长了，天天如此，却也蹊跷。有人看见她弟弟经常在赌钱。本来嘛，老屋里的男人也没什么好娱乐的，不是桥头讲江湖、说黄段子，就是麻将场里推推牌九、搓搓小麻将。有一回，阿梅姐终于来叫他了：“你再这样搓下去，都给你败光了！”弟弟并不睬她。到了夜里，姐弟俩终于爆发了一场大战。“你给我滚回上海去，你死回来干吗！”“你个没良心的，家里都是我在花钱，我买给你吃，烧给你吃，你、你……”然后，大家听见了阿梅姐的号啕之声：“这是爹娘的房子，你有份，难道我没份吗?你以为我住在你家里，我从小就住在这里的！要不是你害得我人不人鬼不鬼的，我会落得这种地步吗?”这样地骂来骂去，有的话是含糊的，有的话东传西传，就传成这样了。

这样热吵过之后，他们就变成冷冷的了。大家很少再看见阿梅姐的笑脸，她再也不买小鱼，掐小鱼肚了。有一个她小时候的闺密说，之前，她弟弟一直问她有多少钱，说他替她放出去，可以赚一分的利息。“我也心动过，幸亏我没有放出去，否则，我怎么还抓得住猪尾巴？亲弟弟，也一样的！”这是她的原话。这个最要紧的东西，她要捏在自己的手里。

后来，她就生病了，悠悠然，幽幽然，一会儿好，一会儿坏，老屋门前的三岔路口，倒满了她的药渣。有好几回，天暗后，族里人看见她在中堂的石板门厅里插满了香烛，有人说，她在求地藏王菩萨。烛火晃悠悠的，一根根香氤氲着烟气，香头的火一点一点的，像坟头的鬼火。有好奇的小孩子想走过去，被大人一把拉住。这么阴森森的，中堂都没人敢去了。后来，她连药渣都倒不动了。

她终于还是死了。

她过世后，她的钱一直拿不出来。后来，她弟弟开了很多证明，敲了很多印章，总算拿出来了，有一万多块。那时，一万多块已经不得了了。

她最后的日子，听人说，阿康寿头也跟着人去看她了。

阿强老婆

阿强老婆是我娘一辈的人，照理我该叫她一声婶婶。可是，说来也奇怪，我从未叫过她，迫不得已也只叫她一声某某人的妈。

虽也算是同族，到底不亲。

她长得很粗糙，四方脸，像男人；嗓门大，像男人；力气大，更像男人。那时候，生产队还没有解散，女人能顶半边天。干活的间隙，男人们摔跤，比力气，笑闹一番；女人们看了，很“眼痒”（看在眼里，心里痒痒），也闹着要对摔。有人提议：“阿强老婆，你来！”她吼一声：“我来就我来！”挺着个胸脯上去，一边笑一边骂道：“老娘谁也不怕，谁来！”女人们嚷嚷着，那些没力气的，笑得直不起腰，躲在后面。这时，有人推四娘上。四娘也是个泼辣的角色，她说：“我上就我上，来！”于是，两个女人杠上了。阿强老婆敦实，四娘人长手长，开始，谁也占不到谁的便宜。但是，人高不稳，阿强老婆抓住四娘的下摆，用脚一绊，四娘就摔倒了。好在，底下铺着菜籽砻糠，不疼。可是，等四娘站起来时，却发现腋窝下的衣服已经撕开了。她有点不高兴，两人争了几句，大家就劝散了。四娘就觉得没意思，喊道："队长、队长，我走了！"嘟着嘴，袅袅地回家了。队长笑着喊："你放心，今天不扣你工分！"大家就笑成一片。

有一回，族里的一个老太太飞升，女人们在一起帮忙，做白花白帽。阿强老婆不堪针线活，就说她来和粉。和粉是力气活，一木盆的粉全是她和的，还加了艾青，直和得额头冒汗。艾青饺蒸熟后，她喊大家来吃点心。她自己一边吃一边拿，说她拿几个去，就当着众人的面拿走了一碗。四娘见了，就嘀咕："别人都还没吃呢，她倒好！"她趁人不注意，也拿了几个，回家给孩子吃。

阿强老婆走路的姿势总是雄赳赳、气昂昂，脚底生风；就是到了老年，头顶白芦花，一耸一耸的，依然硬挺。好些老太婆都染发，她不染。她说："脸像松树皮，奶像面粉袋，还有什么好装的？老就老了呗！"这是在暗地里说四娘呢！四娘是喜欢打扮的，穿了新衣，总是到老年室来兜一圈，最好人家赞她几句。这老年室由阿强管着，有管理费的。阿强吃住在这里，一早起来，洒扫庭院，生好煤炉，烧好热水。不久，周塘的老男人们陆陆续续就都到这里来了，搓搓小麻将，看看戏文片子。阿强老婆一个人待在家里没趣，也搬了东西住过来，帮着烧水。中午，煤炉烧饭烧菜，嗤嗤嚓嚓；晚上，老年室关了门，这里就是阿强家。儿子、媳妇也过来蹭饭,家里反倒没人了。

周塘的老年室越来越热闹。老年室里有茶水,有录像,有麻将,还有空调,比在自家好多了。四娘也捧着个热水杯,常来倒茶喝。后来,倒茶的越来越多,附近的人家都不烧水了。阿强老婆忍不住,嘴里念道:“要喝就喝,倒回家里去,算什么意思呢?”这话一竿子打翻一船人,背后就有人嘀咕了:“又不是你家的,干你什么事?!”有一回,四娘家里断水,她就拿了一个热水瓶来倒热水,阿强老婆气不过,就板着脸说开了:“这茶水是烧给大家喝的,又不是专给你家的。如果都像你,大家都不用喝了。”四娘也不示弱,说:“这茶水是公家的,轮得到你说长道短吗?”“我咋就不能管了?这茶水都是我烧的呢!”“哟,都是你烧的,咋不说说你家呀?村里可没让你们全家都住进来,你们水啊电啊房子啊,可没少白占呢!我倒瓶热水,你就眼睛这么亮!”阿强老婆火了:“你这是说谁啊?你把热水放下!”两个人就拉扯起来,不小心,热水瓶掉到地上,炸了。

幸亏大家及时劝散了,否则,就像当年她们在菜籽砻糠地里摔跤一样,真要干上了。

四娘损失了一个热水瓶,岂能善罢甘休?她在周塘桥上,大喇叭似的一说,全村都搅动起来。四娘说:“一个热水瓶也就算了,可这老年室是公家的,有人全家都占着公家的,用着公家的,这算什么呢?”这一说,不少人也应和起来。四娘说:

“去,到村里讲道理去!”还真有人跟了去。经人一闹,村里也没办法,就让阿强把家什都搬走。阿强老婆挨了当头棒,气不过,一边搬东西,一边骂山门:“一群小鸡肚肠的人,我哪里白占白用了?看着吧,到时大家都没水喝!”果然,阿强烧水没以前积极了。来倒水的,十有八九跑空趟。阿强鼻孔里出气,说话像擤鼻涕,很不耐烦人。

这样闹过之后,有很长一段时间,四娘没来老年室。

但是,阿强老婆从没离开。看见有人跑空趟,她故意说:“我也是来倒茶喝的呢!”别过脸去,又跟要好的人说:“好像我就该烧水似的。”她就干自己的活,踏着三轮车到地里去拔黄豆,拔来晒在老年室门口。大家踩着黄豆秆,也有嘀咕的。她说:“既然是公家的,我也用得。”没想到,第二天,她踩在滑溜溜的黄豆上,摔了一跤,折了腿,只得绑着石膏,坐在门前,由阿强伺候着。正好四娘来看看,她不声不响从阿强老婆身边走过,回头,装着看了一眼别处。

“谁看谁笑话呢!”阿强老婆后来说。

也真是的,有一天四娘也脚磨着地,撑着有四只小脚的拐杖来老年室兜风。她是中风,因为放出去的钱连本带利要不回来,一急,脑出血,就半边瘫了。

四娘去倒茶,阿强老婆先是看着不响,后来硬邦邦地说:

“这个没了,那个呢!”

翁桂英和她的矮丈夫

后祠大院与前祠不同的是，它是一个大杂院，各家各户没有花墙隔开。

那时候，我家住西厢，翁桂英家住东厢，差不多就是对门对户，他们家的一点点响动都在我们的耳目之内。翁桂英长得人高马大，是一个粗糙的女人。在我们周塘的土音里，“翁”与白菜臭了的那个“ong”是同一个音，所以，我们戏耍她的两个儿子的时候，就说：“跟你妈一样‘ong’。”

翁桂英的男人叫周德高，他很矮，比翁桂英还要矮半个头。男人到了这个地步，在女人面前是颜面无存了。偏周德高又是个臭脾气，很倔，翁桂英骂过来，他一定要骂过去。这样，一骂两骂，夫妻俩就干上架了。翁桂英拿个扫把扔过来，周德高操起扁担砸过去。这时，满院都是围观的人。起初自然是有劝架的，可是周德高是一个不知好歹的人，有时急红了眼，连劝架的也一并干上。渐渐地，大家也见怪不怪了，就是他的两个儿子也都远远地观看着，不哭也不闹。

这是后祠大院里经常会有的响动，就像下阵雨的时候，突然来个霹雳。翁桂英骂起来，声震八方，响遏行云。有一回，周德高骑着三轮车去地里拉黄豆秆，谁知翁桂英等了半天，等来的却是落汤鸡一样的周德高和一车浸湿了的乱七八糟的豆秆。“你个太爷爷哟，叫你中午不要喝酒，你偏要喝，你干吗不淹死在河里？还回来干吗！”“他娘的，我翻到河里了，你不给我去拿衣服，还要先骂我！你放心好了，河又没盖头，我会死的，我会死在你面前，到时候你可以烧高香了！”于是，两人就这样声嘶力竭地对骂起来。

若说翁桂英夫妻俩是一对冤家对头，似乎也不尽然。好的时候，一家四口在大院里围着桌子吃夜饭，翁桂英拿着块抹布擦桌子，周德高喝着小酒，看见翁桂英的抹布过来了，就拿起饭碗 —— 没酒杯的，就是用碗喝的 —— 翁桂英先把桌子收拾了，周德高继续喝，两个儿子吃了饭，跟大伙儿在大墙门口追逐，这样的情景也是常有的。“生了两个活虫，有得苦啦！”翁桂英像是自言自语，又似乎是在跟旁人说。

生了儿子，要造房子。仅靠祖上传下来的一点老屋，两个“活虫”早晚得打光棍。翁桂英夫妻俩决定自己去运石头，他们借了水泥船，从南山脚下的山塘里，沿着东横河转到破山江再转到周塘河，要行不下十里路。翁桂英拉纤，周德高摇船。有一回逆风，许是拉得太用力了，纤绳突然断了，翁桂英不由得往前扑去。这个路是石板路，正好她的一个手指硌在石缝里，断了，伸不直了。翁桂英咬咬牙，猛地拉了一下，只听咔嚓一声，骨节又套进去了。这时，她才感觉眼眶里全是泪水。她也不跟周德高说——这男人没好话。抬石头的时候，起初是翁桂英在前，周德高在后，毕竟他是男人。可是，这样前高后低，走上岸去，越发倾斜，大蛮石都要压在周德高身上了。没办法，只得翁桂英垫后。上去的时候，尽管抬杠上的绳子是靠向了周德高一边，但是石头还是晃向翁桂英一边。翁桂英一手握着绳子，一手托着腰，硬是把大蛮石给抬了上去。

南山买石头，是按船的吨位算的。运的次数多了，周德高胆子也大了，能多放一块石头就多放一块。船在水中行，起初船舷在水上，渐渐地船舷与水面平了。所以，周德高看见机船开过来，总是老远就喊："喂，开慢点！"独有最后一回，石头船都快要从破山江转进周塘河了，一条重机船嗒嗒嗒地开足了马力冲过来，任是周德高怎么喊，怎么打手势，它竟毫不减速。周德高慌了神，石头船是贴着水面过去的，这机船的大浪晃过来，如何吃得消？周德高赶紧向岸边靠，可是岸边的回浪更大，唰唰唰地沿着船舷泼进来，不消半分钟工夫，船沉了！等周德高爬上岸，机船早开远了，翁桂英泼天泼地骂机船，转身又骂周德高："你个吃屎的，我是让你少放一块，你不听。这下好了，船沉了，中你意了吧！"周德高一声不响，脸如死灰。两人回到家里，灯也不点，饭也不烧。周德高坐在矮凳上，衣服也不换，像死了一样；翁桂英走进走出，一会儿赶鸡，一会儿砸狗，嘴里骂个不停。终于，周德高发作了："侬个太娘娘，我求求你，别念紧箍咒了！"他突然跪倒在翁桂英面前，不断地磕头。翁桂英正没好气呢，拿起扫帚砸过去，周德高就猛地跳起来，抓住了翁桂英的头发，两人对打起来。周德高一脚踢在翁桂英的小肚子上，翁桂英坐在地上号哭。周德高拿起烧酒瓶，咕噜咕噜满脖子灌下去，然后摔门出去了。

周德高一夜没回来。翁桂英正在气头上，虽没合眼，愣是没去找。

第二天，日上三竿，还不见周德高回来，翁桂英不知他死哪里去了，正想找族人商量怎样把沉船拉起来，突然有人从地头跑回来，大喊翁桂英，说周德高不行了。那人是在破山江拐向周塘河的桥脚边看见周德高的头露在岸上，半身浸在水里，也不知死活，于是叫人一起把他拉了上来。翁桂英心急火燎地赶过去，一见周德高，顿时吓得脸如土色，只见他小头小脑的，已经翻了白眼。大家七手八脚地把他送到医院，救了半天，医生说送得太晚，瞳孔已经放大了。

那一年中元节，翁桂英点起香烛，带着一匾的酒食去招魂。一夏没下雨，河水浅得厉害，她看见靠岸的地方露出了大蛮石，不远处，船尾的一个角也翘出来了。一想到这个死冤家，她顿时漫天大哭，直哭得月亮都红了。

不到三年，翁桂英的头发白了一半。

凤凰琴

翁桂英住在后祠大院里，跟我家老屋面对面。自从死了男人，她老得很快，心心念念的就是娶两房媳妇，到处托人做媒，也问我母亲娘家有什么姑娘，好牵个线。

翁桂英的两个儿子，从小是跟我们玩在一起的。

大儿子比较老实，也肯干，后来倒是娶上了媳妇，分得一间屋，独过了。

小儿子叫周小丰，跟我同岁，称得上是一个文艺青年，养着很长的头发，穿着喇叭裤，放着录音带，唱着港台流行歌曲。翁桂英天天念叨，说他男不男女不女的，哪个女人会喜欢？但是，儿大不由娘，周小丰依旧我行我素，开始捣鼓上了凤凰琴。开始的时候，只听见一些乱音，不是嘭嘭嘭，就是叮叮叮，烦死人。后来，传出了几个像样的音符，好像是《两只老虎》那样的简单曲儿。没多久，就什么曲儿都能弹了，电视里放什么，他就弹什么。他很喜欢齐秦的《大约在冬季》，就天天自弹自唱："轻轻地我将离开你，请将眼角的泪拭去……"终于，有个女人肯跟他了，翁桂英又是喜又是忧。她跟我母亲咬耳朵："舞厅里骗来的，就怕这样的女人不肯做人家……"

你嫌人家，人家还嫌你呢！姑娘倒是愿意跟周小丰的，可是一看见翁桂英，她就不想来了。就这么一间老屋，还碍手碍脚地住着一个老娘，日子怎么过？这真是"没有媳妇挖里劳，有了媳妇气难逃"（所谓"挖里劳"者，周塘俗语，言"渴求"也）。为了骗进一房媳妇，只能委屈老娘，翁桂英住到了柴间里。这柴间，也就十几个平方，三面是粪缸，出来的一条路两边还是粪缸，真是罪过！

从前，翁桂英跟她的男人大吵三六九，小吵天天有。这吵架也是要遗传的。周小丰和女人好了不到半年，就乒乒乓乓，摔碗筷，摔面盆，摔桌椅板凳。舞厅里来舞厅里去，听说这女人跟别的男人不清白，周小丰堵住了男人，但那男人比他高大，当场动手，把他打得鼻青脸肿。这让周小丰很受伤。他在家里躲了好一阵，有时弹弹凤凰琴，弹弹停停，好像在叹息什么，就像这回南天的天气，又潮又湿，让人憋气。有一回，他喝了酒，又跟女人大吵了一场。吵过之后，院子里横躺着一架凤凰琴，不知是女人扔出来的，还是周小丰自己扔的。这架凤凰琴一直躺在院子里，被细雨淋着，就像湿了长发的周小丰。周小丰以前也在大雨中淋过，大喊大叫地跑出大墙门去。而此刻，院中除了檐头滴下的雨水声，什么声音都没有，就那么静默着。后来，这架凤凰琴不见了，有人说是被一个捡破烂的捡走了,有人说是翁桂英藏起来了。

女人走了,周小丰又一个人了。翁桂英还是住在柴间。夏天的时候,蛆虫爬出粪缸沿,苍蝇飞来飞去。

周小丰一直没有再娶。有人说,他有的是女人,传得有鼻子有眼的,说是跟某某的老婆有一腿。又有人说,他在一个寡妇家里住过一个月。后来,听说他在舞厅里做保安——舞厅里会没有女人?这时的翁桂英早已满头白发。有一回,她跟我母亲来商量,说有个外地女人,死了男人,带着两个小孩,在隔壁镇打工,倒是愿意嫁给周小丰的。这事捣鼓来捣鼓去,最后,是周小丰不要。他说,他没钱,也不想养人家的孩子。

翁桂英死了。周小丰仍一个人住在老屋里,他不再去舞厅了。

他依旧留着长发,但明显地有了白发。不认识他的人,以为他是乡村艺术家,或者是"痴乱"(疯子)。因为在周塘人有限的见识里,只有这两种人留长发。但是他的长发很乱,连着他乱蓬蓬的络腮胡。他开始踏黄包车,等在医院门口,或者菜场门口……回来的时候,车上不是放着一点纸板,就是什么废铜烂铁。时间久了,老屋里塞满了捡来的东西。有人跟他说,不如放到柴间去。他说,柴间漏水。

其时,后祠大院里住的本地人越来越少,就连他的兄弟也都搬出去了,只剩下一些老年人。空余的房子都租给了外地人。我母亲到大院里来，是来收房租的；我父亲来，是来看祖父祖母的。有一晚，我也在这老屋里坐了好一会儿，因为我祖父病了。

老屋里的月色很好，就像我们童年时，总是明亮的。那时，我们在月光下跑来跑去，大墙门口充满了欢快的笑声……

突然，对屋里传来熟悉的乐声。这乐声是什么？……哦，对了，是凤凰琴！

“小丰还住在这里吗？”

“他独卵光棍，能住到哪里去？养了两只狗，还给它们买肉吃！真是傻啊！这么难赚的钱，卖纸板、卖废铜烂铁，还给狗买肉吃！……”我祖母碎叨叨着，“头发嘛，养得这么长，连我老太婆都嫌头发长难受，他不难受吗？”

这时，忽听得一句绍兴大班，用凤凰琴烘托着，显得滑稽而苍凉。我们这里，大多数人唱越剧，只有做法事的道士才唱绍兴大班。绍兴大班粗犷激越，与越剧大不相同，是我们江南的异声，据说当年是从秦腔传过来的。

唱绍兴大班，全靠吼。对屋里就在吼：

宋天子在河东围困七载，
老了，老了！
急得我两鬓白赛似秋霜……

后面，只听见不断地唱“悔不该”，好像唱了很多个，不知道他到底在“悔”什么。我祖父最喜欢听绍兴大班，他一听见周小丰唱戏，不由得坐了起来，说这是在唱《龙虎斗》。

但我总觉得，用凤凰琴伴奏，有点不伦不类。

回去的时候，我想过去看一下小丰。母亲拉住了我：“有狗的，当心咬你，不要去了。”“狗有什么好怕的！”我刚说完，就听得一阵狗叫，还叫得很起劲，直到我们走出大墙门。

“他现在捡破烂，脏兮兮的……”

母亲又说了一句，我也就不说了。

哑　哑

小时候的生活总是美好的，尽管那时啥都没有，只能偷冷饭吃。有一次，我放学回家，饿得不行，就拿了凳子爬上灶台，去撩边上的饭篮。这时，突然听见呃呃呃的声音，我一回头，只见哑哑站在窗口，手指着外边，很急切的样子。

我马上明白，爹妈回来了。我赶紧爬下来。

哑哑是前祠的，但是她常到我们后祠来玩。我的堂姐们跳皮筋的时候，她也总来参与，不断地用手比画着，呃呃呃的声音时不时夹杂在姑娘们的欢声笑语中。我比她们都小一点，只能作为“人桩”，替她们拉皮筋。还有一个拉皮筋的，是阿康寿头。其实，我有点嫌他。但是，我太小，只能任由她们调拨。我想跟着堂姐们去剪马兰，她们不要我，我就只能跟着哑哑，替她提篮子。

有一年，我家老屋翻盖阳台，一个老泥师（泥水匠）带着一个小泥师，忙活了半个月。父亲搅拌水泥、沙子，小泥师两只桶轮着一趟趟替师傅提桶。这小泥师长得很周正，脸白白的，笑起来很好看，牙齿也是白白的。我是一条小黄狗，懒得很，刷牙也是有一回没一回的，牙齿上全是黄垢。有时候鼻涕画花，连哑哑都嫌我。可是，自从我家翻阳台以来，哑哑每天必到，帮我妈摘芹菜叶子，刨芋艿皮，干得乐不可支。那时候，天气还热，我妈给师傅们泡了一搪瓷缸的茶水，让哑哑端去。哑哑端到小泥师面前，呃呃呃地比画着，意思是让他喝茶。小泥师有点惊愕，倒退了两步。我拿着一个杯子，跟小泥师说："她是哑巴，不用怕她。"然后，把杯子递给他。小泥师舀了一杯，咕咚咕咚喝下。哑哑盯着他看，竟然笑了。

我家出去，就是一条河。每当泥工结束，小泥师就会跑到河边，光着手擦脸洗脚。一次，哑哑向我比画着，我愣是没懂，哑哑急了，就直接蹿到我家，从脸盆架上拿过一条新一点的毛巾，跑到河边，递给小泥师。小泥师连说"不用不用"，可是哑哑根本就听不见，她愣是把毛巾往小泥师手上塞。

我妈以前说过，哑巴都是聋子。但我对哑哑是不是聋子将信将疑。因为她在前祠老屋里，就像一个幽灵一样，特别灵敏，但凡有外人进来，第一个盯眼看的，就是哑哑。她的目光像老鹰一样。

后来有人说，哑哑喜欢上了这个小泥师。我那时傻，不懂。听人说，每当小泥师回去时，哑哑总是在后面跟着，直跟到村口。她总是怅然地看着他走进田塍里，抄小路回家。甚至有一个碎碎嘴有鼻子有眼地说，那天小泥师来上工，她拦在桥上，硬是塞给他一块手帕。小泥师羞得脸跟早上的太阳一样红，他走到桥下，忽然把手帕放在路边的石凳上，跑掉了……

我家翻阳台的最后几天，哑哑没有出现。我疑心这是真的。

那天，我放学回家，也是抄小路过来的，只见哑哑一个人坐在田塍上，手上缠着一根狗尾巴草，默然无语。我走过去，问哑哑是不是在剪马兰——我这人傻，也不知道什么季节开什么花。哑哑不睬我。我想，你一个哑巴，有什么了不起的，就头也不回地走了。但是我还是好奇，忍不住回头又看了她一眼。她还是一动不动，夕阳的光罩在她身上，红彤彤的。我第一次觉得她像一个仙女，因为她浑身发光。

这样的事过去就过去了。

一年又一年，春天过得很快，我的这些堂姐们都嫁人了，甚至连几个堂妹都说好了人家。但是，哑哑却总是一年又一年地送走一个个新娘，迎来一个个新嫂子。终于，有人替哑哑说了一户人家，但最后还是没成。大家都很是替哑哑可惜，因为哑哑长得不算难看，手脚也勤快，女红活更是谁也比不过她。这样，看着哑哑三十岁了。阿康寿头的婶子来跟我母亲商量，说，要不把哑哑说给阿康吧！我母亲踌躇了一下，说就怕哑哑不喜欢。阿康的婶子鄙夷地说，一个哑巴加聋子，还能嫁给谁呀！我母亲在剔牙缝里的什么，半晌才说，那你去试试吧。果然，第二天晚上，阿康的婶子来跟她母亲说，哑哑哭了。

阿康寿头是个真傻瓜，嘴巴角上常挂着涎水。

就这样，哑哑终身未嫁，到现在还住在前祠老屋里。

今年夏天，我们协会的一帮人想去参观前祠、后祠——新近成了县级文保单位。他们让我带路，我不好推辞，就顺带回老家看看——我很久没去老屋了。来到前祠门口，门楼已经东倒西歪了，一个老男人赤膊躺在一张草席上，又懒洋洋地爬起来，两只眼睛愣愣的，看着我们，半天不知道发生了什么。我也愣了一下，认出是阿康。这时，突然冲出一个人，呃呃呃地跟阿康比画着，她一直盯着我们看，我们走到哪里，她就跟到哪里。这个人就是哑哑，如今也是个老太婆了，但是她的眼睛仍然像老鹰，看见外人像防贼似的。这时，她突然对着我呃呃呃地叫着，吓了我一跳，仿佛小时被她发现偷吃冷饭一样。我身边的那个人是个搞非遗的，被她看得怪不自在的。他说，你们这老屋里，都是怪人。

我们又来到了后祠。这时，搞非遗的忽然对着一处阳台说，这阳台，还是当年他跟着师傅一起翻修的呢！

我一惊，一下子想起了当年的小泥师。我说，那就是我家老屋。他好一阵感叹，说，难怪这里有一个哑巴呢！

我不知道，哑哑是否认出了他……

小　雅

我家住在后祠老屋的时候，小雅家在我家隔壁的隔壁，中间是阿发婶家。

小雅妈妈的名字叫引娣，她是阿三，前面有爱娣和招娣，后面还有一个叫什么娣，我忘记了。从这些名字来看，她外公外婆是多么渴望生一个儿子啊！但是，命运偏偏跟他们开了一个玩笑，“招引”了那么久，就是没有儿子。我们乡下有一种说法叫“心急生囡”，小雅的外婆一旦吵起架来，拍手跳脚，是有点歇斯底里的。骂起几个“娣”来，声音更像一把刀。

小雅管她外公外婆叫爷爷奶奶，因为她爸爸是上门女婿。小雅的爸爸很瘦，个子也小，几乎听不见他的声音。他在家里，总是默默地出门种地，又默默地带着一些菜或者半袋芋艿、几捆茭白回来。井边，只有小雅外婆和妈妈的声音。小雅的妈妈很像她外婆，也是尖着嘴，她们娘俩也经常吵架。有时看见小雅妈妈蓬着头发的样子，像“痴乱”—— 我们周塘人管疯子叫“痴乱”。

小雅家与阿发家吵过架。那时，阿发把棉花秆叠放在了自己家和小雅家之间的廊柱间，小雅的外婆就很有意见。小雅妈把一捆棉花秆给扔到了院子里，阿发婶大骂起来，小雅妈就把所有的棉花秆都扔到了院子里。正好阿发回来，他一把扯住小雅妈的头发，让小雅妈动弹不得。小雅外婆连喊"杀人了"，幸好周围的邻居一起劝下。有人去叫小雅爸，小雅爸回来时，阿发正把棉花秆重又叠在老地方，并且发出了严厉的警告，如果再敢扔掉他家的棉花秆，他就不客气了。小雅爸默默地看着这一切，走进了家门。不久，听到了小雅妈泼天泼地的咒骂声："你这个瘟虫，要你有什么用！人家男人像只老虎像只狼，你连瘟鸡都不如，雄鸡还知道'打水'呢！"小雅爸坐在后门的河埠头边，一声不响，到天黑了还坐在那里……

也不知道从什么时候开始，小雅妈的脸色越来越阴沉，她总是像巫婆一样自言自语着。家里常常传来小雅的哭声，有时会突然尖叫起来，仿佛被扯了头发或是掐了肉似的。我就跑过去看，果然，小雅妈拿着鸡毛掸子在乱打小雅。有一回，我甚至看见她拿着剪刀，不由得喊了一声："小雅，快跑！"小雅只得躲进我家来。她一直哭，我妈安慰了她好久，她才缓过气来。我给了她一个柿子，她一直拿在手里，我说："很甜，你吃呀！"第二天上学去时，我们是一起去的。她偷偷给我看了她的手臂，那上面青一块乌一块的，全是伤。我问是谁打的，她说是她妈。我问她妈为什么打她，她嘟嘟嘴巴，没说什么。放学回来时，她走得很慢，磨磨蹭蹭的。她说，要不我们再玩一会儿吧。我问她，是不是她妈又要打她？她摇摇头，又点点头，说等天黑了，她爸应该也回来了。她似乎想说什么，但是又咽了下去，终于忍不住，对我说："你不能告诉别人哟！"在我发誓后，她垂着眼睑，犹豫了半天，在我的再三催问之下，才告诉我："我妈发痴（发疯）了！"

小雅妈好一阵歹一阵。起初，小雅还大喊大叫。等到大一点之后，她只能忍着，咬着牙，不喊也不叫。就是在夏天，她也不穿裙子。渐渐地，小雅妈的病情稳定了些，犯病的时间也少了起来，只是人变得有点木愣愣的，认定了的事，九头牛都拉不回来。小雅爸总是任着她，免得刺激她。那时，我与小雅见面的机会也越来越少，我们家搬出去了，只有爷爷奶奶还住在老屋。有时候去看爷爷奶奶，偶尔瞥见她，她总是马上闪进家门，好像躲着我似的。

我读大学的那一年，有同学告诉我，她去灯泡厂上班了。

小雅结婚的时候，族里的人都来了，连阿发家都来了。婚宴办在大院里，有十多桌。听我妈讲，小雅原先在灯泡厂里有一个男朋友，长得瘦高瘦高的，一副斯文相，可小雅妈不喜欢，硬是把他们拆开了。小雅哭了无数次，但是小雅爸劝她算了，否则，刺激了她妈，又发作起来怎么办？小雅现在的这个男朋友在市场里卖肉，家里是贩猪的，很有钱，长得五大三粗，据说很凶。有一次，我妈看见他在市场里发飙，一手拿着一把砍肉的大斧，一手拿着一根磨刀的杵子，要冲到对面一个卖肉的摊上去，幸好被人拉住了。他一斧头砍在自己的肉案上，像猛兽一样吼道："奶奶的，你再骂一句，当心我剁了你！"我没想到，小雅这样一个瘦瘦的、文雅的人，竟要嫁给一个杀猪的。但是，她妈喜欢，也许小雅也喜欢吧！这时，大墙门口突然响起了鞭炮声，新郎来了。远远看去，他的确长得非常高大，有点肚子，像古代的门神。席间来敬酒的时候，新娘一起陪过来。新郎是络腮胡子，虽是剃干净了，但发青的胡髭的痕迹还是很明显。我记得以前小雅说过，她是喜欢小白脸的。当敬酒到我这里的时候，我看了一眼小雅，说了声："小雅，恭喜你，祝你幸福！"小雅浅浅笑了一下，似乎有点不自在……来接新娘子的时候，鼓乐喧天，小雅穿着红色的嫁衣，眼角微红，走到大墙门口，忽然转身，抱住了她爸，哭得泪人似的，浑身颤抖。她爸也是号啕大哭，她妈骂道："哭什么丧啊！"

很多年之后，我听人说起，小雅生了两个女儿，男人也不怎么待见她——她跟她娘一样，竟也"发痴"了，不知是基因里的原因还是别的什么。后来，她离婚了，来娘家住过一阵，现在又不知到哪里去了。

毕竟，我也很少回老家了。

舔舌头的老鳏夫

周一飞的爹病重的时候，对河的周秉德常常隔着河询问病情。他是一个老鳏夫，女人死了二三十年了。

周一飞爹死的时候，他来帮忙，看见哪里需要搭把手的，就上去。吃了丧饭，周一飞妈把剩下的肉食、点心一股脑儿地往他身上塞。“你一个人免得烧了！”周秉德舔舔舌头，说了句“那我也老实”，就收下了。

周秉德的年纪虽然比周一飞爹还大，但是小了一辈，周一飞只需叫他秉德哥就行。小的时候，周一飞经常看见他坐在粪缸头，咂巴着嘴巴，时不时地舔舔舌头，像一头老牛。那时候，他与同伴打赌，说秉德哥一定在吃糖。同伴说，屁个糖，哪有一边拉屎一边吃糖的？于是，两人上前去问，周秉德笑着张开嘴巴给他们看，啥都没有，同伴很得意地打了周一飞一拳。

周秉德总是坐在桥头听人讲江湖。有一阵子，经常有人到周一飞家搓麻将，周秉德也会走进来，看人搓麻将——他自己是从不搓的。站得久了，周一飞妈就会客气地掇过一条凳，让他坐。他总是说，看看就走。

有一年夏天，周一飞妈问他孙子的事，他很自豪地说，到外国留学去了。周一飞妈问他是美国还是英国，他“澳”了半天，也没有“澳”出来，正好周一飞老婆端着一盘车厘子过来，说：“是不是澳大利亚？”他一拍脑袋，连说“是是”。周一飞老婆一边把盘子伸给婆婆，一边自己连着放了好几个车厘子进嘴里。周一飞妈只捏了一个车厘子的柄，周一飞老婆抓起一把往婆婆手上塞，一边又走向周秉德，也是一把。周秉德连说“你们自己吃”，但看周一飞老婆很是客气，就捧着两只手收下了。“他说暑假会回来。”周一飞妈说：“那快了。”周一飞老婆说：“还早着呢！他们那里现在还是冬天。”周秉德嗫嚅了半天：“他们怎么会是冬天呢？”他有点怅然若失，似乎没弄明白，但也没多问。

从此，他时不时过来坐坐，有时看人搓麻将，有时没人搓麻将，他就站一会儿，与周一飞妈有一句没一句地闲唠。周一飞老婆切了瓜，看见他在，就递给他一块。有一次的葡萄还特别贵，是进口的，叫什么红宝石，周秉德也是一串，他从未吃过的。周秉德起初还有点不好意思，吃的回数多了，也不说客气话了。渐渐地，周一飞妈咂摸出点门道，周秉德来串门，大抵是媳妇在的时候，或者媳妇快下班时。有一回，她故意说媳妇回娘家了，果然，没多久，周秉德就走了。

但是，周秉德还是隔三岔五地到周一飞家来，有时直到他们要吃晚饭了才走。周一飞妈在饭桌上发牢骚道："这周秉德是咋回事，像无头苍蝇一样，绕一圈又进来了！"周一飞老婆咯咯笑，瞅了一眼周一飞，周一飞莫名其妙。周一飞妈道："你笑什么？"周一飞老婆半开玩笑半当真道："妈，还不是因为你！"周一飞妈先是愣了一下，接着拿起筷子笑着砸了一下周一飞老婆的手臂："你可别乱说！""妈，你别紧张，跟你开玩笑呢！"她侧头又看了一眼周一飞，眉飞色舞的，几乎又要笑出来。周一飞妈倒也不生气，一个反转说："我看都是为了你！""为我？"周一飞老婆有点丈二和尚摸不着头脑。"他都是在你回来时才过来。老小孩嘛！他是馋你的东西吃呢！""不会吧……"周一飞老婆张大了嘴，将信将疑道，"难道年纪大了真成了小孩？难怪他总是舔着舌头，有事没事地咂巴个嘴巴……"但是，这一说法很快遭到了周一飞的否定："什么呀！我小的时候，他就这样舔舌头了。"

周一飞妈本来倒还跟周秉德搭讪几句，被媳妇这么一说，就有意无意地冷淡了他。好几次，周秉德见没人睬他，就自言自语地说句："没人搓麻将？"就打个圈，弓着背走出门去。一次，他送来几株自己种的青菜，正好周一飞老婆出来说："秉德伯伯，坐一会儿啊！"周一飞妈听见声音，走出来，纠正道："只要叫秉德哥就够了。"周一飞老婆随手递过几颗奶油草莓，让他尝尝味道。这一回，周秉德没有吃，推脱自己肚子不好，走了。

周秉德是什么时候不再上门的，婆媳俩都记不得了，直到在路上看见周秉德的儿子端着饭菜过来，才知道他已卧床多时。婆媳俩就拎了三样东西，走过桥去，只见周秉德躺在床上,已经瘦得两颊深陷。"啊呀,你什么时候病的,我们一点都不知道……"周秉德缓缓睁开眼说："有一个多月了……"他嘴巴动了动，好像在咀嚼什么。周一飞妈想给他倒点水喝，一拎热水瓶，是空的，就让媳妇回家拎一瓶来。回来时，周一飞老婆一手拎着热水瓶，一手端着一盒切好的苹果片。周一飞妈倒了半杯水给周秉德，他只喝了一口，就不喝了。周一飞老婆用牙签递过一片苹果，一飞妈道："你吃一口，嘴巴舒服点。"周秉德吃下苹果片，用舌头舔了舔嘴唇。他轻轻说道："多吃多拉撒,他们给我一天一张尿不湿!"

有一阵,听他儿子说,周秉德似乎有点好起来了。

一天，周秉德拎了两个礼盒，竟出现在周一飞家门口。他人像一层薄薄的纸，走路飘忽飘忽的。周一飞妈见了，赶紧让他坐，问他好些没有。他喘着气，点点头又摇摇头，说了句"还是你们记得我"，就不说话了。周一飞妈安慰着，他似听非听，茫然坐着，坐了一会儿，似乎觉得不好，就慢慢起身了。周一飞妈本不想收下礼盒，但见他这样，只得边说客气话边送出去。出门时，他咂巴了一下嘴巴，想说什么，又没说。周一飞妈把他送过桥，回来时看了看两个礼盒，都上灰尘了。

以为他好起来了,谁知隔了几天就没了。

金珍姑

周一飞的姑姑叫周金珍。我小的时候，当面叫她金珍姑，背后叫她“金针菇”。其实，她长得并不像金针菇，而是五短身材，一张馒头脸。

金珍姑现在六十多了，但金珍姑爷却像四五十岁的样子，老来帅，人挺精神的。

据上年纪的人说，金珍姑嫁过去的时候，男人三年没上她的床。幸亏她婆婆是个拎得清的人，得知小两口不同房，就跟越剧电影《碧玉簪》里的阿林娘一样，扯着儿子的耳朵往房里推。实在没办法了，她“教唆”金珍姑趁他熟睡的时候，像鱼一样溜进他的被窝去。就这样，总算对面襟搭上了纽襻，做成了一份人家。

老话讲，强扭的瓜不甜。金珍姑“种瓜”不吝力气，什么苦都吃得，也不在乎结的瓜甜不甜。后来，他们家终于发达了。金珍姑爷开厂，是村里的头面人物。金珍姑回周塘来，风风光光的。几个兄弟经常受她周济，侄儿侄女那里三天两头塞零用钱。那时,姑姑长姑姑短的,孩子们的嘴可甜了。

忽然有一天,她跟周一飞妈说:“小嫂,我离婚了。”

周一飞妈吓了一跳说:“你说什么?这么大年纪了!”

可是,金珍姑并不慌,凑近了,跟她交底——他们是假离婚。金珍姑爷开厂折了本,为了保住家产,划清界限,他净身出户了。

“可别假戏真做!这人心隔肚皮,你可不能全信。”周一飞妈提醒道。

“我相信,他是爱我的!”这话正好被周一飞老婆听见了,她在周一飞那里咯咯笑。

可是,过了一年、两年、三年,他们还是没有复婚。儿子留在了省城,很少回来;女儿也没结婚,却跟人跑了,据说跑到了乌鲁木齐,金珍姑只知道坐火车都要三天三夜。有一天,她对周一飞说:“他们一个都不在,我也没别的事,就到你厂里来帮忙,你工资给我高一点!”周一飞以为她开玩笑,一口答应。谁知第二天,她真来了。到吃饭时,周一飞妈客气,留她吃饭,从此,她就吃住在周一飞家。“小嫂,我跟你一起睡,反正小哥不在了,你一个人也寂寞。”周一飞妈不好推却,就姑嫂同房了。

“你这么多钱到哪里去了?”

“我又没拿到钱,给儿子在城里买房了。”

“那你住三楼三底,一只空壳子!”长夜漫漫,姑嫂闲聊,

“你儿子咋不撮合一下呢？”

“跟他爹一个鼻孔出气！”金珍姑还想说什么，嗫嚅了一下，没往下说，茫然地盯着电视看。可是，电视里在讲国家形势，她又听不懂。

周一飞妈看了看她，心想：这男人是在给你耍心计呢……

过年的时候，金珍姑看见厨房里堆着几袋米、几壶油，大咧咧地说道：“小嫂，你一时三刻也吃不完，我拿一袋米，拎一壶油去，省得上街买去了。”

周一飞妈不好不答应，任她拿去，回头就跟周一飞说了。周一飞倒不在意，说：“她就是这样一个人，自己有，就拿过来；自己没，就拿过去。”

没过几天，她又回来了。她是来给大哥打扫的。大哥八十多了，是个孤寡老头。周一飞妈上街买菜的时候，看见她端着大脸盆，捋起袖子在井边洗衣，肥皂泡直漫上来。门前的绳子上，已经晒了三条被单。

吃中饭的时候，她来了。吃好中饭，她又去给大哥打扫了。

周一飞妈忍不住念叨：“吃的是我家的饭，干的是别人家的活！”这话正好被周一飞的老婆听见了，她开玩笑道：“妈，明天让她帮忙！”

果然，第二天她兴兴头头地进来了，说：“小嫂，你还不打扫，我来给你帮忙！”

吃年夜饭的时候，她喝了一瓶红酒，说：“我现在是享侄子的福！”她脸红脖子粗的，跟在自己家一样。

正月初一那天，周一飞老婆要去娘家吃饭，让婆婆一起去。

“我不去，有你姑姑在呢！正好我们两个人有伴儿。”

“小嫂，咋不去呢？我跟你一起去啊！”金珍姑直愣愣地说道。周一飞妈吓了一跳，哪有姑姑到侄媳妇娘家做客去的？

“那太好了，我们一起干它一箱红酒！”周一飞老婆也是个喜欢热闹的人。

这一天，到了侄媳妇娘家，客人可多了。他们一听是周一飞姑姑，都说“难得难得”。金珍姑也不拘束，高着嗓子说：“有酒喝酒，有肉吃肉！正月里，无大小，我来赶热闹啦！”上了席，大家一个个向金珍姑敬酒，都说是稀客，几乎抢了周一飞妈的风头。金珍姑酒上头，话更多，周一飞妈笑道：“你可别喝醉了。”“小嫂，我难得高兴，醉个啥呀！”她脸不改色心不跳，先吹了一通自己的儿女，说在省城买了大房子；又一个劲地夸周一飞老婆，说这个侄媳妇脸如银盘，个子高高大大，一看就是个有福相的人，人又好，孝顺，大气，从不计较，哪像谢琳琳，小头小脑，一脸苦相。谢琳琳是周一飞前妻，周一飞妈听了，心顿时提到了嗓子眼，怕她再说出什么不得体的话来。果然，她更没边了，说：“现在，谢琳琳后悔死了，看着这兴兴旺旺一家子，她被扫地出门，一个人孤零零的……”周一飞妈赶紧给她使眼色，可是她正在兴头上，看见的只是大家的笑脸，说：“要是我小哥在，他肯定不会让一飞离婚的。只要谢琳琳上门来，他肯定要撮合的……”周一飞妈暗暗戳她胳肢窝，见她还要说，就笑着敲她筷子：“说个啥哟，说个啥哟！”大家都装作不知道，一个劲地向她劝酒。

“她醉了……”周一飞妈替她挡住了。

这天回去的时候，周一飞妈有些生气，说：“我怎么说你哟！你这个样子，还怎么要得回男人！”

“随他良心啦！”金珍姑大着舌头，“反正家里空荡荡的，我也不想回去……”她没说几句话，斜着身子在车上睡着了，一会儿就起了鼾声。

周一飞回头看了看，跟他妈说道：“人家早有女人了！”

失子惊疯

谢琳琳被“休”回娘家的时候，只带走了几套被面被里。谈离婚条件的时候，周一飞说：

“我只有一身债，那你分点债去吧！”

婆婆眼睁睁看着她提着套件上了黄包车，仿佛是舍不得那几套被面被里似的。路边，三姑六婆们哀怜地看着谢琳琳，等她走远的时候，又回头跟她婆婆说：

“唉，总是做人不在行……”

在行，是周塘的土话，聪明的意思。可是，如今看来，她做女人，到底还是不在行啊！

婆婆擦了一下眼角。半晌，她说：“就是苦了孩子。”她是舍不得孙子，为抢小孩，都上了法院。最后法院判下来，小孩归女方。为此，婆婆还哭了一场。她已经很久没见到孙子了。

三姑六婆们安慰道：“反正她是亲娘，你也不用太担心。”

谢琳琳嫁过来这么多年，一直没去工作，美其名曰带孩子。她大多时间待在楼上，饿了，就跟儿子一起吃超市里买来的东西。“这样下去还会好吗？儿子都被她带坏了！”婆婆在饭桌上埋怨了很多次。有一回，村书记跟周一飞说，正好有个机会，他媳妇可以去村里做出纳。可是，谢琳琳愣是没去。为这事，全家人都说她，周一飞也没好声气，说：“你一天到晚挟着儿子，能当饭吃？”

现在好了，他们娘俩在一起了。

周一飞离了婚，婆婆总是唉声叹气。谁知谢琳琳前脚刚走，后脚女人就上门了，周一飞又娶了老婆。老婆是个脾气大却没心肝的人，大大咧咧的，说过算数。人家说她有旺夫命。这不，时来运转，周一飞要造别墅了。

本来，婆婆担心四周邻居来闹场，结果，却是谢琳琳闹上了。

谢琳琳很久没来周塘了，她是来要儿子的。婆婆站在老屋门口，说：“他在里面打游戏。”“你们这样会把航航带坏的！”“那你把他叫走啊，又不是我们拦着他！”航航是因为妈妈不给他买手机逃来的。“航航、航航！”谢琳琳喊了好一会儿，不见儿子出来，就冲了进去，一把把儿子拽了出来。

这时，周一飞老婆出来了，她嗓门很大，说：“航航，你要走就走，想留着，这里也是你的家——别在家门口丢人现眼，好像我做后妈的赶你走一样！”

航航一下子挣脱了谢琳琳的手，跑进了屋里。

“航航，你给我滚出来——你们怎么能这样呢？儿子是我的，你们不能这样明抢啊！”谢琳琳一屁股坐在了老屋门前的石阶上。“你们哪来这么多钱？你们合伙骗我！”她指着粗大的混泥土墙基，“你们造了大楼房，航航就更不要回去了！”三姑六婆们窃窃地笑：“这话也能说出口！”

航航还是没跟她走。婆婆看着她抹着眼泪走远，一脸的不屑。三姑六婆们笑着说：“小孩子又不是傻瓜，看谁有钱就跟谁呗！”

有一次，航航打游戏时说，他跟新舅舅联机上了，婆婆不懂他说什么。

这天，婆婆在新造好的楼房里收拾，她在阳台上看见谢琳琳从路口拐了进来，装作没看见。谢琳琳拎着一袋苹果，在老屋门口窥探了一会儿，里面电视机在放戏文，一个女人唱得很伤心。她又朝别墅走来，在门口逡巡了一下，抬起头来。

“哟，你来接航航，他不在……”婆婆装作刚看见她，“我正在上面看航航住哪一间好……”

“他去哪了？今天是他外公生日，我来接他。”

“他去——去他新外婆家了，跟他新妈妈一起去的。”

“什么，他去那边了？！你怎么可以让他去那边呢！”

谢琳琳顿时脸色大变，她一边大骂儿子一边责怪婆婆。婆婆也很生气，下来跟她理论。她拨通了手机，让谢琳琳自己跟儿子说。起初，谢琳琳只是抽噎了几声，说着说着，不由得歇斯底里起来。突然，她把手机摔在地上，随手甩起一袋苹果，抛向了新楼房，“啪”的一声，苹果落地，外面的几个摔坏了。谢琳琳狠狠剜了婆婆一眼，头也不回地走了，走着走着，跑了起来……

这之后，有很长一段时间，没见到谢琳琳。倒是航航跟奶奶提起过一次，说妈妈去学校看他了。

“我们又没放大礼拜，她去干啥！还叫我‘宝宝、宝宝’，同学们笑死了，我都想跑掉了……”

谢琳琳再次前来，是别墅装修好了之后。周一飞把西边最好的一间给了儿子，他老婆有点不舒服。这天，只有婆婆一个人在，电视里正放着戏文，她拿着抹布，东擦擦西擦擦。谢琳琳直愣愣地走了进来，婆婆起先也没注意，直到谢琳琳走到了楼梯口才发现，说：“哟，琳琳，你是来找航航吗？航航他们私立学校没放假啊！”谢琳琳也不回应，只管往上走。婆婆赶紧赶上去，拦住了她。“航航不在，他在学校里。”但是，谢琳琳还是往上走，在休息平台上挤了过去。婆婆觉得有点诧异，看她的眼神仿佛插着刀子，就紧跟上去。谢琳琳上了二楼，犹豫了一下，婆婆说：“这是航航的房间，你看，真的没人。”谢琳琳直直地走进去，床上被子叠得整整齐齐，房间收拾得干干净净，墙上挂着航航小时候的照片。谢琳琳看到照片呆住了，看了很久，渐渐地，泪水流了下来。突然，她抱起一叠被子，冲了出去，惊得婆婆愣了一下。“我昨天刚晒过……”她以为谢琳琳是去给儿子晒被子。谁知，谢琳琳来到阳台，猛地把被子抛了出去。然后，她抓住栏杆，想越过去。婆婆傻眼了，一个激灵，拉住了谢琳琳。谢琳琳一屁股坐在阳台上，哭开了："你们还我儿子，你们还我儿子……"

婆婆赶紧打电话，一会儿，周一飞回来，他把谢琳琳拉走了。婆婆再也没心思看戏文，她觉得很不吉利，因为那个戏正好叫《失子惊疯》。

这么大一座别墅，过了好久，还回荡着谢琳琳的哭声……

蒋老厨

蒋老厨在我们老周塘是个异数，因为他姓蒋。蒋介石的蒋，他向人介绍的时候总是这样说。

据说，他有五兄弟，他是最小的，顶了他老爹的职，但没分到屋。没屋怎么娶媳妇？这事就耽搁下来了。幸亏他有一个好工作，在哪里工作？供销社。那时节，就是买条鱼买斤肉，都得到供销社去——晚了，还没有。

蒋老厨人也长得不赖，高高大大，有模有样，服务态度也好，看见年纪大的，一口一个阿姨、大爷。街坊邻居都说，这小伙不错。张阿姨见了就说："小蒋，有女朋友了吗？阿姨给你做介绍。"周大妈见他秤杆往上翘，高兴地说："我们老周塘的姑娘可好了，我替你留心着。"

我们老周塘的确有很多姑娘，但不是说好了人家，就是嫁出去了，独有周炳康的小女儿，还待字闺中。她娘的意思是，想找个上门女婿。因为她生了四个，都是女儿，万里江山，没个继承人啊！周炳康从前是加工金银首饰的，后来割资本主义尾巴，就不敢再做了。大家都说，他家偷藏着不少戒指、耳环，都是加工下的金末子银末子做的。现在，他又在偷偷摸摸做了。

这天，周大妈正好来串门，顺带说媒，炳康婶就说了这个意思。这倒有点难着周大妈了，人家小伙子精精神神的，肯做上门女婿？不过，她答应去探探口风。

没想到，周大妈这媒竟做成了。

蒋老厨做了上门女婿，等于周炳康有了儿子，炳康婶可高兴了。以前，只有检举他家的份；现在，老周塘的人见了她，都是这么说的："你女婿见了我，就向我招手，一斤肉骨头，我回家一称，有一斤一两啦！"或者："我托你女婿买个收音机，他一有消息就马上来跟我说了。"大家都觉得蒋老厨这人不错。

为什么称他为蒋老厨呢？因为他做了上门女婿后，周炳康家的菜都是他烧的。以前，炳康婶烧出来的都是土菜，不过是生烧熟。蒋老厨该放醋的地方放点醋，该放糖的地方加一勺糖，这味道就不一样了。供销社总有一些尾货，大家内部分了，或者半卖半送。他隔三岔五地拿回来，大家都很羡慕他们家。

这是外人看到的。

蒋老厨很快就发现，即便他怎样讨好丈人丈母，他们对他总是留着心眼。丈母娘一使眼神，老婆就跟进去，然后娘俩戚戚促促咬耳朵，好像避着他似的。他问老婆说了些啥，老婆闪闪烁烁的，说几下就扯开了。丈人丈母出门，总把他们那间房门关得死死的，一把小锁明晃晃地挂着，好像藏着金银珠宝一样。

蒋老厨心里明白，他不说。男人嘛，说了，显得小心眼。

周炳康做寿的时候，菜也是蒋老厨烧的。这一烧，就出了名。老周塘的人有时办个小酒席，烧个一桌两桌的，就让蒋老厨帮个忙，蒋老厨也不推辞。事后，主人陪他一起喝酒，酒倒得满满的，很是客气，他觉得蛮好。

可惜，好景不长，世道变了，供销社名存实亡。蒋老厨拿了一笔钱，算是买断工龄，下岗了。

那时，蒋老厨也四十开外了。

有了钱，蒋老厨自己私藏着，任凭老婆怎么说一概不管。反正只生了个女儿，女儿姓周，即便是姓蒋，又当如何，难不成再招个上门女婿？他自己做了一辈子上门女婿，戒指没看见过一只，他不想人家小伙也步他后尘。有一次，他倒是明着跟丈母说过："妈，爸做了一辈子金银首饰，给我也做一个呗！"丈人丈母尴尬地笑笑，说好啊。可是说归说，哪个真给了？

蒋老厨的这笔钱到底有多少？有说十万的，也有说十五万的。反正有这笔钱托底，蒋老厨也不干活了——拼死拼活去挣钱，图个啥？他每天上市场，小菜买来，哧哧嚓嚓烧好。大家一起吃，谁会说你呢？这样过了好些年，上面又有新政策了，说再交个七八万十来万的样子，将来到了退休年纪，每月退休金可拿好几千。蒋老厨吃过用过，剩下不多了，还缺两三万。他跟老婆说，老婆说没钱；跟丈母商量，那是想天鹅屁吃。蒋老厨想想，算了，就低保吧！

这样，他每个月只有一千多点的养老金。

人怕老，老怕病。蒋老厨尿酸高，得了痛风，脚痛了一个月，没法下地。刚开始那几天，他痛得睡不着。老婆忙着挣钱，起早落夜到鞋厂里去干活，说没空，人不能太闲，得干活！没陪他去看病也就算了，还数落了他一顿。她一早要出门，就自己煎了个蛋，带上中饭，不管蒋老厨了。蒋老厨不能上街，吃的啥都没有，想想有点伤心，但也习惯了。一个人在家闷，他就坐了以前丈人中风时坐的轮椅——丈人已经死了，出来闲逛，看看这家，走走那家。人家问他咋了，他问人家吃的啥。有一家上个月他还刚给他们做过厨师，他笑道："有啥好小菜啊？"说着，打开他们的冰箱，"这么多菜！"正好桌上还有一碗虾，人家说道："谁都不要吃，冰箱里都放不下了，你看现在的人，真是作践啦！"蒋老厨半是玩笑半当真地说："没人吃，那我帮你吃！""你若不嫌弃，那帮我们收拾了！"蒋老厨也不假惺惺，还真拿来吃了。他一边剥虾壳，一边说："你这样清水烧，当然不好吃了。"然后说到上次在他们家，他是怎样做油爆虾的——事先要准备什么，先放什么，再放什么，油锅该烧到几分热，说得头头是道。主人家连连应和，脸上笑着,但心里到底觉得这蒋老厨太那个了。

这事不久就在我们老周塘传得人人皆知 —— 蒋老厨也真亏他的 ……

炳康婶也知道了。说起招上门女婿,她后悔了一辈子。

踢石子的男人

我家对门的堂伯有三个儿子，我与大哥最要好，打小就是他的跟屁虫。他去掘黄鳝，我替他提竹篓；他从地头摘瓜回来，就顺手递给我一个；他上街去剃头，我要跟去，他就让我在剃头店旁边的小人书摊翻看连环画 …… 和二哥、三哥就没这么好了。

后来，大哥参军了。回来后，上面给他安排了个工作，是养路工。那时，乡下的公路都是石子路，一下雨，到处坑坑洼洼。他们就开着拖拉机，一路倒石子，一路把石子扫匀。时间一久，石子路的石子都蹦到两边去了，他总是拿着大扫把，把边上的石子扫到马路中间去。卡车一开过，一路的灰尘，他总是灰头土脸。每次看见我，他总提醒我骑到边上去。自行车轮胎太细，石子多的地方会陷进去，我亲眼见过好几个同学摔倒了。

大哥一直干着这个活，一直单身。我听爹妈说，大哥也相亲过几回，都没成。有个粗糙的姑娘，差点成了，不巧大哥被车撞了，就不了了之了。之后，大哥变得有点直愣愣的，得了一笔钱，被辞退了。他没活可干，就只能打零工。直到二哥、三哥都成了家，他依旧跟着堂伯二老过日子。那时，我经常看见他一个人搬出一张小桌，一边看书，一边慢悠悠地喝酒。堂伯他们也习惯了，已经懒得念叨。

“什么书？”

“金庸的，你要看吗？”

他就把已经看完的《射雕英雄传》的第一册给我，我赶紧塞到书包中。

有一回，我放学回来，看见他正蹲在小河边，就走过去。

“大哥，你在钓黄鳝？”

“没呢！”他转过头来说，“你知道吗，这里一共有多少个水珠？”他指着一株芋艿。刚下过一阵雨，芋艿叶上滚满了一个个小水珠，挺可爱的。我摇摇头。他说，他蹲在这里好一会儿了，数了五遍才数清楚，总共是八十八颗小水珠。我不由得瞪大了眼睛——他这是从金庸的书上走出来的吗？

我把这好笑的事在家里一说，我母亲叹了口气说：“没个女人，都变成傻子了。”父亲说：“什么傻子，就是个懒汉！”最后他们达成了共识，因为他懒，所以找不到老婆。我一听，话不投机，就不跟他们说了。

后来，我到县城去读高中了。每次回来，都是乘三卡，车后扬起的灰尘，足足有半里路远，路两边的人，都得吃三卡的

“屁”。我总是到进村的机耕路口下车。机耕路也是石子路，小的时候，我们就踢着石子一路追逐着回家。这时，我看见前面有个人磨磨蹭蹭地走着，时不时踢踢石子。走近一看，原来是大哥，我就追了上去。他看见我，很高兴，一脚把石子踢到小河边。

“大哥，你踢得好远！”

“我在练石子功啊！”他回过头来说，“哦，对了，你说，《射雕英雄传》里，是丐帮帮主洪七公武功好呢，还是老顽童周伯通武功好？”

“你想当哪个？”

“我如果踢石子能百步穿杨，那就好了。”

我们胡乱地说着。他一路走一路踢石子，有时还吆喝一声，一群麻雀就“唰”地飞了起来。

大哥虽是跟着堂伯二老一起过活，但他经常一个人先吃。每次干了活，他总要喝点酒。二哥、三哥的女人有时会在我母亲面前说他闲话：“这么一把年纪了，还要吃爹娘用爹娘，真是的……”

等到我要结婚的时候，大哥已经是一个疲沓沓的中年大叔了。我打算在城里的一家酒店办喜宴，与父母一起计议要请的客人。合计来合计去，位子有点紧。父母的意思是，不请大哥也罢。我说这样不好，要么他们三兄弟都不请，要么谁也别落下。父母想想也有道理，让我自己先去请一遍。

那天，大哥在他家后檐的一棵水杉树下喝酒，看见我过去，向我招手说："要不，你也来一杯！大哥酒不好，你别嫌弃。"我说："我来邀请你喝酒呢！喝喜酒。"他立马高兴起来，让我坐。我说我不会喝酒，他就把一袋花生米倒了半袋在我手心里。我把花生米放到桌上，捡了几颗吃。"你要结婚了，那太好了！"这样的话，他连说了三遍。但是，随即他又有点局促起来，说："那我还没送礼呢！""送啥礼啊！人来就好了。""那不行，我从小看着你长大的，现在你出息了，大哥不能丢你的脸！"他斩钉截铁地说。我当时想，如果大哥一定要送礼，那暂时先收下，到时再还给他。

结婚那天，我陪着新娘一桌桌敬酒，到二哥、三哥面前时，却不见大哥，我说："大哥呢！怎么他没来？"二哥说："他说要来的，不知怎的，今天没见到他。"我心里一愣：该不是他没钱送礼，不好意思来喝喜酒吧，那真是太见外了。于是，我转身跟母亲说了一下。母亲说去问问堂伯他们，说不定他是找不到酒店呢！

第二天，就传来消息，说是不见了大哥。伯母有点急，堂伯说："这么一个活人，用得着我们管吗？"伯母到二哥那里去打听，二哥女人说："他前几天来过一次，向阿二借钱，阿二想拿出钱去，被我拦下了——他有手有脚的，不去干活，谁借他钱?!"又隔了一两天，还是没见到大哥，大家渐渐都有点着急了。到那天午后的时候，传来一个不好的消息：大哥没了。

有人在国道边的小河里发现大哥的遗体浮在水草里，已经涨得不成样子了。但是谁也不能确定他是怎么死的。

我也去看了，河边种着芋艿。那么，他是数水珠时失足掉下的，还是大货车经过时被石子不幸弹中了？大家议论纷纷。有个人说，他早几天还看见大哥踢着石子走在机耕路上呢！只有二哥一声不响，一个劲地抽烟。他回家才一会儿，就跟女人吵了起来。

我总怀疑这事跟我有关，但我一句话都没说。

阿　国

小表姐进重症监护室的消息，是阿国打电话告诉我父亲的。当时，我们一起在外面玩，大家都觉得很奇怪，他是怎么知道我父亲的电话的。

我们没有马上回去。我父亲虽然心里有点急，但嘴上还是说："他们一家，管不好的啦！"

阿国是小表姐的姘头，以前蹬黄包车的，现在好像在做保安，人挺老实的。他们在一起也有很多年了。小表姐很是看不起他，赶走过他几次，不知道后来怎么又在一起了。小表姐年轻的时候作得很，有点神经病，离婚的时候硬要儿子的抚养权，结果，儿子被她养成了废物，一天到晚玩游戏，二十七八了，也不出去工作，就靠吃娘的低保，还把娘赶到了架空层。而他自己，一个人住在楼上，卫生间堵住了，就把屎拉在塑料袋里。

父亲说："去总要去一趟的。"他是说他自己，没让我们去。

小表姐父母双亡，身边已经没有什么人了。大表姐长年生病，照顾不了妹妹什么。一些老亲眷都不想掺和小表姐的事，他们说的话跟我父亲的一样："管不好的啦！"

父亲回来的时候说，她大概吃了很多"神经药"，已经成了植物人了，什么时候撤下呼吸机，就什么时候死。几个老亲眷商量了一下，大意是让她明天回家。现在，医院里只有一个人陪在小表姐身边 —— 阿国。

"她儿子呢？"

"谁知道啊！来了一下，后来就不见了。"

第二天，小表姐死了。我开车带我父母一起去她家。

我第一次见到了阿国，他是一个瘦瘦的半老头，脸像老猴子，面色焦黄，嘴边散落着两三根胡须。他坐在角落里，看见我们来了，站了起来。

小表姐躺在小间里，因为没有租玻璃棺材，怕有气味，所以大家都站得远远的。母亲说："赶紧给她换一身干净衣服，等硬了，就不好换了。"本来，按照老规矩，应该在子女身上套好衣服，一次性给去世的亲人穿上。父亲喊她儿子，她儿子呆呆的，一声不响，也不到小间来。这时，阿国说话了："我来吧！"他烧了一盆热水，自己端进去了。后来，他喊人，说需要一个帮手，但谁也不想沾手。最后，大表姐没法，只得磨蹭着进去，过了一小会儿，很快就出来了。

"阿国，你出来吧！"我父亲说。但是阿国一直没出来，我母亲推门一看，他在抹眼泪呢！

大家还是让他出来，阿国就坐到了小间门口的矮凳上。他像是跟人说，又像是自言自语：“没有我，她不知死过几回了。”大表姐搭话道：“我是自己都管不过来，也管不了她。”阿国木然地看着大家，大家也木然地看着阿国，心里都在嘀咕：他无名无分的，伤心什么？倒是我父亲说了一句公道话：“你们虽然没有结婚，但也算是事实夫妻。”顿时，阿国眼睛一亮，仿佛很感激似的，看向我父亲：“舅舅，她撒气打我，我就任她打；她要吃基围虾，我再贵也给她买点来；她生病了，我整夜不合眼，给她端茶喂药……”终于，大家呼应起来：“是的、是的，她从小就作惯了的。”阿国抹了一下皱巴巴的眼角说：“我是想跟她去领证，她不肯，我也就无所谓。现在她死了，也解脱了。”不知道他是说谁解脱了。

到晚上八九点钟的时候，大家都准备散了。老亲眷们叮嘱小表姐的儿子，让他多照看一下小间里的妈妈。阿国送出门来，对着我父亲道：“舅舅，你放心，我会照看好的。”

第二天一早，我们就把小表姐送到了火葬场，什么仪式都没有。最后送别的时候，阿国提议大家手拉手围着小表姐走正三圈反三圈，可是人太少，竟然围不过来，拉紧了，才勉强成圈。拖进火化炉的时候，突然，阿国喊了声：“你一路走好！”尾腔里带着哭声。她儿子木木的，不哭也不喊。大家都看着他，他低下头，拿出手机，点开了一下，又放了回去。

中午的丧饭订在一家落魄了的酒店里——当年这酒店

可是县城第一家。我进去时，阿国蜷缩在一个角落打瞌睡，人显得更瘦小了，脸皮下全是骨头。大表姐说：“他有三天三夜没合眼了。”父亲说：“阿国，你坐到沙发里来。”阿国说：“这里挺好的。”他背靠着墙，紧了紧衣服，双手交叉着合在胸前，眼睛开一会儿合一会儿，头不由自主地歪过去。等到酒菜上来了，大家都坐定的时候，阿国还没上桌。父亲叫了一声，大表姐又叫了一声，他才过来。开吃的时候，大家就不再谈小表姐的事了，就像平时吃酒宴一样，女人谈家长里短，男人谈国家大事，一时气氛倒也热闹。只有阿国一声不响，小表姐的儿子也一声不响，他们两人似乎都搭不上话。基围虾上来的时候，转了一圈，阿国才下筷，还把另一只夹给了小表姐的儿子，小表姐的儿子始终没有吃，不知道为什么。临到散场时，大表姐打了包，让阿国把几个好点的剩菜带走，说他们两个人晚上不用吃大排档了。

老亲眷们走散时，围着小表姐的儿子，劝他去找工作。我父亲怕有人赶走阿国，当着大家的面，说让阿国仍住在架空层，帮着照顾点小表姐的儿子。阿国木讷地点点头，自言自语地说：“我来的时候，他只有八岁呢！”大表姐拉拉我父亲的衣服，偷偷告诉道：“阿国的银行卡都在这小畜生手里呢！”

我带着父母走的时候，父亲回头看到大表姐一家也走了。他们没有带上阿国，说是车子坐不下了。正好前面是红灯，我从后视镜里看到阿国拎着打包的菜，一个人走在人行道上,越走越小……

大表姐和其他亲戚的车与我们是反方向的,很快就都不见了。

患小儿麻痹症的女人

那时候，我刚二十出头，在邻镇教书。班里有一个女生，长得倒是秀气的，就是腿脚不好，走路一瘸一瘸的。上课时，我走近她身边，发现她的一只手像鸡爪一样翻卷着，很是可怕，幸好另一只手能握笔，似乎是正常的。我马上知道，她的名字叫李芳芳。这名字太普通了，单我们班就有两个。从她的作文中知道，她是得过小儿麻痹症的。

她的作文写得很是朴素动人，我还表扬过。

有一天，父亲做生意走乡回来，问我班上是不是有一个叫李芳芳的女孩子。原来，他在路上碰到了小姑父。小姑父挺苦命的，我小孃孃嫁给他不到三年就死了，也没留下孩子，她的骨殖到现在还暂厝在田间的殡屋里。祖母和几个姑姑都曾去催促小姑父做坟，但是他后来的女人不肯。而我祖母也不同意我小孃孃单独下葬，觉得小孃孃是原配，必须跟男人葬在一起。

我们已经多年没有走动了。这个残疾的李芳芳，就是小姑父后来的女人生的。

因了这层关系，我对这个李芳芳就多了点关心，常常在班上读她的作文。渐渐地，她的语文成绩有了很大的进步，以至于一枝独秀,把其他课目的成绩都压了下去。

我没有教他们到毕业，很快就调走了。后来，又辗转调到了报社编副刊。投稿的人当中，有一个叫李芳的，写得还可以，我就时不时给她发一篇。这样过了好些年，忽然收到她的一篇《我想做妈妈》的文章，讲她弟弟生了孩子，她帮着母亲一起照看。孩子牙牙学语了，她总是教孩子喊自己妈妈。弟媳妇很不高兴，当着她的面说："姐，你不要让孩子叫你妈妈，我才是妈妈，你是他姑姑!"有一次，孩子哭闹，她把孩子抱在胸前，孩子的嘴巴嚅动着，下意识地在她奶头边蹭，她不由得撩起了衣服，顿时，一股温热的感觉直达心田。可是，这一幕正好被弟媳妇看见了，她突然作色道："姐，让你带孩子，你咋这么不要脸呢？像你这样得过小儿麻痹症的，脏不脏啊，万一传染了怎么办?!"这一当头棒喝，让她大脑轰的一下。她又羞又气又急，不由得泪水夺眶而出。弟弟在弟媳妇的哭闹下，竟然将她赶走了，让她从此之后，不要再碰孩子了。

我立马想到了李芳芳，估计这李芳应该就是她。发表时,我把结尾修改得温和了些。

大概过了半个月，我突然接到了一个电话："老师，我是李芳芳，你还有印象吗?”我一愣，说：“有、有，你现在还好吗?”我这一说，就听到了电话里的哽咽声：“上次那篇《我想做妈妈》就是我写的。你现在有时间吗?我心里很难受，不知能不能找你说说话? ……”我虽然很忙，但此情此景，就是有再要紧的事，也得听她讲完。原来，那件事之后，他们果真不再让她上门了。她是个单身女人，说：“像我这样残疾的，也没人要，就是有人要，我也不想随便嫁个人。”她絮絮叨叨地说起来，因为她想孩子，她母亲就偷偷抱着孩子到老屋里——她住在老屋。没想到，就在昨天，弟媳妇竟跟踪而来，当她抱着孩子的时候，突然出现在她面前，对她劈头盖脸一顿骂，连带着把她母亲也骂了。她哭了一天，郁愤难消，想来想去，没有一个可以倾诉的人。我虽然对她向我这样一个大男人倾诉家长里短感到诧异，但是，作为她曾经的老师、她的编辑、一个远亲，我又不能不安慰她。过了大概一小时的样子，她终于缓过气来，不好意思地说：“老师，浪费你时间了，真对不起，我现在感觉好多了!”

这之后，我们加了微信，她隔三岔五地会向我说点家事，我安慰她一会儿，她就好受一点。有一次，她发给我一首余秀华的诗，题目叫《穿过大半个中国去睡你》，我也没怎么放心上，因为这个脑瘫诗人的诗已经红遍大半个中国了。

有一天午后，我突然收到她的一条微信，说她已经在楼下徘徊两天了。我们报社在十八楼，我赶紧跑到窗口往下看，凭直觉，我认出那个撑着阳伞、穿着长长裙子的就是她。她走了几步，隐隐能看出她一瘸一拐的样子。我赶紧给她发消息，让她上来。等了好一会儿，她说不上来了。我说，那我下去。我等电梯的时候，微信上赫然传过来这么一句话：老师，这个世界把我抛弃了，只有你是我的救命稻草。我吓了一跳。我想她肯定是遇到什么大事了，不由又连按了几下电梯按钮。谁知她接着又是一句：我曾无数遍想，我要是能遇着像老师这样的男人，该是多么幸福！这话让我的脸倏忽热了一下，我没法应对了，只能先敷衍道：你会找到你的幸福的。后面的话，我斟酌了半天，想发又删了。就在这当儿，微信上传来：我想做妈妈！我看着这几行字，搔了一下头皮，不由得转到窗口往下看，正好看见她也正抬头往上看。我看不清她的眉目，但我能猜想，那肯定是一双炽热而惶惑的眼睛。我犹豫了一下，又重按了电梯按钮。就在我出电梯的当口，她的微信又来了：老师，对不起，我肯定是疯了，我走了……我说，我下来了。当我快步走出大门，往马路上看去时，只见一辆出租车正关上门，疾驰而去……

这之后，她再也没有给我投过稿，我也怕问她的消息。

有一年，祖母又说起小孃孃做坟的事。我就顺口说了李芳芳和她弟弟的事儿。祖母黯然了半天，说这都是冤孽，因为李芳芳的母亲不肯让我小孃孃和她共一个男人。

可是，这样的冤孽，哪个菩萨解得了呢？

白莲花

我在城管局挂职，在那里，正好遇到了多年不见的白莲花。白莲花的头发散乱着，衣服皱皱巴巴的，全是污迹。她骂骂咧咧地，一口一个警察打人，整幢大楼里都是她的声音，响亮而粗糙，就像是雄鸭的叫声一样。

当时，我没有认出她来，不由皱了皱眉。我对城管说，怎么回事？

城管说，她总是占道经营，把市场的出口都给堵了。这次，城管就没收了她的电子秤，没收了她的一车瓜。她不肯，拉拉扯扯的，还把一个城管的手臂给抓出了血。城管一个甩身，没甩掉她，两人一起倒在了地上，然后肉搏了几下。她就坐在地上大喊，警察打人啦！警察打人啦！

我只是挂职，所以没出声，就看着对面的兄弟如何处理这棘手的事。

她像个大喇叭一样，说："你们还我电子秤，还我一车瓜。你们合伙打我一个女人，我不想活了，我就死在这幢大楼里。”说完，她冲出去，做出要撞墙的样子。对面的兄弟扫了一眼城管，他们就把她按住了。这时，外面又有了响声，有人在喊对面的兄弟，他就出去了。

白莲花安静了下来，她知道头儿不在，吵也没用。她的眼神东扫来西扫去，最后，落到了我这里。她一直盯着我看，看得我心里发毛，不由得下意识地捋了一下头发。她嗫嚅了一下，好像在自言自语，然后对着我，莫名其妙地问了句："你是长脚的儿子？怎么这么像！"我心里来气，没大没小的，长脚也是你叫的吗？就懒洋洋地问她："你是谁？""我是——我是你家隔壁的，你小的时候，叫我白莲花的，你忘了？"她这一说，我马上记起来了。

小的时候，我们确乎玩在一起。她与我姐同岁，是个野姑娘。玩武打的时候，她就像灭绝师太，挥舞着芦竹头做成的拂尘，不管死活地冲进来，直把我们打得落花流水。当时，正好有一个散放电影，里面有个叫白莲花的人，骑着马，很厉害。于是，我们就管她也叫白莲花了。

这时，我对面的兄弟在外面喊两个城管，他们跑出去了。白莲花絮絮叨叨地说开了："没想到，你竟在这里工作……"她说，她出嫁后，也很少回娘家……然后，她看了看门外，凑近了轻声跟我说："你可得帮我说说。"我不知道她要我帮她说什么。她又补充了一句："你从小是很讲理的。"老实说，她跟我套近乎，我感到有点怪怪的。因为我们两家虽是同族，却是冤家。她家的老屋在我家西边，新屋又在我家东边。东西夹击，我父母受了她家一辈子的气。

她家的树种在地界上，越长越大，树冠遮住了我家屋脊。有一年，台风要来了，我娘站在阳台上砍了她家的树杈，正好被她看见了，两家女人就对骂起来，终于扭打在一起。她娘与我娘对撕，她与我姐互扯头发。我正好放学回家，见我姐不是对手，立马冲过去，一把扳开了她的手指，并且死死扳住了她的小指，不断向后拗。当时，我的头脑很清醒：我可以扳她的小指，但是，我不能真的把它拗断了。她痛得啊啊叫，终于放开了我姐。

从此，她对我侧目而视，我总是回避她尖利的目光。

现在，她求我帮她，我是帮还是不帮呢？

这时，我对面的兄弟和两个城管走了过来，继续处理这件事。因为她多次占道经营，要罚款一千元。白莲花很不服气，说别人也一样，凭什么就只罚她，她总共也没卖到一千元呢！两方僵持不下，城管就要罚没她的东西。她大吵大闹，然后坐在地上，连哭带号，说她没钱，说警察抢东西，说她全靠这辆电动三轮车做生意，没了车就等于抢了她的饭碗，她就只能在这里吃饭了。

她吵个没完，我对面的兄弟到底有点烦了，就不再睬她，把她撂在了一旁。

她几次瞟向我，我都没有接她的目光。她在走廊里走来走去，像一头束手无策的母狮子。我到厕所去，她近上身来。我说："你赶紧让你老公拿钱来，把电瓶车开走，否则，西瓜都要烂了，不值得。"她愣了半晌，呆着眼神说："我老公去年生癌死了。"我一怔，忽地想起我娘仿佛说过，她是死了男人的。不过，据说她儿子倒是很争气，今年竟然考上了清华。这消息经她娘一说，村里都知道了。我吸了口气，说："还是别闹了，对你儿子不好……"她没说什么，但是，神情一下子就委顿了。

她儿子考上县一中的时候，就听说是个奇才。我也是县一中毕业的。那时，每次回来，我心里总是惴惴不安，唯恐我家又与她家吵上了。我家造新屋的时候，她爹纠集了一伙人，愣是不让我家在路边搭脚手架。可他家造新屋时，把路基都占了。当初，我爹说了几句，他们就怀恨在心，他爹直接拿着钢钎，带头把我家地基的石头都撬翻了。白莲花跟着她娘一起骂我们。她爹一脸横肉，块头很大，怒吼起来像野兽。老实说，我是有点怕他的。我爹是长脚，瘦瘦的，打不过他。我那时想，假如我爹是个大力士就好了。

我在厕所里抽了一根烟，走向办公室时，又看见她哀求的目光。她紧走几步，想再跟我说说，但是我没有停步，她只能讪讪地嗫嚅了一下："你……"我坐下后，随口问对面的兄弟，这件事严重吗？他拿给我看他们的执法记录仪，视频里，白莲花拉倒了一个城管，翻身压在他身上，用胳膊肘顶

他 …… 这个城管身上许多地方磨出了血，现在到医院去了。我看着他，说这个人是厉害的，以前做姑娘的时候，就很凶巴巴的。对面的兄弟问：“你认得她？”我说：“是我家邻居。”他问：“关系好吗？”我说：“关系倒是不咋的。不过，她死了男人，也挺可怜的 ……”对面的兄弟就说：“可怜之人必有可恨之处，不关紧的话，我就公事公办了？”我喝了一口茶，含含糊糊地“嗯”了一下。

这时，白莲花终于走了进来，看了我一眼，又缓和了脸色，请求对面的兄弟少罚一点。她说：“乡下路远，电动车又被扣了，西瓜还没卖多少，就罚五百元行不行？”对面的兄弟说：“我们又不是自由市场，讨价还价的。我们是执法部门，要不是看在你是妇女的分上，老早把你送到派出所去了，你要知道你把我们的执法人员都打伤了。”白莲花大喊冤枉，但是再没人睬她。她就那么磨着，进进出出好几次，但是都使不上力。等我从食堂回来，她正怏怏地走出去。我一时心软，叫住了她，问她手上有多少钱。她说，只有五百多点。我摸了摸口袋，掏出五百元，说：“我借给你吧。”

后来，我离开了城管局。过了差不多半年，她才把钱还上，是托一个邻居带给我娘的。我娘很诧异，问清楚了事情后，说：“就你良心好 ……”

反光镜

有一天，我在老家陪父母看电视，边与他们聊天，边自个儿玩手机。突然，我妈惊叫起来，这不是周志高吗？我不由得抬起头来，原来我们县的电视台正在播一个新闻特写：一个反扒能手，在公交车上成功地阻止了扒手向乘客下手，并把他扭送到了派出所，派出所奖给他一面锦旗。

“周志高胆子是大的！”我妈说。

“人家小的时候去过少林寺，学过拳脚的。”我爹跟了句。

他从小就野，游泳时敢从桥上跳下去。我也跟着跳过一次，跳下去时感觉像修仙，什么都不知道了，就“唰”的一下，似乎只有风声。这事被我妈知道了，把我好一顿骂，还告诉了我爹，我爹差点操家伙。

听说，他现在在后海包着一大片海滩养鱼。他离婚了，有个女的跟着他。上次回老家的时候，我妈看见了这个女的，与族里的几个女人指指点点了半天。这女的，领口低得都露出奶子来了，还带着个小孩。她们嘀咕了半天，认为这孩子是个拖油瓶，因为一点都不像周志高，长得绿豆似的。

县里布置安全工作的时候，我跟着安监局去销毁搜集来的没有合格证的爆竹。一路上，又采访了安监局的工作，打算写一篇通讯报道。当我们来到海塘边时，发现这里也不好处理，到处都是渔民的鱼塘。这时，我们头儿发现有一口鱼塘半干枯地废弃着，觉得这里挺合适。他看见不远处有一座简易的平房，就派了个人去打听。过了一会儿，有个人跟着来了。走近一看，这不是周志高吗！周志高一见是我，马上扔给我一支烟。我说我不吸烟，把他引荐给了我们头儿。我们头儿一说来意，他立马同意了。

当开始销毁爆竹时，周志高邀请我们去他屋里坐坐。

我们走进他的平屋，一只狼狗狂吠起来。周志高喝了一声，狼狗退远了些，但还是警惕地看着我们。这时，他让女人搬出几条塑料凳，一人给了一瓶水，说海边简陋，也没啥好东西招待。平时，女人住在城里，今天正好儿子放假，就接了来海边玩。他儿子果然长得像绿豆，贼眉鼠眼的。周志高让他叫叔叔，他一个都不叫，翻着白眼，瞧瞧这个，瞅瞅那个。然后，像老鼠一样，自个儿溜走了。

我心里无端浮出一句诗：生子当如孙仲谋。我为周志高不值。再看这女人，也是尖着脸。我想，周志高自己高高大大的，咋这么没眼光呢！

我们头儿与他闲聊起来，说这儿钓鱼倒是挺好的。周志高马上接过话茬，说欢迎我们来钓鱼，到时一起喝一杯。他还朝向我这一边，补了一句："你也一起来！到时预先跟我说一声，我请你们吃海鲜，喝啤酒，吹海风——是不是很爽？"大家都笑起来，说太好了。

爆竹声渐稀，我们头儿就走了出去。周志高送了出来。我回头看了一眼他那平屋的院子，狼狗又叫了几声。这时，我看见门口有一道闪光，原来屋前挂着一面镜子。我心里咯噔了一下，这荒无人烟的地方，挂个镜子干啥？我知道，在村里，挂个镜子是用来辟邪驱魔的——把对面人家对自己不吉利的一面反射回去。这海边，就只有这鱼塘，难道也讲究这个吗？

后来，我们还真的来钓过好几次鱼。周志高很客气，不肯收钱，说："我包着几百亩鱼塘，你们钓几条鱼，我难道也送不起了吗？"头儿说："你不收钱，我们以后不来了。"他才象征性地收了一点。我感觉，头儿都与他成哥们了。

周志高的女人有时在，有时不在。那小孩，后来只见过一次，还是贼眼溜溜的。我们几个人钓鱼时，无意说起来，其中一个快嘴快语道："他一人管鱼塘，女人住城里，是不是被绿了？感觉这儿子跟他一点都不像。"我心想，周志高是反扒高手，不至于老婆被人偷了都抓不住吧！

最近一次我们来钓鱼时，他家关着门落了锁，一个人都不在。只有那面镜子反射着日光，光线散在旷野里，没个落脚处。

过节的时候，我回村里看望父母。我妈说："你知道吗，周志高被抓起来了！"我说："为啥啊？"我妈也说不清，只说警车是开到村里的，他们亲眼看见他被押上车。有人说，是他包海塘跟人打架了；有人说，他欠了一屁股债，才到海边躲起来的；又有人说，他根本没离婚，上次来的那个女人是外面养着的小三，那个是他的私生子——难道这也要被抓起来吗？

回到报社，跑政法线的同事给大家说了一件令人拍案惊奇的事——公安局破了一个十多年前的大案：有个男人，十多年前，因为拿不出更多的嫖资，与小姐吵了起来，小姐开口大骂，他怕起来，就掐住人家的脖子，不小心把人给掐死了。于是，他放了一把火，把小姐的出租屋给烧了，制造了失火烧死人的假象。其实，公安局一看就知道小姐不是烧死的，并从这女人身上提取到了精液，只是一时找不到这是谁干的，这案件就沉了下去。谁知，最近亲子鉴定机构的一个 DNA 触动了警铃，于是，顺藤摸瓜，就把他给抓起来了。

同事还说，这个人一直躲在海边，以前是个反扒高手，还上过电视呢！

我"啊"了一声，这不是周志高吗？我们怀疑那个小孩不是他亲生的，没想到他自己也在怀疑。这事在安监局那边也炸了个爆竹，他们都目瞪口呆，恍如梦中——原来，款待我们的竟是个杀人犯！

我不知道，这十几年来，周志高是怎么过来的。他是一念之差呢，还是本来就胆大包天？嫖妓，反扒，养鱼……这是一个人吗？如今，他成了我们族里唯一的杀人犯，估计将来也进不了祠堂了。

我忽地想起他的海边平屋门口的那面反光镜——大概他心里也是虚的吧！

可是，天日昭昭，一个反光镜能反得了什么吗？

养　鸡

七婶过世的时候，堂兄周清平才出现。也许他锦衣夜行，也曾来过，只是大家都不知道罢了。

周清平的事，还得赖七婶。

那时，周清平在信用社工作，也算体面。老婆也是信用社的，很有能耐，从一个职高生，很快成了信贷部主任。

一次，副社长、他老婆和他，一起去考察信贷，老板很是客气，山珍海味地款待他们，大家酒足饭饱，半夜才归。路上，他老婆内急，周清平让她忍一忍，说："如果你是男人那就好了。"老婆急道："什么男人不男人的，你给我停下。"周清平就停了摩托车，他老婆连滚带爬蹿下来，也不跑远，就在路边，靠着一棵树一蹲给解决了。

那树又不大。

在信用社，周清平是有名的"贤内助"。"周清平，今天你跟我去，让别人代一下班！"他老婆叫他，总是连名带姓——他们跑信贷业务去。

本来，这样也不错。周清平人前人后“领导领导”不离口，大家都笑笑，也习惯了。

谁能想到，忽一日，周清平竟吃了熊心豹子胆，跟隔壁邮政银行的一个临时工搞上了，被他老婆抓了个现行。他老婆狠狠地扇了他一个巴掌，又去抓临时工的头发。可结果，临时工的头发只抓了一绺，自己却被周清平一脚踢翻了——临时工跑了。

这事算是搞大了。在同一个单位上班，抬头不见低头见的，这日子难挨。跟老公不好了，自然跟老公的妈也不好了。后来才知道，这都是七婶撺掇的。周清平家三代单传，他只生了一个女儿，七婶就很不满，要他们再生个儿子，常给媳妇脸色看。幸好他们夫妻有信用社的集资房，不住在一起，否则，婆媳俩吵起来，凭她们两人的嗓门，周家老台门还不得早被掀翻了。

那时有正式工作的，如果超生一个，可是要开除公职的。不像现在，国家都鼓励你生呢！

其实，七婶也是知道的。“瞧你媳妇那张脸，油盐不进的。她不想生，你不会偷偷摸摸到外面去跟人生一个？过个十年八年的，风头过去了，还不是我们老周家的子孙！”周清平虽说是个好性子，可这人要是犯愣了，也是什么都能豁出去的，不知是不是他妈早晚吹风的结果。就这样，周清平离婚了，女儿跟妈，他离开了单位，净身出户。

过了一阵，大家才知道，他到隔壁镇跟人合伙去开水泥砖厂了。我们族里有人想在后门搭个简单的房子，放些不用的劳什子，七婶就说："那就用水泥砖、水泥瓦啊！搭起来快多了，成本又省。你只要给我们周清平一个电话，他就可以送过来。"大家都说，这周清平本事倒真大。

可是，时运不济的人干什么都一阵风。很快，这水泥砖厂破产了。

不知周清平是怎么想的，他是非得干出一番大事业来才衣锦还乡吗？反正这之后，他在我们老周家就像消失了一样。到此，七婶才算露出落寞的样子。她的头发全白了，一个人在老屋里摸来摸去，有时站在老台门口，茫然地看着外面——不知她外面可有孙子了？

我也没有周清平的消息。说起来，我和他还是赤卵兄弟呢！小的时候，我们一起在河里戏水，一起摸螺蛳。他比我大两岁，人比我高，28 寸的老式自行车，我只能在三角档口踏踏，他已能一脚毛上去了。读初中的时候，学校在镇上，他骑车上学就带上我。有一回，我跳上去的时候重了点，他也大意了，一个不小心，连人带车冲进了田里，衣服、鞋子全湿了，还沾了一身的泥——他被七婶骂了。

我是在七婶的灵堂前加的周清平的微信。多年不见，他老多了，头也秃了。他说，他现在山南养鸡。我有些惊诧，那都到隔壁县了，回家得翻山呢！过年的时候，他给我发微信，问我们单位是否发年货，要山鸡的话，可以跟他联系，都是散放鸡，就跟自己家里养的一样，不是快速鸡。正好，我管着工会这摊事儿，跟我们头儿一说，同意了。他押着一辆旧货车，送了百来只鸡过来，还特意多给了我和头儿几只鸡，算是一点意思。我没要，都送给头儿了。但我还是很高兴，这是我唯一能帮到他的地方。

有一次，他在微信朋友圈里发了一段短视频，是一个五六岁的小孩，只穿了一条小内裤，在一条快要枯竭的溪边玩。溪边是高高低低的大石头，他拿了一个小塑料水桶，好像是去捉鱼的。过了一会儿，小孩转过身来，喊道："爸爸，快来呀！这里有小鱼！"就在这当口，短视频结束了，结尾有点模糊。这小孩的相貌似乎很清秀。我想，这应该就是周清平的儿子、七婶的孙子吧！如果是真的，那倒也不枉周清平折腾这一场——虽说都什么年代了。我就查他的朋友圈，一直往上翻，几乎是上一年了，看到几只纸飞机，写着：女儿的梦。

我们交往不多，就在微信朋友圈里点点赞。有一次，他发了一张照片，是一个女人的背影。家里很乱，地上摊满了乱七八糟的东西，隐约能看见门外有鸡屎什么的。女人正在烧菜，头发贴在脸上，似乎有汗水流下来，而唯一能跟山外的世界接上烟火的是一只煤气瓶。他似乎有些怜惜，说了句："这傻女人……"

不知道，这个女人是不是当初那个女人。

秋天的时候，山中的红叶比春花还艳丽，他连发了几天九宫格，中间是一片竹林，满地的鸡在跑来跑去。我赞叹风景美,他给我留言:“来吃鸡哟!”

其时,我听说,他前妻被返聘,他的大女儿也在信用社上班了。

彩　旗

周小毛如今像是一个人物了。可是，在周塘，还是人人叫他阿毛。

阿毛是个话痨，遇到谁都要打个招呼。自然，谁遇到了阿毛，也都要打趣他。他读书时就这样，人家叫他去，一叫一个准。“阿毛，踢球去！”谁喊他，他就跟上谁。他球技不咋样，可是能满场跑，大家都叫他“跑不死的阿毛”。

所以，当得知我们在体育场踢球后，他也要挤进来。还是跟原来一样，他满场乱跑，到门口的球都踢飞了。

“阿毛，你咋踢的球！”

他嘿嘿笑着，觍着脸说：“不是我不好，是脚不好！”

“阿毛，待会儿你请客！”

“请客就请客，一句话！”

阿毛底气十足。仗着妻舅的关系，他开着一家毛绒厂。

踢完球，我们到烤鱼店里去喝啤酒。三杯酒下肚，阿毛的话又多起来了。大家嘻嘻哈哈地，说来说去，你推一把，我还一拳，仿佛打三国，闹得不亦乐乎。阿毛这个人要嘚瑟啥，必是先说人家，再引着人家来说他。这不，他找上了我，说某某人最潇洒啦，家里红旗不倒，外面彩旗飘飘。他这一说，我装出气急败坏的样子，猛踹了他一脚说："去，谁彩旗飘飘？你可是要赔名誉损失费的！"有人就跟上说，今晚如果某某人被老婆踹下了床，那一定是阿毛告的密！于是，有人当场举证：亲眼看见阿毛自己彩旗飘飘，某年某月某日在某地拉着一个小姑娘的手，还动不动亲人家的嘴！于是大家鉴定：阿毛混淆视听，实际上是在说他自己！

"冤枉啊，那只是一个网友！"他不打自招。

马上有人接上："照片拿来，让爷们瞧瞧！"

于是，大家按住了阿毛，逼着他把"彩旗"交出来——在我们再三空头保证之后，他终于从手机里翻出了女人的照片，还真不错，皮肤白皙，长发披肩，粉面含春，撩拨煞人。我们就继续灌他，逼问他是否上过床——男人就这点活计了！

店内外充满了快活的气氛！

这一晚，大家闹到半夜才散。我酒喝得少，大家知道我在交警大队有个同学，就由我开车把阿毛送回去。

从此，我们在一起玩时，就打趣阿毛："阿毛做人最惬意，家里红旗不倒，外面彩旗飘飘，是个成功男人。"阿毛一边撕着烤鱼，一边一口一杯啤酒，笑着说："我们这样的生活，就是神仙看见了都羡慕呢！"

大概半年后，我们两人喝酒时，阿毛忽然心事重重地对我说，那个女人逼他离婚，他正拿不定主意，心里烦得很！

我原以为阿毛只是树一面彩旗充门面，没想到，他还来真的了。

又过了一阵，阿毛突然给发我微信，一条又一条，问我该咋办。原来，那女人要赶上门来了！

“那你是造下孽，把人家肚子搞大了？”

阿毛矢口否认。我判定，人家就是来找茬，逼他离婚的。阿毛也有些紧张，他截屏给我——那女人已经上了高铁了，让他去接。我这个烂诸葛就乱指点他，让他谎称自己不在家。过了一个小时，那个女人已经下了高铁，在那里等着阿毛。她发给阿毛一张剃须刀的照片，说是送给阿毛的礼物；又发了一张只有一枚刀片的照片，只见刀片锋利无比，闪着寒光。这是什么意思呢？

“你再不来接我，下一秒可能就见不到我了！”

“那我去接她吧？”阿毛吓坏了。

“她十有八九是唬你的！”我说。

“她很冲动的。我怕她真做傻事！”

这阿毛，临场脑子坏了，一点主意都没有。可若她真来了，阿毛嫂这一关怎么过？正室与小三打起来，那可是神仙打架，小鬼遭殃哦——你阿毛还有好果子吃？

阿毛说，他的手在抖，椅子在抖，心更是狂跳不已——

她要打的过来了！

我说："那你还不赶紧把嫂子支走，自己也逃走，让她扑个空——难道她会在厂里撒泼，像农村妇人一样号哭？"

我不知道，阿毛后来是怎样把阿毛嫂支走的。反正她一走，他也逃走了，说自己在外面谈业务，一时三刻回不来。他不断地给我发微信，我让他快刀斩乱麻。可是他又心有不忍，仿佛真是个好男人。后来，他说，他一个人在烤鱼店喝啤酒，问我要不要过去，替他压压惊。我说，我被老婆缠住了。我可不想蹚这浑水。他就只能一个人喝，喝着喝着，就喝出了熊心豹子胆，又想去见她了。

到晚饭时分，阿毛嫂打来电话，急吼吼地说，阿毛被抓起来了，醉驾！让我想想办法。我打电话给同学，同学说太迟了，已经上了案子，删不掉了。

因了这件大案子，谁都没在意那女人后来是怎么走的。据说，那女人把礼盒放在了门卫，门卫又把礼盒放到了阿毛的老板桌上。阿毛嫂回来时，因为阿毛被抓的事急得不行，顺手把礼盒往老板椅里边一扔，就忘记了。

阿毛出来时，是阿毛嫂去接的，她一见阿毛就哭了："你呀你呀！"她还特地带阿毛去理了发、剃了须，说是脱脱晦气。阿毛嫂在床上说："你不在，我一夜都没睡好。怕你在里面吃苦，怕你被'牢监坯子'打，我为你头发白了好几根。你看看，你看看嘛！"

阿毛惊魂甫定，大家一起请他喝茶。说着说着，阿毛感慨道：“他娘的，人家当官的情人一抓一大把，我们小老百姓尝尝鲜，就吓得不轻——唉，一个女人都对付不过来，女人一多怎么办？心力交瘁，心力交瘁啊！”

大家就哈哈大笑。有人提议说：“那我们再喝酒吧，壮壮胆！”

阿毛说：“不是金刚钻，就别揽瓷器活，算哉！”

当晚，阿毛坐在老板椅上，转身时无意中发现了女人留下的礼盒。他打开一看，是一个剃须刀、一条红短裤。他这才想起今年是自己的本命年——桃花劫啊！

他偷偷调看门口的监控录像，想看看那女人进来时的样子，但数据已经被覆盖了。

半年后，听说那女人已经怀上了丈夫的二胎。

阿毛在心里骂了一句：他娘的！

阿　亚

阿亚是我姐年轻时的闺密。她扬言，若是男人真要娶她，房产证上须写上她的名字。

我姐想：人家凭什么要写上你的名字，你又不是美女。论身高吧，你一米六都不到；论皮肤吧，黑不溜秋的，又不美白；论脸蛋吧，又不是瓜子脸，颧骨还这么高。吃饭时，我姐跟我娘唠嗑，就说到了阿亚。我娘道：

“难怪她三十岁了，还没人要。她娘都快急死了。”

话音刚落，阿亚进来了，她是让我姐去做伴娘的。我娘顿时张口结舌，说不知阿亚有没有听见她刚才说的话。

过了几天，我娘去阿亚家串门，阿亚娘约我娘到时帮忙。我娘说，自己族里人，结婚又是大事，哪有不帮的道理？就一口答应了。

那天，我娘晚去了一会儿。我姐跑进来，说不用去了，人家不来接阿亚了。

“什么不来接阿亚了？”我娘有点丈二和尚摸不着头脑。

“就是人家男方不要阿亚了,婚礼告吹了!”

“什么!”我娘惊得合不拢嘴,“哪有临上轿时变卦的?这也太缺德了,让阿亚以后怎么做人呢!”

我姐说,阿亚正躲在房里呢!她把门关得紧紧的,任是谁敲门都不开。

我娘到阿亚家时,阿亚家依然一片喜庆,红灯笼高高挂着,红对联双双对对写着吉利话。而女人们,这里一堆,那里一群,叽叽喳喳,群情激愤,好像吵架似的。独有小孩子们依旧跑进跑出,有时侧脸诧异地看看大人们,不知发生了什么事。

“介绍人呢?媒人呢?”

这时,我姐从楼上下来了,她不知什么时候进了阿亚的房间。跟着的是介绍人,一脸无奈。事先,男方一点风声都不曾透露出来。昨天,还是好好的,男方还来了两辆车装嫁妆。大件已经买好,都直接放到了男方家里。剩下的虽是些小零小碎,可没少花阿亚母女的心思。光是为了那套高脚杯,买、退,退、买,折腾了好几回,母女俩跑断了腿,县城的角角落落都跑遍了。

“他就是为了骗嫁妆嘛!”

“其实,他是早就打定主意的,只是怕拿不回聘礼,所以才瞒到今天……”

我姐偷偷跟我娘说,昨晚,男的跟阿亚发了条短信:我不来接你了。阿亚以为是说化妆的事，回了句：你敢！谁会想到，是指不来迎娶她呢！

出了这样的事，村前村后，没一个不议论的。

“你看，阿亚尖着一张嘴，说话多少厉害！”

“听说男方的娘也是个厉害角色，他很听娘的话的……”

大家传来传去，说是婚礼之前，两家已经很不高兴了。对方觉得发来的聘金，收下多，回盘少，又嫌嫁妆少了，放出话来：现在还有卖女儿的吗？不陪嫁也就罢了，哪有压下聘礼的？还想房产证上写上名字，胃口也太大了吧！

这桩婚事就算黄掉了。

两个月后，我姐突然说，阿亚又要她去做伴娘了。我娘以为她找到别的人了，结果还是那个男的。

我娘干涩涩地说：“本事真大！”我姐说：“换作我，我是做不出来！”

原来，阿亚不甘心被甩，她左思右想，横下一条心，神不知鬼不觉地，一到晚上就等在新房前。她已经知道，男人在老屋里吃饭，在新房里睡觉。如今，新房成了他一个人的，可里面的嫁妆，花费了她多少心血啊！虽说他们发了聘礼，可钱不会自己变成家具，变成餐具，变成箱笼，变成细软……你倒好，一个人独占着一切，天下哪有这样的好事?!

阿亚跟我姐说，那天，她听到楼下的脚步声，就铁青着脸看他上来。男人起先没注意，只顾低着头，直到看到一双熟悉的鞋子,才蓦地抬起头来 —— 他愣住了。

“你什么意思?!只要箱笼不要人,难道我杀人放火、十恶不赦了?”

男人不响,脸“唰”的通红。显然,这出乎他的意料。

“手也给你拉过了,嘴也给你亲过了,奶子也给你摸过了,请帖都发了,亲戚都到齐了,酒席都准备好了,你就不要我了?我告诉你,没有这么便宜的事。我生是你的人,死是你的鬼 …… 今天如果不让我进门,我就死给你看!”

阿亚打小就爱看古装剧,出门前,她早在心里盘上了千百遍。

“别这样 ……”男人嗫嚅道。

“我让你在房产证里写上我的名字,不就是想死心塌地跟着你吗?你倒好,像《孔雀东南飞》里的焦仲卿一样,尽听你娘的话!”

他们就这样僵持着。阿亚越说越激动,说:“你如果想休了我,就是在古代,也得三亲六眷都到齐,族长太公请出来。你倒好,偷偷摸摸想把这事了了!你以为,你不来吹吹打打迎娶我,我就不来了?脚长在我身上,我的嫁妆都放在这里,这里就是我的家。我反正已经出了名声,也没什么好怕的了,一哭二闹三上吊,我真会做给你看!你也不想想,如果我死在了你这里,会有哪个姑娘再来跟你好 ……”

一个听娘话的男人,哪禁得起这般吓唬?男人打开门,阿亚跟了进去。

阿亚说这些时，好像在说别人的事一样，还有点小得意。我姐顿时对她刮目相看。两个人躲在房里,笑得咯咯响。

吃一堑长一智，阿亚这一回多了点心眼。她不要吹吹打打了，婚礼新办，学城里人，一起在饭店里小范围地办一下，免得又被人嚼舌头。何况，绳已打结，各人肚里另有一本账，也没什么好高兴的了。

好在，阿亚马上有了身孕。B超一做，是个男孩，婆家多少也有点高兴。阿亚挺着个大肚子，依然天天上班。她老公每天摩托车来去接送，也有二三十里路。“阿亚，你老公待你真好!”“好什么?他又不是待我好，是待他儿子好!”阿亚的嘴是不饶人的。话音刚落,孩子流产了。

阿亚嫌房子风水不好，第二年就换了一套，写上了自己的名字。

阿君面馆

在我们周塘街上，阿君面馆是一等一的。

阿君长得很帅，要长相有长相，要身高有身高。读书的时候，他就鹤立鸡群，有很多女朋友。就是现在开面馆了，人家一进来，也是眼睛一亮：这当垆卖面的，是司马相如吗？这当然是我们文人的说法，其实，他应该比司马相如还帅一点。他不是文人，长得很男人的，下巴刮得青青的。平时，他不苟言笑；但笑起来的时候，还有点小小的腼腆，近于妩媚。就这一点妩媚，没有一个女人不动心的。

读书的时候，女同学们围着他，让他没法安心。这是阿君妈的说法。

阿君读的是职高，后来还参过军。退役回来的时候，有个职高的女同学对他旧情复发，追他追得很紧。老话讲：男追女，隔座山；女追男，隔层纸。阿君又不是心气很高的那种人。这女的长得也不赖，在我们周塘街上，也是一等一的人物。她走起路来，妖妖娆娆的，别人都不在她眼里，似乎只有阿君才配得上她似的。阿君家境一般，她家可是开厂的，说起来，还是阿君高攀了她呢！

但是，风水轮流转，开厂看运道，难免起起落落。后来，她家就败落了。起初的时候，阿君跟着丈人家跑料。后来，生意不好了，他就跟着一个族里人到城里买了一个店面。结果，那个商贸广场根本没人气，算是打了水漂。阿君干过许多活，到头来，还是在周塘街上开面馆上算，小本生意，天天有进账。房子租的是我小叔家的，大家都是族里人，好说。

周塘街上人来人往，生意不错。阿君这面馆，以牛味著称。大清早的，阿君妈就在炖牛骨头了。阿君的牛骨头，是他后半夜起早到宰牛场直接拿来的，新鲜，还鲜血嗒嗒滴呢！他这牛骨头，还半带着“活”牛肉。阿君妈就把这牛骨头连带牛肉炖得又嫩又脆。大家都说，阿君面馆的牛骨头好吃，还有肉。为了这一点，我还帮他约了个书法家，给他写了“阿君牛味”四个字。这书法家也聪明，在“牛”字右下角，还加了一点，以表示牛肉多——这广告做的，也真是绝了。文人嘛，也就这点伎俩。为此，他带着一群狐朋狗友，来白吃了三四回。

照道理，该是阿君的女人当垆卖面。但是，这女人从小没吃过苦，夜里搓麻将，早上起不来，也不想抛头露面，就借口要照料孩子，让阿君一肩担了。阿君天天要起早，她天天嚷睡不好。阿君一气之下，就住到了店里。你娘家都家道败落了，还充什么千金小姐？人到了柴米油盐这一步，帅不帅、漂亮不漂亮，都是空头。只有阿君妈心疼儿子，天天来帮忙。阿君跟他老婆的关系，算是只有一张皮了。

雪上加霜的是，阿君妈胆囊炎发作，胆管阻塞，住院了。

阿君忙得团团转。他的头发像草窝一样，人也憔悴了，胡子拉碴的，一脸的沧桑。就是那点小妩媚，也几乎要被淹没了。一天，他正忙着擦前面客人吃后的桌子，店门口又来人了，他扔下抹布就去接客。当客人点好面，走进来找座位的时候，阿君发现有个女人正替他擦桌子，还招呼人到这边来坐。这本是一个面客，她已经吃好了，不但擦了自己的桌子，还续擦了阿君只擦了一半的桌子。阿君连说谢谢。那女的抬起头来，阿君向她微微一笑，很不好意思的样子。阿君要减她的面钱，她说啥都不肯。临出门的时候，她回头问了句：

“你这店里招人吗？”

阿君犹豫了一下，试探性地说：“你有人？”

“你看我行吗？”

阿君这才仔细地看了看这女人，她应该比自己年轻几岁，说不上多漂亮，但干干净净的。看样子，不像是本地人——本地人，他好歹面善。阿君最不能忍受的是五短身材，浓妆艳抹，穿着大头高跟鞋，走路时膝盖都伸不直的女人。这女人，高高瘦瘦的，像是个干活的人，跟他妈一个样。

“行是行，就是要起早，你 ……”

“起早不怕，我原来也贩过蔬菜，就是摊位太贵了 ……”这女人为自己的毛遂自荐有点局促不安，“你这里，我吃过几次面，看你这么忙，因此 ……”

“我妈病了 ……”这时，又有一拨人进来了。阿君一边接客，一面准备面料。这时，他看见女人又拿起了抹布，然后，忙不迭地从他手里接过三碗面，放到客人面前。阿君想跟她说些什么，这时，原先的客人又来付钱，他瞥了一眼那女人，忽然觉得这样挺好。他收了面钱，走过来，按住抹布，说：“我来吧！”女人看了他一眼，有点惶惑。阿君也愣了一下，慢慢放开抹布，说：“那我接客人，你端面、擦桌吧！”

就这样，这女人成了阿君面馆的帮工。她干活很勤快，头几天，还只是擦擦桌子、端端面碗。很快，她就替阿君大清早地烧牛肉骨头了。有时阿君有点事，她就当垆卖面，不认识的人会说：“老板娘，来碗牛肉面！”她起先还解释一下，说自己不是老板娘，只是个帮工而已。但是，喊的人多了，她没法解释了。

就这样，她成了阿君面馆的老板娘。大家都说，这老板娘，手脚灵巧，人也勤快，算账一口就能报出来。

突然，有一天半夜里，附近的人听到了阿君的咆哮声、女人的叫骂声。

阿君面馆的老板娘换人了。谁？当然是真的老板娘 ——

正宫娘娘上位了。这个老板娘与那个老板娘的区别在于，这个老板娘经常玩手机。阿君一有空，只能自己擦桌子。他苦着一张脸，再也看不到那点小妩媚了。

那几个文人墨客听说了，很是替阿君可惜。

有几个好心的女人偷偷地说，这么好看的阿君，跟原先那个倒是很般配的。可是，谁叫她没名分呢！

后来，这个正宫娘娘来得晚去得早，终于还是不来了。

替她手脚的，又是阿君妈，人更瘦了。

一个人的双抢

周塘的天空还乌黑着，外面的树一大团一大团的，像片片黑云。父亲一个人起来了，一点亮电灯，蚊子就活跃起来。屋里放满了刚收割的一箩筐一箩筐的早稻，没个落脚处。屋外的蛙叫声仍像前半夜一样,仿佛它们整宿不眠似的。

出了村子,路越来越小,他只能推车前行。

昨天的一块高田已经让二爷爷耕好。高田与低田之间的田塍上，堆满了稻草，父亲还来不及晒开。天还是黑沉沉的,他一脚踏进秧田时,水还有余温。秧苗细细密密的,有股清香的气味。与汽车的味儿比起来，他更愿意待在田里，更闻不惯医院里酸酸的味道。

父亲把一捆一捆的秧苗撒开了。一个人，一畦田，上下五六十米，望着总觉得太长了。父亲像机器一样，一只手分出秧苗来，另一只手像鸡啄米一样，不断插到田里。插完秧苗,父亲直起腰来,站一小会儿。太阳出来了,田间的雾渐渐化开,变得清晰起来。这时,父亲看见二爷爷牵着牛过来了。

“今天仍是一个人？”

“嗯，也不知她什么时候能回来……”

“那你吃力的！”二爷爷走过去后，又回头说，“我先把他们的田耕好，你反正一个人，高田起码得插两天，不急……”

日上三竿时，父亲才插了三畦。看着淡绿色的秧苗铺上了一小边田，父亲拿过塑料壶，喝了几口水。

太阳到头顶的时候，先插的秧都蔫蔫的了。父亲的嘴里只剩下黏液，他干咽了几下，已经累得直不起腰来。他骑车回去时，整个村子都金光四射，像着火了一样。到家后，他赶紧烧饭，一边翻谷子。谷子是他托二婶晒出去的。越是忙，他越是吃得差。以前，两人插秧，到中午时总是母亲先回家烧饭。现在他一个人，胡乱吃饱就行。

这时，隔壁开小店的邻居喊他：“电话、电话！”他赶紧跑过去。邻居说，已经打来第三遍了。他慌乱地接起电话——

“喂！……”他有点惴惴不安。

“你怎么老是不在？”

“我才回……还好吧？”

“还好……”他听出了母亲的哽咽，“不知什么时候能出院……”

两人也没说啥。母亲让他当心身体，大不了比人家晚几天。父亲说着“晓得、晓得”，说到后面，哑着嗓子，就挂了。

父亲胡乱收拾了一下碗筷，放到水槽里，没洗。他掇过躺椅，倒头就睡。老躺椅发出吱吱嘎嘎的声音，仿佛要散架似的。他眯缝着眼，一会儿，喉咙底像热气掀起了锅盖似的震动起来。大天光亮，村里很静，只有知了焦躁地干叫着。不知是睡了半小时还是更短，他就醒了。这个时候去田头，需要豁出去的勇气，出门就像进火炉。他吃了几颗人丹，戴上草帽，还是出门了。

整个田野袒露着，只有远处才有一棵孤零零的树。

父亲盼望着太阳早点下山，他苦撑苦挨着，双腿、腰背都已麻木。这时，二爷爷的牛赶到了我家的低田。等到二爷爷犁完地，他的一畦秧田也插完了。他走下低田，趁热打铁，开始整理田块。他时不时直一下腰，换个活干，算是舒活舒活筋骨。

夜幕降临时，他又开始插秧。蚊子在身边萦绕着，蛙声四起。他已感觉不到疲倦，只麻木地跪着，整个下身都浸在泥水里，一捆秧苗插完，就直一下身子。月亮上来了，昏黄一片。村里的灯在远处亮着，像萤火虫。偶尔，吹来一阵热风，随带着隐隐约约的广播的声音，好像是《新闻联播》的腔调，那应该是七点多了。他想插完这一畦，这样，高田算是有一半插好了。

这时，他听到窸窸窣窣的声音，转头看见有个人影走过来，干咳了一下。

“依个寿头，这么晚了，还在种田！”

“呀！你怎么来了？还有一点点，我想种种好……”

父亲继续插着秧苗。过了一会儿，他听见了母亲下田的声音，转头看见母亲在剩下的一畦田的中间部位开插，两人相距一丈多点。插着，插着，父亲听见了母亲的啜泣声。

“你也不问问儿子？”

半晌，父亲才说：“他总会好起来的……”

等到父亲插满一半，接上母亲插的那一部分的时候，母亲也插完了最后一株秧苗，她洗了洗脚，穿上了鞋。两人默默无言，父亲跟在后头，像是回避着什么，又似乎有千言万语。他终于说道：

“怎么回来这么晚？”

“我跟你打完电话，心里想回来，又不放心儿子。问了医生，纠结了半天，才定下主意。半路上，车冒烟了，又修了一个钟头。到城关时，天已经暗了……”

两人回到家，父亲盖上二婶为我们收在檐下的谷子，弄了点吃的，睡下时已经很晚了。父亲很累，但心里像揣着什么。儿子病了一年多了，他只是匍匐在田间地头，什么办法也没有，千斤重担撂给了一个女人。很多回，母亲哭闹着拧他的肉，但是，这一晚，母亲只是流泪。父亲睡不着，知道母亲也没睡着，他听见母亲说：

“要不，我帮你一起干点活？反正儿子在好起来……”

父亲没回应，他翻了个身，索性坐了起来，点了一支烟，

叹了口气,说:

“明早,你还是赶紧回去。你不在儿子身边,我不放心!”

“那田里咋办?”

“我能顶!”

一弯淡淡的月亮挂在周塘西边乌蓝的天边,整个村子沉浸在退了少许暑气的清凉中,偶尔传来一两声鸟叫,仿佛是它叫醒了这两个早起的人。母亲已经烧好了早饭,两人匆匆吃完,父亲推出28寸自行车,带上母亲,骑车赶往城关长途车站。

在省一院的住院楼上,我看到母亲一个人在车上偷偷抹泪,父亲下了田,在烈日下一株一株地插秧……

代后记

在纸上虚构一座城

我不止一次说过，我之所以选择小小说这种文体进行创作，一则是因为我是小才，写不来鸿篇巨制；二来，这种写作比较散漫，符合养生之道。我不是一个很执着的人，破执才是我的执念。所以，我原本是没指望自己能在纸上虚构一座城的。

三十岁之前，我一直生活在农村。

小时候，跟着父亲去县城，一拐两拐就绕晕了，父亲嘲笑我是“苍蝇钻进了牛屁眼”。其实，县城并不大，也没几条街。小学时，老师带着我们去余姚城里春游，姚江上那座高高的三孔拱桥给我留下了很深的印象，我站在桥顶上向下望，都觉得头晕。父亲称这座桥为“老江桥”，他说年轻时曾摇船去那里卖菜。后来，我不止一次地去过姚江边，去过这座“老江桥”，自然是别有一番感觉了。但是这座老桥、这条大江，却活在了我的血脉里，就像破山江流在我的血脉里一样。

我老家旁边就是破山江，这是一条很小的河。但是，父亲能从这里摇着船，朝南，进入东横河，然后一路向西，到达姚江。这块土地，曾经属于余姚，而今叫慈溪。而慈溪的老县城，却在慈溪之外，叫慈城，那是一座保存完好的千年古县城。我曾不止一次地踟蹰在慈城的老街上，感觉自己像一个童生，寻找着自己的孔庙。当我站在老县衙门前，看着匾额上的“慈谿”两字时，总忍不住有一种冲动，想击鼓鸣冤——虽然，我没有什么冤情。后来，这些小城的影子都融入了我的小说中。

说来惭愧，直到我读大学时，都没去过什么大城市。我的大学，在宁波的三官堂，那时也是农村。好在前面有一条甬江，潮来潮往，让我有了连江通海的感觉。我常常一个人坐公交车去宁波的三江口，那里似乎有很大的气象，带着三分的海腥气，与我的破山江边大不一样。我也曾在天一阁寻找藏书楼的韵味，曲径通幽的园林让人沉静。每当读到“坐拥书城，东南丙王”这样的句子时，我总是想到天一阁。可惜，我不可能拥有像天一阁那样的所在。

于是，我只能在纸上虚构一座老城。

在三北大地上，原本是没有大的老城的。因为五百年前，这里还是一片滩涂。“王家埭，捡沙蟹”，而王家埭就在上林湖边上，这里曾经听得见大海的涛声。在滨海的荒蛮之地上，只有海市蜃楼。那时，观海卫、三山所是这里的要塞，而鸣鹤古镇，几乎算得上是这里最繁华的地方了……于是，我杂糅了种种，建了一座自己的老城。这里有鸣鹤古镇的影子，有姚江老桥的影子，有慈城县衙的影子，有新老浒山的影子，也有江南书城天一阁的影子……凡是我能够得着的地方，都成了老城的“构件”，仿佛我就是一个用乐高积木搭城池的小孩。我把这座城称为“舜江”，我把它提升为“府”的级别，是舜江府、舜江市。有了这样的基本盘，我开始经营上面的各色人等。我最早写的就是《猫眼》和《涵元阁》，这两个小说都上了《小说选刊》，似乎让我有了一种成功的感觉，于是一发而不可收。起初，我只是懒懒散散地经营着——其实，一直是这样经营着。慢慢地，积聚起来，我才发觉自然而然地已有了一座老城的规模：这里有聪明的师爷，有知府县令，有儒释道，有医士百工，有志士仁人，有艺术家，有小市民……我按照年谱一般把它编起来，从古代到清末到抗战到新中国到改革开放，竟然像煞有介事地成就了一座城的古往今来、沧桑巨变。对着这样一座城，当我重新检阅它的时候，我自己都惊诧了——这难道是我所营造的？我不是说它有多好，我只是惊叹它在一个沙滩上建起来了……

但是，我到底是出生在农村的人。我觉得只有一座老城还不够，还得有一个旧族来充实它。如果说老城是一个地方的门面的话，那么旧族就是这里的烟火人家。其实，我营造旧族也不是自今日始，它几乎伴随了我小说创作的全过程——虽然它更像是实录，从某种意义上来讲，不像小说。但是，每当朋友们读了这些所谓小说，来告诉我这就是他们身边的人，就是我们的父老乡亲时，我多多少少还是有些欣慰的。我虽然不敢以他们的代言人自居，但是他们的生生死死、邻里长短、一饭一粥、蝇营狗苟……依然牵挂着我的心。我爱他们恨他们体贴他们，因为他们就是我，就是我的前世今生。这个舜江下面叫周塘的地方的人，就是我的全部。如果说，舜江府上的人是我的远亲的话，那么，老周塘的人就是我的近邻，就是我的族人。他们身上，都有我的影子；而在我的身上，更有他们的影子——我们是血肉相连的。所以，这不是传奇，不是故事，而是生活，是你我他，是每一天的晨炊和晚烟。他们的歌哭里，有我的童年、少年、青年乃至中老年。每当我回老家时，看到这些我小时候曾经多么勇猛多么凶恶的人如今都已白发苍苍，甚至一个个作了古人时，我不由得悲从中来，忍不住哽咽……

小小说是一种不起眼的文体，但集腋成裘、聚沙成塔，当它们组合在一起时，它们就是“集束炸弹”，同样有着震撼人心的效果。这就像一副牌，有小二也有王炸，可以自由组合，也可以灵活应对，是感应的神经，是舞蹈的手足。而这本小小说集，较之我之前的《戏中人》与《族中人》，似乎更纯粹些，是一副组合得更讲究的牌。但它不是封闭的，依然有着无限延展的可能，你不知道它的终点在哪里。这就是小小说的魅力。我把这一次的组合名之曰《猫眼》，一是因为其中收录了代表性篇目《猫眼》，它是这一系列中最早的一篇，引带着我虚构了一座城，厥功至伟；二是寓意小小说这种文体，就像通过猫眼看门外，视角虽小，所见却也是大千世界。

我们写小说的人，总是躲在门背后，偷窥着……

岑燮钧

2024年5月